Schlimmer als dein Tod
/ London Crimes

Psycho-Krimi
von Kris Benedikt

Lektorat, Titel, Satz, Gestaltung:
© *edition tingeltangel*, Thomas Endl, Kohlstr. 7, 80469 München
Text: © Christine Spindler
Covermotiv Tänzerin: © lassedesignen — Fotolia.com
Grafiken Skyline London: © JiSIGN — Fotolia.com
Grafik Einschuss: Sascha Burkard — Fotolia.com

In den Verweisen auf weitere Bücher wurden genutzt:
Gesicht mit Maske: © olly/Fotolia.com
Mondkatze: © Moreen Blackthorn/Fotolia.com
Mars: © Natalia Rashevskaya/Fotolia.com
Katzen-Augen: © fayska/Fotolia.com
Ranken: © FotoDesignPP/Fotolia.com
Surfer: © dervish15/Fotolia.com
Alien: © dancerP/Fotolia.com
Böse Augen: © Horon/Fotolia.com

ISBN 978-3-944936-17-8
Zweite Auflage, München 2015

Alle Rechte vorbehalten.

Mittwoch, 16. Januar
Blackout

1/19

Blackout

Ihre Gedanken trieben ziellos umher, ihr Körper hatte keine Form. Sie wusste nur, dass sie aufwachte, auch wenn es Stunden zu dauern schien.

Lange starrte sie in die Dämmerung, während jeder Atemzug ihr mehr Luft zu nehmen als zu geben schien. Wo bin ich? *Ihr Geist war ein langer Korridor mit geschlossenen Türen, in dem namenlose Schatten vorbeihuschten und im Nichts verschwanden.*

Sie versuchte, um Hilfe zu rufen, aber ihre Stimme gehorchte ihr nicht. Sie lag wie in einer Zwangsjacke, die sie innerlich und äußerlich fesselte.

Eine schwere Stille erfüllte den Raum mit den sich ablösenden Tapetenbahnen. Der Lack der geschlossenen Tür war vergilbt und rissig. Es roch nach Schimmel.

Wer bin ich?

Wieso lag sie in diesem faulig riechenden Raum, in dem nichts darauf hinwies, dass er überhaupt bewohnt war?

Nein, das war kein Zimmer, in dem man an einem normalen Morgen erwachte. Irgendetwas war hier schrecklich verkehrt.

Vier Tage zuvor
Samstag, 12. Januar
Party
2/19

Party

Vorsichtig steuerte Jessica Warner durch den Londoner Abendverkehr. Die Straßen waren von einer dünnen Eisschicht überzogen, in der sich Ampeln und Scheinwerfer spiegelten. Sie hatte Mühe, sich zu konzentrieren, denn vor ihrem geistigen Auge sah sie sich schon auf der Bühne stehen, die sie ganz für sich alleine haben würde, weil heute keine Probe angesetzt war. Sie konnte es kaum erwarten. Und zugleich war sie nicht sicher, ob sie nicht doch lieber umkehren sollte.

War es fair, Roger bei der Vorbereitung seiner Geburtstagsfeier allein zu lassen? Aber er hatte sie ja regelrecht verscheucht. Als sie ihm helfen wollte, das Wohnzimmer zu dekorieren, war ihr die Schachtel mit den Reißnägeln heruntergefallen und Roger hatte sie angepflaumt, sie wäre ungeschickt und solle gefälligst besser auf den edlen chinesischen Seidenteppich achtgeben. Schon da wäre sie am liebsten abgehauen. Dann hatte auch noch Alan angerufen und gesagt, dass er nicht kommen konnte. Er brütete eine Erkältung aus und wollte nicht riskieren, kurz vor der Premiere die Stars seiner Show anzustecken.

Wie sollte sie den Abend ohne Alan überstehen? Bis auf David und Susan, zwei Mitglieder der Tanztruppe des *Caesar*, kamen nur Freunde und Verwandte von Roger, und die würden die Luft mit Zigarettenrauch verpesten und langweilige Gespräche über sinkende Zinsraten und Börsenspekulationen führen. Sie würden Jessica von oben herab behandeln und sie spüren lassen, dass sie allesamt glaubten, Roger hätte einen Riesenfehler gemacht, als er sie heiratete. Sogar Roger gab ihr manchmal dieses Gefühl, auch wenn er behauptete, sie über alles zu lieben. Schnauzt man jemanden, den man liebt, derart an, nur weil ihm etwas aus der Hand fällt?

Gereizt hatte Jessica ihren Mantel geschnappt, Roger zugerufen, dass sie jetzt zum *Caesar* führe, ob es ihm passe oder nicht, und dass sie rechtzeitig zurück sein würde.

Endlich bog sie in die Duke's Road und ließ den Wagen vor dem *Caesar* schlitternd zum Halten kommen. Sie schloss die Wagentür mit Nachdruck, so als müsse sie sich überzeugen, dass sie das Richtige tat. Sie fühlte, wie ihre Stimmung sich hob. Hier war sie wirklich zu Hause.

Das Gebäude lag im Dunkeln - bis auf das angestrahlte Schild über der Tür, auf dem in großen, farbigen Buchstaben vor schwarzem Hintergrund *The Caesar* geschrieben stand. Wegen der Autoabgase von der nahegelegenen Euston Road musste Alan das Schild alle drei Jahre neu streichen. Letzten Herbst hatte er fluoreszierendes Orange und Grün genommen. Vor vierzehn Jahren waren es dieselben Buchstaben gewesen, damals pink und türkis, die sie ermutigt hatten, hineinzuspazieren und sich nach Stepptanzkursen für Kinder zu erkundigen.

Ein eisiger Windhauch streifte ihr Gesicht, als sie die Tür zum Foyer aufschloss. Endlich war sie drin, in Sicherheit, beschützt vor einer Welt, in der sie sich nicht geborgen fühlte. Sie knipste das Licht an und streifte die Handschuhe ab. An der Wand gegenüber der Abendkasse hing das Plakat der neuen Inszenierung: *Taming of the Shoe,* eine Tanzadaption von Shakespeares *Taming of the Shrew, Der Widerspenstigen Zähmung*. Mit wenigen Pinselstrichen hatte Alan die Essenz ihres Wesens erfasst. Ihr biegsamer Körper drehte sich in einem roten Minikleid, schwarze Haare flirrten um ihr blasses Gesicht und die dunklen Augen. Sie sah aus wie die Verkörperung eines Adrenalinkicks. Das Plakat war der Wahnsinn, einfach perfekt. Fast perfekt. Sie störte sich nur an den Namen, die diagonal in die rechte untere Ecke gedruckt waren, *Jessica Warner & David Powell*. Das P unter dem W sah unpassend aus. *Jessica*

Warner & Alan Widmark, das wäre es gewesen! Mit ineinandergreifenden Ws.

Jessica stieg nachdenklich die Treppe hinunter. Sie hatte einen Fehler gemacht, der sie nun auf Schritt und Tritt verfolgte.

David war ein toller Tänzer, ideenreich, ehrgeizig. Nachdem er ans *Caesar* gekommen war, hatte er Jessica sofort unter seine Fittiche genommen und gecoacht. Er war zugegebenermaßen ein besserer Choreograph als Alan.

Nach einer Weile fing er an, Jessica anzubaggern. Sie hatte sich nicht viel dabei gedacht. Männer und ihre Hormone - das würde vorbeigehen, wenn sie ein paarmal mit ihm geschlafen hatte. Seine Beharrlichkeit hatte ihr Angst gemacht. Und dann hatte etwas Schreckliches passieren müssen, damit sie ihm endlich den Laufpass gab. Nur auf der Bühne, da konnte sie ihm nicht entkommen. Und auch nachher auf Rogers Party nicht ...

Sie öffnete die rot gestrichene Tür zu ihrer Garderobe, stellte den Rucksack auf dem Schminktisch ab und zog sich um. Die Heizung lief auf niedrigster Stufe und Jessica beeilte sich, ihren Trainingsanzug überzustreifen. Dann bückte sie sich, nahm die Steppschuhe, die Alan ihr zum achtzehnten Geburtstag geschenkt hatte, und prüfte routinemäßig, ob alle Schrauben fest angezogen waren. Das dicke, schwarze Leder umhüllte ihre Füße wie eine zweite Haut.

Jessica stieg die Wendeltreppe zur Bühne hoch und ging zur Technikerkabine, wo sie die Bodenspots anschaltete. Der Zuschauerraum lag in samtschwarzer Dunkelheit. In vier Tagen, am Premierenabend, würde es hier von Menschen wimmeln. Zu dröhnender Musik würden sie und David sich dem Rausch des Tanzens hingeben, oder es zumindest versuchen.

Sie wärmte sich mit Dehnübungen und kurzen, immer schneller werdenden Schrittkombinationen auf, bis das Klikken der Schuhbeschläge wie Trommelwirbel klang. Dann übte sie die Teile der Choreographie, die sie am liebsten mochte. Schon nach wenigen Minuten arbeiteten ihre Fußgelenke wie reibungsfreie Kugellager. Ihre Sprünge wurden höher, ihre Drehungen schneller. Sie wirbelte herum, galoppierte über die Bühne und landete aus dem Sprung im Spagat. Sie ging zu dem etwas langsameren Solopart über, hörte in ihrem Kopf die Musik dazu, tanzte ihre Lieblingsstelle wieder und wieder.

Plötzlich explodierte ein Niesen. Jessica erstarrte und blinzelte, als die Lichter im Zuschauerraum angingen. Erleichtert sah sie, dass es Alan war. Er schlurfte in einem blauen Flanellpyjama den Mittelgang herunter bis an den Bühnenrand. Mit fiebrig glänzenden Augen sah er zu ihr hoch. Sein schwarzes Haar hing ihm zerzaust in die Stirn.

„Tut mir leid", sagte er heiser. „Ich wollte dich nicht erschrecken." Er nieste erneut und drückte sich ein zerknittertes Taschentuch aufs Gesicht.

„Ich sollte mich wohl eher entschuldigen", sagte Jessica, „weil ich dich anscheinend aufgeweckt habe."

Mit einem schiefen Grinsen meinte er: „Deine Beinarbeit ist zwar flott, aber nicht laut genug, um zwei Stockwerke zu durchdringen. Roger hat angerufen. Er wollte wissen, ob du noch hier bist."

Jessica dehnte ihre Beinmuskeln, um sich abzukühlen. Sie würde wohl heimfahren müssen. „Das habe ich nun davon, dass ich einen Mann geheiratet habe, der mein Vater sein könnte", sagte sie in gespielt lockerem Ton. „Jetzt werde ich ständig bevormundet und erzogen."

„Er macht sich halt Sorgen um dich. Hätte ich mir aber auch gemacht bei dem Glatteis. Er sagte, du wärst schon seit zwei Stunden weg und –"

„So lange schon?" Sie hatte die Zeit völlig vergessen. „Verdammt."

„Ich ruf' ihn zurück und sag ihm, dass du unterwegs bist."

„Du bist ein Schatz." Sie seufzte. „Ich könnte aber auch hier bleiben, dir einen Tee mit Zitrone machen und deine Stirn kühlen. Du siehst ziemlich angeschlagen aus."

Alan suchte sein Taschentuch nach einer freien Stelle ab, in die er sich schnäuzen konnte. „Du kommst mir besser nicht zu nah."

Fünf Minuten später war sie wieder draußen in der feindlichen Kälte.

David war so aufgeregt, dass er seine Krawatte nicht binden konnte. Mit Jessica zu arbeiten, war eine Sache. Sie privat zu treffen, war etwas ganz Anderes. Es hatte eine Zeit gegeben, da war jedes Zusammensein mit ihr von Verlangen erfüllt gewesen. Ein Jahr lang hatte sie sich ihm hingegeben und dann aus heiterem Himmel die Beziehung beendet. Seitdem fühlte er sich wie amputiert. In seiner Seele brannten Sehnsucht und Wut wie ein nie nachlassender Phantomschmerz.

David fummelte an dem schiefen Krawattenknoten, bis dieser sich wieder löste.

„Lass mich das machen." Susan fasste um ihn herum, band geschickt einen Knoten und rieb ihre Wange an seinem Schulterblatt. „Du riechst wundervoll."

Es war ihm unbehaglich, ihre Hände auf seiner Brust zu spüren. „Es ist schon halb sieben und du hast noch nicht mal angefangen, dich zu schminken." Er wand sich aus ihrer Umarmung.

Susan seufzte, griff nach der Haarbürste und zog sie in langen, schwungvollen Strichen durch ihre blonden Locken. „Eigentlich fühle ich mich heute nicht besonders gut. Kein bisschen in Partystimmung. Vielleicht sollten wir besser daheim bleiben. Auch wegen dem Glatteis."

„Ich hatte noch nie Probleme mit Glatteis", sagte er gereizt. Der Abend bei Roger und Jessica würde auch ohne Susans Tiraden stressig genug werden. Aber er dachte gar nicht daran, feige zu sein und abzusagen.

Susan klatschte den Rücken der Haarbürste in ihre Handfläche. „Soll ich dir mal was sagen? Roger erwartet gar nicht, dass wir kommen. Er hat uns nur eingeladen, damit Jessica auch jemanden zum Reden hat. Mit seinem Familienclan ist sie nie warm geworden."

David strich die Krawatte noch ein bisschen glatter und meinte mit gespielter Ruhe: „Dann betrachte es als ehrenvolle Aufgabe, Jessica zu unterhalten."

„Roger macht mich immer nervös. Er hat so etwas unterschwellig Cholerisches an sich." Susan legte die Bürste weg und goss etwas flüssige Grundierung auf einen kleinen Schwamm, mit dem sie ihre Haut betupfte. „Und Nurits Essen ist immer viel zu stark gewürzt. Schon allein der Geruch dreht mir den Magen um." Sie sah David im Spiegel an. „Müssen wir unbedingt hingehen?"

David drehte sich um. An das Waschbecken gelehnt, ließ er seinen Blick über ihre schönen Züge und ihren schlanken Körper gleiten, der in einem weißen Seidenkleid besonders gut zur Geltung kam und ihn doch völlig kalt ließ.

Er assoziierte Frauen gerne mit Blumen. Vor Jahren hatte er Susan seine Seerose genannt. Er hatte in ihr ein Wesen von ruhiger, unberührbarer Zartheit gesehen, treibend, verletzlich, fast schon schmerzlich schön in ihrer Perfektion. Jessica war das krasse Gegenteil. Sie war seine rote Rose, dornig, eine geschlossene Blüte voller Geheimnisse.

„Du kannst aufhören, dir Ausreden einfallen zu lassen", lenkte David ein. „Sag mir einfach, warum du wirklich daheim bleiben willst."

Susans Kinn spannte sich an. Plötzlich durchschoss es ihn, dass er selbst jetzt, Monate nach der Affäre mit Jessica, immer noch befürchten musste, dass Susan davon erfahren hatte. Sie antwortete nicht, sondern zog ihre Lippen nach. Was, wenn sie es wusste? Wenn sie es die ganze Zeit geahnt hatte?

„Du hast recht. Ich habe ein Problem mit dieser Party, und es ist nicht Roger." Ihre grünen Augen verdunkelten sich wie ein beschatteter Teich. David wurde flau zumute. Es wäre entsetzlich, wenn Susan wüsste, dass er sie für Jessica hatte verlassen wollen. Aber es wäre tausendmal schlimmer und würde ihn unendlich demütigen, wenn sie erfuhr, dass Jessica nicht bereit gewesen war, Roger für ihn zu verlassen.

Langsam dreht Susan den Lippenstift in die Hülse zurück. „Es ist wegen Clara."

David entspannte sich ein wenig. „Clara? Wer ist das?"

„Rogers Tochter aus seiner ersten Ehe. Wir haben sie auf der Gartenparty letzten Sommer getroffen. Sie …" Susan zögerte und senkte den Blick. „Sie müsste jetzt im achten Monat sein."

„Du kannst nicht den Rest deines Lebens schwangeren Frauen aus dem Weg gehen." Susan war den Tränen nahe und David fühlte sich hilflos. „Vielleicht kommen sie ja gar nicht. Clara und Wie-hieß-er-noch?"

„Kenneth."

„Kenneth, genau. Die beiden wohnen in Greenwich, wenn ich mich recht entsinne. Kenneth wird wohl genug Verstand besitzen, mit seiner hochschwangeren Frau bei diesen Straßenverhältnissen nicht Auto zu fahren."

„Tut mir leid, dass ich es erwähnt habe. Ich weiß, dass du meine Gefühle nicht verstehst. Das hast du nie getan."

David erwiderte nichts. Vor drei Jahren, als es so viel zu sagen gegeben hätte, hatte er seinen Kummer für sich behalten und die Bürde alleine getragen. Er hätte auch nicht in

Worte fassen können, was in ihm zerbrochen war, als Susan drei Monate vor dem errechneten Termin ihren Sohn zur Welt brachte. Vor Schmerzen halb bewusstlos, hatte sie es gar nicht gesehen, dieses zarte Geschöpf, ein vollkommenes Menschlein bis ins Detail. Sein Sohn. Noch bevor er den blutverschmierten kleinen Körper hatte berühren können, hatte man ihn fortgebracht.

Dominic war der Name, auf den er und Susan sich geeinigt hatten, nachdem sie im Ultraschall erkennen konnten, dass es ein Junge werden würde. *Dominic, bleib bei uns!*, schrie er in Gedanken. Etwas in ihm hatte nachgegeben, war in sich zusammengesackt, hatte die Maske der Umgangsformen und Konventionen von seinem Gesicht gezerrt. Er hatte angefangen, die Hebamme zu beschimpfen. Irgendjemand musste Schuld haben, irgendjemand musste bestraft werden.

In den Tagen und Wochen danach hatte er sich nur mühsam davon abhalten können, Susan mit den Fragen zu quälen, um die seine Gedanken unablässig kreisten. Hatte Susan sich in der Schwangerschaft aufgeregt, zu viel oder zu wenig gegessen, hatten sie zu oft miteinander geschlafen? Es musste doch einen Grund dafür geben, dass sein kleiner Junge tot war.

Er schaffte es, über das Schlimmste hinwegzukommen und dabei nach außen beruhigend auf Susan einzuwirken. Es war nicht so, wie sie dachte, dass er sie nicht verstand. Sie war diejenige, die kein Interesse an seinen wahren Gefühlen gezeigt hatte. Obwohl Susan kerngesund war, wurde sie nicht wieder schwanger. Das wurde zum Brennpunkt ihrer Trauer. Alles, was sie wollte, war ein Baby, um Dominic zu ersetzen, den sie nicht einmal gesehen hatte. Je mehr David ihr die Konfrontation mit ihrem Verlust erleichterte, desto tiefer trauerte er selbst.

Susan, die ihre Tränen zurückgekämpft und sich fertig geschminkt hatte, brach das Schweigen. „So, Krise vorbei, wir können gehen."

Damit begann für David die Krise des heutigen Abends erst. Warum bloß suchte er den Schmerz? Jessica wusste, was sie ihm immer noch bedeutete, aber sie strafte ihn mit Nichtachtung. Seinen verletzten Gefühlen brachte sie nur vernichtende Gleichgültigkeit entgegen.

Er sehnte sich so nach Jessica, aber es half nicht, mit ihr zusammenzusein, denn dann zerrte die Sehnsucht nur noch heftiger an ihm.

Roger lüpfte einen Topfdeckel und sog das Aroma ein. „Wie das duftet!"

Seine Haushälterin Nurit nahm das Lob mit stolzem Lächeln entgegen.

Im Esszimmer war Edgar, der Butler, gerade dabei, das Porzellan auf dem langen, ovalen Mahagoni-Tisch anzuordnen. Eigentlich hätten heute Abend 30 Personen anwesend sein sollen. Roger hatte eine Vorliebe für runde Zahlen. Leider war Alan erkältet. Ein Jammer, denn er war unschlagbar darin, peinliche Konversationslücken zu schließen. Und seine Gegenwart allein hob Jessicas Laune. Clara und Kenneth hatten beschlossen, zu Hause zu bleiben. Tracy, seine Sekretärin, hatte angerufen, um zu sagen, dass sie ohne ihren Mann kommen würde. Er hatte sich im Skiurlaub ein Bein gebrochen. Somit waren sie nur noch sechsundzwanzig.

Auf dem Weg ins Wohnzimmer sagte Roger zu Edgar: „Ich denke, Sie können jetzt die Kerzen anzünden."

Er legte CDs von Mozart und Vivaldi in den Player. Nun war alles perfekt, wenn man davon absah, dass Jessica noch nicht zurück war. Ihr Mangel an Mitgefühl war symptomatisch, vor allem, wenn es um seine Gefühle ging. Sie behandelte ihn, als bestünde er nicht aus Fleisch und Blut, sondern aus Hartholz und Granit.

Natürlich sah er sich selbst genau so: eine Festung von einem Mann, groß, stark, athletisch gebaut. Aber Jessica war wie ein blinder Spiegel. Er hatte keinen Schimmer, was sie in ihm sah. Begehrte sie ihn? Wahrscheinlich schon, sonst würde sie nicht dreimal in der Woche mit ihm schlafen. Was auch wieder seltsam war. Warum diese Regelmäßigkeit, die keinen Spielraum für Spontaneität ließ?

Roger drückte auf Play, damit ihn die sanften Geigenklänge beruhigen konnten. Sehr zu seinem Missfallen war er wieder einmal bereit, ihr zu verzeihen, dass sie ihn enttäuscht hatte und lieber tanzen gegangen war, als bei ihm zu sein, wenn die Gäste kamen. Wenn die Liebe aus ihm einen nachgiebigen Schwächling machte, dann wäre er Jessica lieber nie begegnet.

Als er sich bückte, um einen der Reißnägel aufzuheben, der wohl übersehen worden war, klingelte es.

„Was zum Kuckuck geht nur in deinem Kopf vor, Jess?", schnauzte er sie an, um seine Erleichterung darüber zu verbergen, dass sie heil wieder zurück war. Es blieb ihm leider keine Zeit, ihr eine längere Gardinenpredigt zu halten, denn es klingelte erneut.

„Ich zieh mir schnell was Schickes an", sagte Jessica unbeeindruckt. „Es dauert keine Minute."

Sie hatte sich nicht einmal entschuldigt. Wie konnte er ihr vergeben, wenn sie so uneinsichtig war? Mit einem steifen Lächeln machte Roger sich daran, die ersten Gäste zu begrüßen.

Fünfzehn Minuten später kam sie wieder herunter, in einem Figur betonenden, schwarzen Kleid. Sie nahm ein Glas Mineralwasser von Edgar entgegen und mischte sich unter die Gäste. Roger beeilte sich, alle zu Tisch zu bitten. Ein gutes Essen war ein Garant für eine gute Stimmung. Alles verlief bestens, genau die richtige Mischung, niveauvolle Witze, kleine politische Diskurse, ein bisschen familiäres Geplauder. Nur Jessica aß schweigend, dabei hatte er sie zwischen Susan und David platziert. Hatten sie denn so kurz vor der Premiere ihres neuen Stücks nicht eine Menge zu bereden?

David hatte als Choreograph an Off-Broadway-Shows in New York gearbeitet, bevor er vor zwei Jahren nach London gezogen war. Seine Frau Susan war eine naturblonde Schönheit, eine Augenweide für seine männlichen Gäste. Sie unterhielt sich gerade mit Tracy, die letztes Jahr in New York Urlaub gemacht hatte.

Nach dem Essen, als sich alle ins Wohnzimmer begaben, setzte Jessica sich auf das kleine Sofa am Fenster, das sie demonstrativ hochgeschoben hatte, um frische Luft zu bekommen. Sie sah aus, als wäre sie in Gedanken versunken, aber Roger wusste, dass sie sich langweilte. David gesellte sich zu Jessica und fing an, auf sie einzureden, aber ihre Antworten blieben einsilbig. Als Nächstes versuchte Rogers Schwägerin Victoria, sie in eine Unterhaltung zu ziehen, die gerade mal zehn Sekunden dauerte. Roger musste etwas unternehmen, bevor jeder ihre schlechten Manieren bemerkte.

Er setzte sich zu ihr. „Jess, mein Liebling, was ist los? Warum amüsierst du dich nicht?" Selbst in seinen eigenen Ohren klang das unaufrichtig, was wohl daher kam, dass er innerlich immer noch wegen ihres Zuspätkommens kochte.

„Es ist schon nach elf. Ich sollte längst im Bett sein", beschwerte sie sich. „Wir haben morgen eine Probe."

„Es kann ja wohl nicht zu viel verlangt sein, dass du einmal im Jahr ein paar Stunden länger aufbleibst. Oder willst du mir vorwerfen, dass ich Geburtstag habe?"

Sie stand auf. „Dann hab halt Geburtstag und lass mich schlafen gehen. Es wird mich bestimmt niemand vermissen."

Roger war erschüttert. Er erhob sich ebenfalls und sagte leise und nah an ihrem Ohr: „Siehst du denn nicht, wie selbstsüchtig du bist? Du kannst jetzt unmöglich –"

„Spiel dich nicht so auf", fiel ihm Jessica lautstark ins Wort.

„Ich spiele mich nicht auf", zischte er. „Ich bitte dich lediglich um ein bisschen Höflichkeit. Solange wir Gäste haben, bleibst du unten."

„Dann schick die Gäste weg."

„Jessica!"

Natürlich starrten alle jetzt in ihre Richtung.

„Ich habe es so satt. Immer machst du mir Vorschriften. Kann ich mein Leben nicht so leben, wie es mir passt?"

„Und was ist mit mir? Du scherst dich doch einen Dreck um mein Leben. Stell dir vor, ich habe auch ein Herz. Ich möchte eine Frau, keine tanzbesessene, gefühlskalte –"

„Ach, halt doch den Mund. Ich kann es dir sowieso nicht recht machen."

„Hast du jemals überhaupt versucht, meinen Standpunkt zu sehen?"

„Wozu sollte ich das?", spie sie ihm entgegen. "Du bist nichts weiter als ein alter, muffiger Langweiler."

Bevor er überhaupt wusste, was er tat, war ihm schon die Hand ausgerutscht und er hatte Jessica mit voller Wucht ins Gesicht geschlagen.

Es ließ sich nicht ungeschehen machen. Sie stieß einen Schrei aus, griff schützend an ihre Backe, drehte sich um und rannte aus dem Zimmer. Er spurtete ihr nach und holte sie oben an der Treppe ein.

„Jess, es tut mir entsetzlich Leid." Er griff nach ihrer Schulter, aber sie schüttelte seine Hand ab und stieß die Tür zum Schlafzimmer auf.

„Hau ab, lass mich in Ruhe. Geh zu deinen blöden Gästen", brachte sie zwischen Schluchzern hervor.

„Aber ich wollte doch nicht ... Ich schwöre ... Schatz, deine Lippe blutet."

Mit zitternden Fingern tastete sie ihren Mund ab. Ihr Gesicht war aschfahl.

„Verzeih mir, ich wollte dir nicht wehtun. Es tut mir unendlich leid. So etwas wird nie wieder vorkommen, ich schwöre es."

Sie ignorierte seine Entschuldigungen und wich ihm aus, als er ihr sein Taschentuch hinhielt.

„Ich werde mich um sie kümmern", sagte David, der mit dem Champagnerkühler im Arm die Treppe hochkam. „Ihre Backe muss gekühlt werden, damit es keinen Bluterguss gibt. Das hätte uns gerade noch gefehlt."

Jessica, die sich vom gröbsten Schock erholt hatte, schnappte den Kühler. „Ich brauche niemanden, der mich bemuttert."

Roger hielt es für besser, sich zurückzuziehen. Er hatte genug von Streitereien, genug davon, Jessica domestizieren zu wollen. Er schlurfte die Treppe hinunter.

Im Wohnzimmer sahen einige ihn neugierig an, andere schauten betont weg. Es herrschte eine Mischung aus Schaulustigkeit und Betretenheit, mit der Roger nicht umzugehen wusste. „Ich ... keine Ahnung, was da eben ..."

Unbeholfen stand er da.

Seine Schwägerin Victoria rettete ihn. Burschikos meinte sie: „Nun mach nicht so ein Gesicht. Jessica hatte die Ohrfeige verdient."

Zustimmendes Gemurmel.

Ein paar Minuten später beschloss Roger, noch einmal nach Jessica zu sehen. Es würde ihm sonst keine Ruhe lassen. Auf der Treppe kam ihm David entgegen.

„Wie geht es …?"

David stieß ihn zur Seite, schnappte seinen Mantel und ging ohne ein weiteres Wort.

Oben auf dem Treppenabsatz hockte Susan zusammengekrümmt, als hätte sie Schmerzen. Roger wusste nicht, wie er sich ihr gegenüber verhalten sollte, darum beeilte er sich, Edgar zu suchen, mit der Bitte, sich um sie zu kümmern.

Er würde nie wieder jemanden aus dieser irren Tanztruppe zu sich einladen, das stand fest.

Wie ein Sirenenalarm durchbrach ein Laut die nächtliche Stille. Alan kämpfte sich durch Schichten von Fieberträumen und Kopfweh, bis er endlich wach war. Es klingelte erneut. Das musste jemand sein, der einen Schlüssel fürs *Caesar* hatte, denn es war nicht das kurze Läuten der Eingangstür, sondern der Zweiton-Gong der Wohnungstür. Im Wohnzimmer lärmten Ginger und Fred, die Papageien. Ginger krächzte: „*Hasta la vista*, Baby."

Alan versuchte gar nicht erst, aufzustehen. Schließlich wusste jeder, dass er nie seine Wohnungstür abschloss. Nach dem dritten Läuten hörte er zögernde Schritte im Flur. Kurzsichtig schielte er zur Nachttischuhr. Ein Uhr morgens. Er setzte sich langsam auf und musste sofort niesen. Das reichte, um seinen nächtlichen Besucher zu ermutigen, ins Schlafzimmer zu kommen.

Alan knipste die Nachttischlampe an und schloss für einen Augenblick die geschwollenen Augenlider. Als er sie wieder öffnete, erblickte er Susan. Sie warf sich in seine Arme.

Er streichelte ihren Rücken. „Süße, was ist denn passiert?"

„Ich hasse sie", weinte sie mit dem Kopf an seiner Schulter. „Sie hat mein Leben ruiniert, dieses egoistische, gefühllose Biest. Ich wünschte, sie wäre tot."

Alan, der immer noch nicht ganz wach war, machte „Schsch", wie er es bei seiner Tochter Cindy tat, wenn sie sich wehgetan hatte. Susan weinte hilflos, bis sie alle Tränen aufgebraucht hatte.

Er hielt ihre schlaffe Gestalt von sich weg. „Was ist denn nun passiert?"

„Ich kann nicht darüber reden. Es ist ... ist einfach zu entsetzlich."

Er versuchte es mit einer einfachen Frage. „Du warst doch mit David auf Rogers Party, ja?"

„Ja."

„Und wie bist du hergekommen?"

„Weiß ich nicht. Ich glaube mit einem Taxi. Nein, warte mal. Rogers Sekretärin hat mich gefahren."

„Und wo ist David?"

Falsche Frage. Susans Wasserwerke gingen wieder in Betrieb. Alan wartete benommen, bis sie sich gefangen hatte. Das rote Lämpchen an seinem Nachttischtelefon blinkte dreimal. Von Mitternacht bis sieben Uhr morgens war sein Anschluss auf den Anrufbeantworter im Büro umgestellt, darum läutete das Telefon nicht.

„Ich glaube, David sucht nach dir. Wir sollten ihn zurückrufen."

„Ich werde in meinem ganzen Leben kein einziges Wort mehr mit ihm sprechen. Weder mit ihm, noch mit Jessica, noch sonst jemandem." Sie zupfte ein Kleenex aus der Box auf Alans Nachttisch. „Ich wünschte, ich wäre tot."

„Du kannst heute Nacht in Cindys Zimmer schlafen. Es liegt zwar überall Spielzeug herum, aber das macht dir bestimmt nichts aus."

Das Lämpchen blinkte erneut. Diesmal kam Alan dem Anrufbeantworter zuvor und nahm das Gespräch an. Wie erwartet, war es David.

„Ist Susan bei dir?", fragte er.

„Ja, sie ist hier."

„Dachte ich mir. Hat sie dir erzählt, was passiert ist?"

„Nein, sie hat die ganze Zeit nur geweint."

„Gut, es geht dich sowieso nichts an. Schick sie heim. Sag ihr, dass ich mich entschuldigen will."

„Es ist David", sagte Alan zu Susan. „Er sagt, es täte ihm Leid."

Susan zerdrückte das mit Mascara verschmierte Kleenex. „Mir tut es auch Leid."

Das war nicht besonders hilfreich. „Geht es also klar? Möchtest du nach Hause?"

Sie zuckte die Schultern. „Es gibt Probleme, die lassen sich nicht lösen", gab sie fatalistisch zur Antwort.

David drängte Alan weiter, Susan in ein Taxi zu setzen.

„Vielleicht sollte sie besser bei mir bleiben. Du kannst sie dann morgen abholen", schlug Alan diplomatisch vor.

Glücklicherweise gab Susan nach. „Ruf halt ein Taxi, wenn David unbedingt darauf besteht. Es hat keinen Sinn, mit ihm zu diskutieren."

Alan legte auf und wählte die Nummer von Lady Cabs. „In ein paar Minuten wird jemand da sein. Ich bring dich zur Haustür."

„Lass nur. Du bist krank. Ich hätte dich nicht belästigen sollen." Susan klang jetzt apathisch, was ihn noch mehr beunruhigte als ihr hysterischer Anfall. Sie stand zögernd auf. „Du bist ein lieber Mensch. Du hast keine Ahnung wie es ist, jemanden zu hassen. Gute Nacht, Alan", murmelte sie noch und verschwand dann so lautlos, dass Alan am nächsten Morgen nicht sicher war, ob der nächtliche Besuch wirklich stattgefunden hatte. Es war wie eine Halluzination gewesen.

Sein Kopfweh hatte nachgelassen. Nach drei Tassen Tee ging es auch seinem Hals besser. Er fühlte sich gut genug, um Eileen zu helfen, seiner Sekretärin, die heute kommen würde, obwohl es Sonntag war. Morgen gingen die neuen Kurse los und sie musste die Anmeldungen durchsehen und einen Belegungsplan für die Studios aufstellen. Dazu kam noch die ganze Vorarbeit für die Generalprobe und die Premiere.

Als Alan den Fuß der Treppe erreicht hatte, öffnete Eileen gerade die Vordertür.

Dann erstarrte sie, auf ihre Krücken gestützt und genauso erschrocken wie Alan.

Jemand hatte das Plakat von *Taming of the Shoe* in kleinste Fetzen zerrissen, die über das Foyer verstreut lagen.

Sonntag, 13. Januar
Sexpotz

3/19

Sexpotz

„Oh nein", protestierte Eileen, „nicht noch eine Operation. Und schon gar keine Hüfttransplantation mehr. Verschone mich."

„Du hattest doch erst eine." Simon hoffte, es würde nicht den ganzen Sonntagnachmittag dauern, sie zu überzeugen. Er saß auf der Kante ihres perfekt aufgeräumten Schreibtisches im Büro des *Caesar* und schaute zärtlich auf sie hinunter. „Wir reden hier außerdem nicht über Hüften, sondern über dein Knie."

Sie schüttelte den Kopf, was ihr feines, braunes Haar zum Schwingen brachte. „Dr. Shelley sagte, mein Fall sei zu kompliziert und er könne das Risiko eines Knie-Implantats nicht verantworten", erinnerte sie ihn. Simon war Physiotherapeut in Dr. Shelleys Abteilung an der *London Clinic* und kannte Eileens Krankenakte in- und auswendig.

„Das hatte mit deinen Immunsuppressionsproblemen zu tun, als du die Hüftprothese bekamst. Aber jetzt hat dieser Professor Tiberius Johnson aus den Staaten eine neue Studie veröffentlicht über allogenetische Vascu-"

„Hör bloß auf damit. Es tut mir weh, wenn du mit diesen kalten, medizinischen Fachausdrücken um dich wirfst."

„So wie dein Bein wehtut. Und das wird es auch weiterhin, wenn du nichts dagegen unternimmst." Er legte eine Hand auf ihre Schulter. „Schau, alles, was ich im Augenblick von dir will, ist, dass du zu Professor Johnsons Vortrag mitkommst. Er ist ein gefragter Mann und wird nur für drei Wochen in Europa sein. Ich musste eine Menge Beziehungen spielen lassen, um Karten für uns zu kriegen."

„Du hast *was* getan?" Eileen rückte nervös ihre Brille zurecht. „Du hast alles schon arrangiert, ohne mich nach meiner Meinung zu fragen?"

„Stell dir doch mal vor, wie das wäre, wieder ohne Krücken zu laufen. Treppen wären kein Hindernis mehr, wenn dein Bein nicht mehr steif wäre. Du wärst nicht abhängig von –"

„Ja, ich sehe, worauf du hinaus willst", unterbrach sie ihn. „Wann und wo ist dieser Vortrag?"

Allmählich gewann er an Boden. „Am Dienstag im Richmond Gate Hotel. Das ist ein ausgezeichnetes Konferenz-Hotel mit exquisiter Küche. Wir werden bestimmt einen tollen Tag haben."

„Dienstag nächste Woche?"

„Diese Woche."

„Aber da ist Generalprobe! Das ist ausgeschlossen. Die Zwillinge sind krank." Damit meinte sie Mira und Shireen, die für den Kartenvorverkauf zuständig waren. Sie waren nicht wirklich Zwillinge, sahen sich aber täuschend ähnlich. Die beiden hatten sich letzte Woche bei einem gemeinsamen Urlaub in der Dominikanischen Republik ein Darmvirus zugezogen, das ihnen noch eine Weile zu schaffen machen würde. „Alan würde mich jetzt nicht weggehen lassen."

Simon schaute aus dem Fenster, das lediglich eine trübe Aussicht auf das Haus gegenüber bot, und sage beiläufig: „Alan hat keine Einwände."

Eileen schnappte nach Luft. „Du hast schon mit ihm geredet? Was ist das? Eine Verschwörung?"

„Du bis zu jung, um den Rest deines Lebens auf Krücken zu verbringen." Zur Verdeutlichung tippte er gegen die Metallkrücken, die am Schreibtisch lehnten.

Eileen war noch nicht überzeugt. „Das ist immer noch besser, als wieder im Rollstuhl zu landen. Diese Operationen sind mit einem großen Risiko behaftet."

Er ließ ihr eine Weile Zeit zum Nachdenken.

„Wärst du sehr enttäuscht, wenn ich Nein sagen würde?", fragte sie schließlich.

Simon streichelte ihr sachte übers Haar. Er hatte Eileen in der dunkelsten Stunde ihres Lebens kennengelernt. Sie war damals für eine lange, schmerzhafte Nachbehandlung ihrer Unfallverletzungen in die *London Clinic* gebracht worden. Unzählige Male hatte er sie massiert. Er hätte aus dem Gedächtnis ein Röntgenbild von ihr zeichnen können und dazu eine Landkarte ihrer Narben. Immer, wenn er ihre angespannten Muskeln knetete, wünschte er sich, er könnte durch ihre Haut hindurch all die schmerzenden Knoten auflösen. Er kannte sie so gut. Sie konnte ihn gar nicht enttäuschen.

„Du würdest vielleicht einen großen Schritt vorwärts machen. Bevor du weißt, wie dir geschieht, ziehst du dir ein Paar Steppschuhe an und stiehlst Jessica die Show."

Eileen lächelte nachsichtig. „Ich habe meinen Vorrat an Hoffnung aufgebraucht. Und davon abgesehen glaube ich nicht, dass es mir irgendwie helfen kann, mir das Geschwafel dieser amerikanischen Koryphäe anzuhören, weil ich ja doch kein Wort davon verstehen werde und keine Ahnung habe, wie sich das auf meinen Fall anwenden lässt."

„Kein Problem. Nach dem Vortrag kannst du ihn alles fragen, was du willst. Ich habe einen Termin vereinbart."

Eileen beugte sich vor und umschloss Simons Handgelenk mit ihren Fingern. „Du hast einen Termin vereinbart? Warum hast du ihm nicht gleich gesagt, er soll sein Skalpell mitbringen und die Operation an Ort und Stelle erledigen?"

Simon blieb ganz ruhig. Sie tat nur wütend, in Wirklichkeit mochte sie es, wenn er ihr schwierige Entscheidungen abnahm.

„Du hättest mich viel früher fragen müssen", grummelte sie.

„Ehrlich gesagt, hatte ich mit dem Gedanken gespielt, dich überhaupt nicht zu fragen, sondern dich am Dienstag zu entführen und im Kofferraum gefesselt nach Richmond zu verschleppen."

Sie lachte und schüttelte den Kopf, sodass sich eine Strähne ihres weichen Haars im Brillenbügel verfing. „Du wirst ja doch nicht aufgeben, bis ich ja gesagt habe. Da wäre aber noch das Problem, dass ich dort ziemliche Strecken zurücklegen muss: vom Parkplatz zum Hotel, vom Konferenzraum zum Speisesaal und so weiter."

Gewonnen, dachte er. „Genau da liegt der Hase im Pfeffer. Du solltest endlich ein Leben führen, bei dem du nicht vor jedem einzelnen Schritt Angst haben musst. Und mach dir keine Gedanken wegen der Wege. Wenn du müde bist, trage ich dich einfach."

Eileen seufzte abschließend. „Na gut, ich komme mit."

Er hätte sie am liebsten vor Freude gedrückt, ließ es angesichts ihrer Zerbrechlichkeit aber bleiben. „Ich hole dich um halb sieben ab, dann sind wir rechtzeitig da, um das Frühstücksbüffet zu plündern. Zieh dich schick an."

Im selben Augenblick schlug die Bürotür gegen die Wand und Jessica stürmte herein.

„Du und Roger, ihr habt genau die gleiche Unart, einfach hereinzuplatzen", bemerkte Simon.

„Sei bloß still", herrschte Jessica ihn an.

Erst jetzt sah Simon, dass Jessicas Gesicht unsymmetrisch und geschwollen wirkte. Er glitt vom Schreibtisch, kratzte sich am Kopf und überlegte, ob er ihr Trost anbieten sollte.

„Schau mich nicht an. Und jetzt geh endlich." Jessica begann zu weinen.

Simon zog die Tür hinter sich zu und machte sich keine weiteren Gedanken. Eileen würde schon wissen, wie sie Jessica beruhigte.

Laute Musikfetzen drangen an sein Ohr und er ging Richtung Zuhörersaal, wo gerade die Akustik getestet wurde. Pam stand hinter der letzten Reihe.

„Klingt irgendwie substanzlos", rief sie zur Bühne. Pamela Hay, geschiedene Pamela Widmark, war ein Augenschmaus.

Dickes, weizenblondes Haar, Sommersprossen und eine knackige Figur. Als Alan ihm erzählt hatte, dass Pam ihn wegen Martin Shennan, dem Komponisten der Show, verlassen würde, hatte Simon angefangen, ihr nachzustellen. Bisher ohne Erfolg.

Er näherte sich von hinten und überraschte sie mit einem Kuss auf die Schulter. „Hallo, süße Pam. Treibst du's immer noch mit dem Kerl von der Band?"

Pam stieß ihn in die Rippen. „Martin und ich werden im Mai heiraten. Du bist nicht eingeladen."

„Zu dumm. Ich bin diplomierter Brautküsser. Der Mann für gewisse Hochzeiten."

Sie grinste. „Geh mal da rüber", deutete sie, „und sag, ob der Bass laut genug ist."

Simon salutierte und marschierte zur linken Seite. Martin stellte das Playback für ein paar Sekunden an.

„Das klingt, als wäre der Bass gar nicht angeschlossen", diagnostizierte Simon.

Alan, der auf der rechten Seite postiert worden war, pflichtete ihm bei. Sie trafen sich auf der Bühne, wo Martin verärgert mit einem Verlängerungskabel hantierte. „Ich hab den falschen Adapter mitgenommen. Mist."

Am Rand der Bühne saß Alans sechsjährige Tochter Cindy und spielte mit den elektrischen Kleinteilen. Simon hob sie hoch und warf sie in die Luft. „Hallo, kleine Schönheitskönigin. Hast du vielleicht einen passenden Adapter für Martin?"

Sie kicherte und er stellte sie wieder auf die Füße. Sie hatte ein herzförmiges Gesicht, Pams große blaue Augen mit endlosen Wimpern und Alans glänzendes, schwarzes Haar. Mit Expertenmine durchsuchte sie ihre Schätze und brachte etwas zum Vorschein, das Simon brauchbar erschien. Er reichte es Martin weiter. „Könnte es damit klappen?"

„Super, das ist genau das Teil. Versuchen wir's noch mal." Er stöpselte und schaltete an verschiedenen Verstärkern herum und in Nullkommanix brachte ein stampfender Bass die Luft zum Vibrieren.

Simon setzte sich neben Cindy. „Ist das nicht viel zu laut für dich?", rief er, um den Krach zu übertönen. „Die hohen Frequenzen zerstören die Flimmerhärchen in deinen Gehörgängen."

Cindy wartete mit ihrer Antwort, bis die Musik aufgehört hatte. „Mami sagt, du musst allen Leuten immer medizinische Ratschläge geben. Und dann sagt sie noch, dass du dauernd flirtest. Und Martin sagt, du bist ein Sexpotz. Was ist ein Sexpotz?"

Simon versuchte, ein ernstes Gesicht zu machen. „Martin sollte dir nicht solche Wörter beibringen. Ein Sexpotz, äh, Sexprotz ist ein, also -"

Alan kam ihm zuvor. „Einer, der nie genug kriegt." Seine Stimme klang heiser.

Simon stand auf, bevor Cindy fragen konnte, wovon er nicht genug bekam. „Du siehst ganz schön heruntergekommen aus, mein Alter. Die Unterhaltszahlungen machen dir wohl zu schaffen."

„Nein, Viren. Das fing gestern an mit Kopfweh und laufender Nase. Ich konnte nicht mal zu Rogers Party gehen. Komm mal mit, Simon. Cindy und ich wollen dir was zeigen." Alan nahm seine Tochter an der Hand und sie stiegen die Wendeltreppe zu den Garderoben hinunter, wo Alan die Tür zu einem Abstellraum öffnete. „Eine Überraschung für dich. Ich hatte etwas Zeit über Weihnachten. Na, was sagst du dazu?"

Simon war überwältigt. Alan hatte die Wände pfirsichfarben gestrichen und den fensterlosen Raum mit einer Massageliege, einem Kiefernholztisch mit Stuhl, einem kleinen Wandschrank und einem Heizlüfter eingerichtet. Zwei

Deckenfluter tauchten den Raum in warmes Licht. „Grandios. Ich liebe es." Er umarmte Alan so heftig, dass er einen Hustenanfall auslöste. „Danke. Endlich ist mein Status als ehrenamtlicher Tanzbeinpfleger offiziell."

Alan sagte: „Ich möchte dir ein Gehalt zahlen."

„Kommt nicht in Frage", lehnte Simon ab. „Ich würde nie Geld von dir nehmen."

„Mir wäre dabei aber wohler. Du verplemperst deine ganze Freizeit bei uns."

„Das ist meine wahre Berufung, Junge. Ich komme nur zu meinem Vergnügen her. Du solltest mal die Patienten sehen, die ich in der Klinik behandle. Alt, fett, hässlich, haarig."

„Stinkend", fügte Cindy hinzu.

Simon wuschelte ihr durchs Haar. „Ich hätte mich zum Tierarzt umschulen lassen, wenn es deine knackigen Tänzerinnen nicht gäbe. Also sei so gut und rede nie wieder von Geld."

Cindy hüpfte auf die Massageliege. „Warum heißt es eigentlich Liege und nicht Bett?" Sie legte sich hin, als wolle sie einschlafen.

Pamela stieß zu ihnen. „He Kleines, bist du müde? Sollen wir nach oben gehen?"

Cindy öffnete ihre strahlenden Augen. „Kann ich heute Nacht bei Daddy bleiben?"

„Daddy ist erkältet. Vielleicht nächste Woche."

Cindy zog eine Schnute und Pam hob sie von der Liege. „Wir könnten Ginger einen neuen Satz beibringen."

Als sie alleine waren, sagte Simon zu Alan: „Pam hat mir erzählt, dass sie Martin heiraten wird. Ist es sehr schlimm für dich?"

Alan lehnte sich neben ihn an die Massageliege. „Am Anfang wollte ich den Mistkerl mit seiner eigenen Gitarre verdreschen."

„Du hättest ihn an seinen Verstärker fesseln und dann die Lautstärke voll aufdrehen sollen dafür, dass er dir Pam ausgespannt hat."

„*Und* meine Tochter. Mir wäre lieber, Cindy könnte in einer zivilisierteren Umgebung aufwachsen, nicht in dieser WG mit lauter Rockmusikern."

Simon nickte mit gespieltem Ernst. „Haargenau. Sie wäre viel besser aufgehoben bei ihrem bisexuellen Vater und seiner sexy Tanztruppe."

Alan stieß seinen Ellbogen in Simons Oberarm. „Gerade du musst mir eine Moralpredigt halten."

Ron, der Elektriker, erschien im Türrahmen, ein schwerfälliger junger Mann mit einem Kopf so rund und glatt wie eine Glühbirne. „Alan, wir haben keine Ersatzlampen mehr."

„Lass dir von Eileen Geld geben."

Ron zog ab.

„Wie ist denn die Sache mit Eileen gelaufen?", wollte Alan wissen.

„Sie war Wachs in meinen Händen, nachdem sie sich erst mächtig geziert hat."

„Ich frage mich, was sie sagen wird, wenn sie erfährt, dass die Operation ein Vermögen kostet und nur von Professor Johnsons Team in den Staaten durchgeführt werden kann."

„Wir könnten eine Benefiz-Vorstellung für sie machen."

Alan lachte, aber es klang unglücklich. „Du denkst immer nur bis zum nächsten Schritt. Du machst Eileen Hoffnungen, ohne zu wissen, ob sie realisierbar sind."

„Wir werden das Geld schon auftreiben. Da wäre zum Beispiel Roger. Der ist so gut betucht, dass er das *Johnson Institute* kaufen könnte."

Stimmen erschollen im Flur. Simon stieß sich von der Liege ab. „Schade ist nur, dass ich nicht zur Generalprobe hier sein werde. Ich hätte den Mädels helfen können, die Reißverschlüsse ihrer engen Lederklamotten zu schließen."

Alans Niesen klang wie ein Vorwurf.

„Ah, da versteckst du dich." David kam herein. Seine stahlgrauen Augen überflogen den Raum. „Das sieht ja aus wie im Puff."

„Mein neues Behandlungszimmer", erklärte Simon stolz. „Braucht mich schon jemand?"

„Erst nach der Probe." David wandte sich Alan zu. „Die Truppe ist heute etwas dezimiert. Laura kann erst später kommen, weil sie ihren Latin Lover Luigi nach Heathrow bringt. Und Susan hat sich deine Grippe eingefangen. Du solltest lieber allen aus dem Weg gehen, oder du kannst die Show abblasen."

„Ich kann mich nicht in Quarantäne begeben", konterte Alan. „Dazu gibt es zu viel zu tun, aber ich verspreche, dass ich niemanden küssen werde."

„Genau, das Küssen übernehme ich", bestätigte Simon. „Wo fliegt Luigi denn hin?"

„Nach Rom, nehme ich an. Hoffentlich ist er zur Premiere zurück, sonst ist Laura nicht in Topform."

Nachdem David gegangen war, überkreuzte Alan seine Arme und bedachte Simon mit einem warnenden Blick. „Lass bloß deine Finger von Laura, sonst startet Luigi noch eine Vendetta."

Simon versuchte sich nicht anmerken zu lassen, dass Alan ihn durchschaut hatte. Dann kam ihm ein verspäteter Gedanke. „Sag mal, wie hat Susan sich denn von dir angesteckt? Du warst doch gar nicht auf der Party."

Alan kratzte sich am Kinn. „Letzte Nacht ist etwas Seltsames passiert. Susan kam zu mir, völlig mit den Nerven fertig. Sie wollte sterben, nie wieder mit irgendjemandem reden und war überhaupt sehr melodramatisch. Ich habe keinen Schimmer, was das sollte."

„Vielleicht ein Ehekrach. Wäre nicht das erste Mal."

„Was mich vor allem beschäftigt ist, dass sie sagte, sie würde Jessica hassen."

„Das hat Susan gesagt? Oha." Simon begriff langsam, warum Jessica vorhin so aufgelöst gewesen war. Jetzt musste er aufpassen, was er sagte. „Hat sie noch mehr erzählt?"

„Nein. David rief an und wollte, dass ich Susan in einem Taxi heimschicke. Hast du irgendeine Ahnung, was dahinterstecken könnte?"

Er hatte mehr als nur eine Ahnung, aber Alan durfte von alldem nichts wissen. Er trat in den Flur hinaus. „Ich muss dringend mit Jessica reden."

„Warte." Alan griff nach seinem Arm. „Was ist los?"

„Später." Er schüttelte Alans Hand ab und hastete die große Treppe zum Foyer hoch. Die Tür zu Eileens Büro stand offen. Er ging hinein und setzte sich auf seinen Stammplatz auf ihrem Schreibtisch. „Wo ist Jessica hin?"

Eileen tippte auf ihrer Computertastatur. „Sie wärmt sich auf."

„Warum hat sie geweint?"

„Es ist kompliziert."

Simon griff nach der Stuhllehne und drehte Eileen herum, damit sie ihn ansah.

„Alan hat mir erzählt, dass Susan sich gestern Nacht nach Rogers Party bei ihm ausgeheult hat. Bedeutet das, dass Susan von Davids Affäre mit Jessica weiß?"

Eileens nahm die Brille ab und rieb ihren Nasenrücken. „Susan ist nicht das Problem."

„Willst du damit sagen, dass Roger es auch spitzgekriegt hat? Das wäre eine absolute Katastrophe."

„Nein, Roger hat keinen Schimmer. Jessica hätte es ihm beinahe gestanden, aber sie hat es sich zum Glück anders überlegt."

„Jetzt habe ich den Faden verloren."

„Roger und Jessica hatten einen Streit. Er hat sie geohrfeigt."

„Er hat sie geschlagen? Dieser Bastard. Hoffentlich hat sie zurückgeschlagen."

„Nein, sie hat sich ins Schlafzimmer geflüchtet und David ist ihr hinterher. Danach wurde alles erst richtig schlimm."

„Inwiefern?"

Eileen setzte ihre Brille wieder auf und drehte die Handflächen nach oben. „Tut mir leid, Simon. Ich habe Jessica versprochen, es niemandem zu erzählen. Nicht einmal dir."

Er schüttelte den Kopf. „Und Roger? Ich meine, wie ist jetzt der Stand der Dinge zwischen ihm und Jessica?"

„Waffenstillstand. Sie hat ihm verziehen, dass er sie geschlagen hat, und er hat ihr vergeben, dass sie seine Party ruiniert hat. Sie waren so sehr dabei, sich gegenseitig zu vergeben, dass sie ihm beinahe alles erzählt hätte in der Hoffnung, dass er ihr auch ihre Seitensprünge verzeiht."

Simon spürte, wie das Blut aus seinem Gesicht wich. „Das wäre mein sicherer Tod gewesen."

Eileen tätschelte sein Knie. „Casanovas führen ein gefährliches Leben." Etwas ernster fuhr sie fort: „Bitte lass Jessica in Ruhe. Sie hat die Nase voll von Männern im Allgemeinen und von ihren Ex-Liebhabern im Besonderen."

„Und du hast bestimmt die Nase voll von Jessicas Problemen. Ständig lädt sie ihren Seelenmüll bei dir ab."

Eileen schenkte ihm ihr warmes Lächeln. „Das geht schon in Ordnung, so lange ich einen Teil davon bei dir recyceln kann. Weißt du, allmählich freue ich mich auf Dienstag. Ein Tag Urlaub wird mir guttun."

Simon beugte sich hinunter und küsste ihr Haar. „Das wird richtig romantisch werden. Nur du, ich und eine Horde Chirurgen."

Montag, 14. Januar
Fehler

4/19

Fehler

Jessica erwachte so langsam, dass es kaum zu ertragen war. Sie konnte sich weder rühren noch ihren Körper fühlen. Ihre Augenlider waren bleischwer, ihr Atem flach. Panik überwältigte sie. Wo war sie? Wer war sie? Das einzig Vertraute war die Verwirrung selbst, so als wäre es nicht das erste Mal, dass sie in diesem Zustand war. Und sie wusste, dass er vorübergehen würde.

Sie konzentrierte sich auf Geräusche. Neben sich hörte sie jemanden atmen. Erschrocken riss sie die Augen auf und schaffte es, den Kopf nach links zu drehen. Vor dem grauen Himmel, eingerahmt von einem hohen, schmalen Fenster, konnte sie die Umrisse eines Körpers unter den Laken neben sich sehen. Sie versuchte zu schreien, brachte aber nur ein schwaches Wimmern zustande.

Das Laken bewegte sich, ein Arm wurde ausgestreckt, eine Hand landete auf ihrer Schulter. Augenblicklich materialisierte sich ihr Körper.

„Schatz", sagte der Fremde mit schläfriger, beruhigender Stimme. „Ich bin's, Roger. Du hast einen deiner Blackouts."

Ihre Welt rückte wieder an den richtigen Platz. Jessica stöhnte.

„Besser?", fragte Roger gähnend.

Sie setzte sich auf und nickte in die Dunkelheit. „Schlaf ruhig wieder ein."

Dabei zitterte sie immer noch. Soweit sie zurückzudenken konnte, war sie von diesen plötzlichen Amnesien geplagt worden. Ihre Mutter war überzeugt gewesen, dass es sich nur um eine Variante kindlichen Schlafwandelns handelte und sich im Laufe der Jahre legen würde. Einen Arzt aufzusuchen, hielt sie für unnötig. Aber es legte sich nicht. Wann immer Jessica gestresst war, erlitt sie so einen Blackout. Was, wenn sie eines Tages den Weg zurück in die Realität nicht finden konnte?

Roger zog sie zu sich heran. „Leg dich wieder hin, Jess. Dir wird noch kalt. War es denn so schlimm diesmal?"

„Es ist immer schlimm." Sie kuschelte sich mit dem Rükken an seine warme Brust.

„Ich hab dir schon tausend Mal gesagt, du brauchst einen Seelenklempner", murmelte Roger. Kurz darauf atmete er bereits wieder tief und regelmäßig.

Aber Jessica konnte nicht schlafen, wenn sie so nah bei jemandem lag. Reglos verharrte sie in der Umarmung ihres Mannes und blinzelte in die Dunkelheit. Es war nicht weiter überraschend, dass sie gerade jetzt einen Blackout gehabt hatte. Ihr Leben war dabei, sich aufzulösen. Sie hatte zu viele falsche Entscheidungen getroffen. Sie gehörte nicht hierher. Von Anfang an hatte sie sich fremd gefühlt in Rogers Haus mit den auf Hochglanz polierten Möbeln, dem affektierten Diener und der ergebenen Haushälterin, den edlen Weinen und erlesenen Mahlzeiten. Sie war ein Eindringling. Ihr Zuhause war das *Caesar*. Das war es zumindest bis jetzt gewesen. Aber David war immer noch verrückt nach ihr, und jetzt wusste es auch Susan. So konnten sie unmöglich weiter zusammenarbeiten.

Die gestrige Probe war ein Albtraum gewesen. Zum Glück war Susan nicht erschienen, so hatte Jessica immerhin das gefürchtete Zusammentreffen mit ihr erst einmal verdrängen können. Eileen hatte ihr geraten, Susan anzurufen und so bald wie möglich klare Fronten zu schaffen. Aber was verstand Eileen schon von Liebe, Leidenschaft und Eifersucht?

Jessica fühlte das Gewicht von Rogers Arm, der immer schwerer zu werden schien. Wenigstens war ihre Ehekrise vorübergehend behoben. Wie lange würde der Waffenstillstand wohl halten? Sie war sich nicht einmal sicher, ob es eine gute

Idee gewesen war, ihm zu verzeihen. Die Ohrfeige war ihre Chance gewesen, aus der Beziehung auszubrechen und ihm die Schuld zu geben. Andererseits war Roger ein guter Mann, zuverlässig und fürsorglich. Erstaunlicherweise respektierte sie ihn seit der Ohrfeige sogar etwas mehr.

Der Wecker begann zu piepsen. Sie tastete nach dem Schalter. Jetzt war eigentlich die Zeit für ihre Atemübungen. Roger, noch im Halbschlaf, begann, ihre Brüste zu liebkosen, und ihre Brustwarzen richteten sich auf. Es kam Jessica vor, als würde sie sich selbst dabei beobachten, wie Lust in ihr aufstieg. Sie knöpfte ihr Nachthemd auf. Roger wurde zudringlicher.

„Wollen wir?", flüsterte sie, von sich selbst überrascht, drehte sich um und küsste ihn. Zuerst war er zu überwältigt, um zu reagieren. Dann entledigte er sich hastig seiner Pyjamahose. Er hatte wohl Angst, dass sie es sich anders überlegen könnte.

Jessica setzte sich rittlings über seine Hüften, beugte sich vor und barg ihr Gesicht in seinem dichten Brusthaar. Rogers Umarmung tat ihr gut, gab ihr Wärme und Geborgenheit. Sie ließ sich einfach fallen, erlaubte der Wärme, sich in ihr auszubreiten. Die Dunkelheit steigerte noch das Gefühl, beschützt zu sein, abgeschirmt von ihrem inneren Aufruhr, der sie noch früh genug wieder einholen würde.

Graue Wolken, dick wie Daunendecken, zogen über den noch dunklen Himmel. Der eisige Wind piekte in Jessicas Lungen. Sie atmete die stechende Luft ein und hauchte weiße Wölkchen aus. Sie fühlte sich so energiegeladen, dass sie zu der Überzeugung gelangte, dass Sex am Morgen ein ausgezeichneter Ersatz für Atemübungen war.

Sie schloss das Gartentor und rieb die Hände in den dicken Fausthandschuhen aneinander. Links von ihr erhob sich der von Straßenlaternen erleuchtete Hügel von Primrose Hill. Es war ein vertrauter Anblick, den sie nicht missen wollte. Sie war in diesem Teil Londons aufgewachsen, ein Umstand, den sie Roger vorenthielt, denn es war der Hauptgrund gewesen, warum sie seinen Heiratsantrag angenommen hatte. Das durfte er nicht einmal ahnen.

Jeden Morgen, wenn sie die Regent's Park Road entlang joggte, kam sie an ihrem Elternhaus vorbei. Es stand leer. Die letzten Mieter waren vor zwei Jahren ausgezogen. Das verlassene Haus hatte sich angeboten, als sie nach einem Ort für ihre heimlichen Treffen mit David gesucht hatte. Leider. Sonst hätte sie diesen verhängnisvollen Fehler vielleicht nicht begangen.

Als sie den Park betrat, hörte sie jemanden ihren Namen rufen.

„Jessica, hierher!"

Sie drehte sich um und sah einen Labrador zu seinem Herrchen rennen.

„Und ich dachte, Sie meinen mich", rief sie dem Mann zu.

Er nahm den Hund an die Leine und sah auf. Aus einem faltigen Gesicht blinkten sie freundliche Augen an. „Dann heißen Sie auch Jessica?"

Sie trippelte auf der Stelle. „Jessica Warner. Ist das nicht ein herrlicher Morgen?"

Er sah sich etwas zweifelnd um. „In meinem Alter hat man es lieber etwas wärmer. Wenn ich nicht wegen dem Hund raus müsste ... Mein Name ist Raymond Aldridge."

„Ich hab' Sie noch nie im Park getroffen, Mr Aldridge. Sind sie erst kürzlich hergezogen?"

Aldridge tätschelte die Hündin.

„Ich wohne schon seit Jahren hier. Aber ich geh' nicht so oft raus. Diese Woche hat mir meine Tochter ihre Jessica überlassen, weil sie ins Krankenhaus musste."

„Hoffentlich nichts Ernstes", meinte Jessica mitfühlend.

„Blinddarmentzündung. In ein paar Tagen ist sie wieder auf dem Damm. Ich muss sagen, Ihr Jogginganzug sieht toll aus, Mrs Warner. Der leuchtet ja geradezu."

„Rot ist meine Lieblingsfarbe", erklärte Jessica. „War nett, mit Ihnen zu plaudern. Man sieht sich morgen."

„Freu' mich schon drauf."

Der alte Mann und die Hündin gingen weiter und Jessica lächelte ihnen hinterher, dann lief sie ihre Runde um den Hügel. Je kräftiger ihre Füße den Boden bearbeiteten, desto leichter wurde ihr ums Herz. Ihre Probleme waren auf einmal unbedeutend. Bestimmt würde Susan David seinen Seitensprung verzeihen, der ja schon eine Weile zurücklag. Und wenn David Jessica übel nahm, dass sie die Affäre nicht wieder auffrischen wollte, war das sein Problem und nicht ihres. Mit diesen beruhigenden Gedanken verlangsamte Jessica ihre Schritte und verließ den Park an der Ecke zur Albert Terrace. Sie überquerte die Straße und war wieder daheim.

Kurze Zeit später betrat sie frisch geduscht und umgezogen das Esszimmer im Wintergarten. Sie küsste Roger auf die hohe Stirn und zog ihren Stuhl zurück. Plötzlich kam es ihr so vor, als ob etwas nicht stimmte. Roger las nicht wie sonst die *Financial Times*, er aß auch nicht, sondern saß einfach da und sah sie an mit stahlhartem Blick. Was hatte sie denn jetzt wieder falsch gemacht?

„Lies das." Er deutete mit dem Zeigefinger auf ihren Teller.

Jessica sah in die befohlene Richtung. Dort lag ein zweimal gefaltetes Blatt Papier. Ihre Hände fingen an zu zittern, obwohl sie keine Ahnung hatte, was es mit dem Blatt auf sich hatte. Sie faltete es vorsichtig auf. Ihr Geist war blockiert, sie konnte die Worte nicht entziffern.

„Lies es laut", befahl Roger.

„Jessica hatte zwei ... zwei Liebhaber." Sie schluckte trocken.

„Weiter."

„Einer war David Powell, der andere Simon Jenkinson." Jessica sank auf ihren Stuhl. Sie konnte die Augen nicht von den Druckbuchstaben nehmen.

„Sag mir, dass es nicht wahr ist."

Jessicas Kehle und Lippen waren rau wie Sandpapier. Als sie einen Schluck Milch nahm, klatschte Rogers Hand auf den Tisch. Vor Schreck verschluckte sich Jessica und musste husten. Die Milch schwappte über den Rand des Glases. Schnell wischte sie die Tropfen mit der Serviette auf. Ihr Gehirn war völlig leer. Kein einziges Wort kam ihr in den Sinn.

„Sag mir, dass es nicht wahr ist", wiederholte er und richtete sich auf.

Jessica wich zurück, ihr Stuhl kippte um. „Roger", keuchte sie mit den Händen über dem Gesicht, während sie sich rückwärts bewegte. „Bitte tu mir nicht weh."

Nur zwei Schritte und sie stand mit dem Rücken zur Wand. Er hatte sich nicht vom Fleck gerührt. Langsam und mit erhobener Hand kam er näher.

„Du hast es mir versprochen", flehte sie. „Du hast gesagt, du würdest mich nie wieder schlagen."

„Dann ist es also wahr", dröhnte er. „Du hattest mit beiden ein Verhältnis."

Sie nickte hinter den vorgehaltenen Händen. Grob packte er sie an den Schultern und schob sie zum Tisch zurück, hob den Stuhl auf und drückte sie hinein, während er selbst stehen blieb, groß und bedrohlich.

„Jessica, ich muss die Wahrheit wissen." Da war ein unberechenbarer Unterton in seiner Stimme. „Was war mit David? Warst du so vernarrt in seine Tanzkünste, dass du unbedingt mit ihm ins Bett steigen musstest?"

Sie erkannte, wie verletzt er hinter seiner Maske aus Wut war. Dass sie sich an diesem Morgen geliebt hatten, machte die Demütigung nur noch schlimmer.

„Es war nichts, wirklich. Nur ein dummer Fehler." Sie wich seinem Blick aus und sah hinab auf ihre Hände, die sie im Schoß zu Fäusten geschlossen hatte.

„Wann fing es an?"

„Das war gleich am Anfang, als er gerade zu unserer Truppe gekommen war. Er stellte mir nach und belästigte mich. Solange andere dabei waren, benahm er sich tadellos, aber sobald wir allein waren, drängte er sich mir regelrecht auf. Irgendwie habe ich mich geschmeichelt gefühlt und schließlich nachgegeben. Ich wünschte, ich könnte es ungeschehen machen." Sie senkte den Kopf noch etwas tiefer. Roger packte ihr Kinn und zwang sie aufzusehen.

„Sieh mich an, Jessica. Wie lange ging das mit euch beiden?"

„Nicht ganz ein Jahr."

Roger gab seinem Stuhl einen Tritt, der ihn quer durch den Raum beförderte. „Ein Jahr? Dieser dumme Fehler, wie du es nennst, hat ein ganzes *Jahr* gedauert?"

Jessica schlang die Arme um sich. „Du weißt, wie schwer es mir fällt, Gewohnheiten aufzugeben."

Roger lachte bitter. „Wer wüsste das besser als ich. Oh, Jess."

„Wenn es nach David ginge, wären wir immer noch zusammen. Auf der Party, nachdem du mich –" Sie verstummte, denn sie wollte ihn lieber nicht daran erinnern.

Roger hatte den Stuhl wieder aufgehoben und ließ sich kopfschüttelnd hineinsinken. „Nachdem ich dich geohrfeigt hatte. Schon kapiert. Er war der Ritter in glänzender Rüstung, der auf seinem weißen Pferd angaloppiert kam, um seine Königin zu verteidigen."

Jessica sah auf. „Er dachte, es wäre seine Chance, mich zurückzugewinnen. Ich tat, was ich konnte, um ihn loszuwerden. Das musst du mir glauben. Ich habe David nie geliebt. Es war nur ... ach, ich weiß ja auch nicht, was es war."

„Du bist so jung, Jess, so schwer zu bändigen." Roger senkte den Kopf und bohrte seine Fingerspitzen in die Kopfhaut.

„Susan hat mitgehört, als ich David klipp und klar gesagt habe, dass ich für ihn nie etwas empfunden habe. Weißt du, was ich denke?" Sie hielt den Brief wie ein Schild vor ihre Brust. Vielleicht konnte sie Roger von ihrer Untreue ablenken. „Ich denke, dass sie das geschrieben hat."

Sie hatte Susans Ehe zerstört und nun wollte Susan ihre Ehe zerstören. Eileen hatte recht gehabt. Jessica hätte Susan anrufen sollen. Jetzt war es zu spät.

Rückblickend fielen ihr eine Menge Sachen ein, die sie hätte anders machen sollen. Kleinigkeiten, wie den Heizlüfter abzudrehen, der das alte Studio in Brand setzte und damit Eileens Unfall verursachte. Große Dinge, wie ihre erste Liebe, als sie Alan verfallen war, bevor sie alt genug war, um ihre Gefühle im Griff zu haben.

Wenn Alan erfuhr, was sie getrieben hatte ... sie konnte die Vorstellung nicht ertragen, dass er sie dann womöglich verachten würde.

Roger war in seine eigenen Gedanken versunken. „Ist dir eigentlich klar, was du mir angetan hast? Was ist, wenn Susan es weitererzählt?"

Darum ging es ihm also, den Schein zu wahren. „Das tut sie bestimmt nicht", sagte Jessica ohne rechte Überzeugung.

„Wer weiß sonst noch von deinen Eskapaden?"

„Nur Eileen."

Die nachfolgende Stille machte ihr Angst. Jessica sah den Spiegeleiern zu, wie sie kalt, und den Toastscheiben, wie sie hart wurden. Was für eine Verschwendung, und damit meinte sie nicht nur das verdorbene Frühstück, sondern die Zeit, die die Menschen mit Gefühlen und Hingabe vergeuden. Überhaupt alles, was mit Liebe zu tun hatte.

Eigentlich wollte sie nur weg von hier, raus aus dem Zimmer, dem Haus, London, England. Sie wollte das nächste Flugzeug nach Auckland besteigen, sich in die Arme ihrer Mutter werfen und weinen.

„Ich habe alles kaputtgemacht, Mami", würde sie sagen. „Mein Leben ist auf Lügen und Halbwahrheiten aufgebaut. Ich habe meinen Mann und meinen Liebhaber betrogen und sogar mich selbst, indem ich mir den einzigen Mann, den ich wirklich liebe, versagt habe. Ich will keinen von ihnen wiedersehen. Auch meine beste Freundin nicht. Ihr entstelltes Gesicht ist ein einziger Vorwurf. Ihre verkrüppelten Beine erinnern mich ständig daran, wie selbstsüchtig ich bin. Das Hämmern ihrer Krücken tut mir körperlich weh. Ich will alles hinter mir lassen, ich will das Netz durchschneiden, in dem ich gefangen bin, die ganzen Freundschaften und Beziehungen, alles was mich belastet. Dann würde ich sicher nie mehr einen Blackout haben."

Wenn sie einen Planeten ganz für sich allein hätte! Eine überlebensgroße Bühne, auf der sie tanzen konnte, bis sie alles um sich herum vergaß.

Roger wurde unruhig und schritt auf und ab. „Und danach Simon. Dass du dich mit diesem lüsternen Mistkerl eingelassen hast!"

Sie biss sich auf die Lippen, um ein Lächeln zu unterdrücken. Die Affäre mit Simon würde sie bestimmt nie bereuen. Es war die erfrischendste Erfahrung ihres Lebens gewesen. David hatte immer darauf bestanden, dass sie sich beide vorher die Zähne putzten. Wie unromantisch. Hinterher pflegte er zu fragen, ob es für sie schön gewesen sei. Sie hatte sich ständig beobachtet gefühlt, hatte multiple Orgasmen vorgetäuscht, damit er zufrieden war.

Simon dagegen war viel zu sehr damit beschäftigt, selber Spaß zu haben, als sich darum zu scheren, ob ihr seine Sextechniken gefielen. Er hatte auch keine Hemmungen, im Bett Knoblauchbrot zu essen und sie dann zwischen den Krümeln zu lieben. Sie hatten viel miteinander gelacht. Mit ihm hatte sie sich wie ein Raubtier gefühlt, das endlich ausgewildert worden war. Raus aus dem Käfig ihrer Ehe. Weg aus dem Streichelzoo, in den David sie gesperrt hatte.

„Wie war das mit Simon?", wollte Roger wissen. „Wann war es? Wie lange ging das?"

„Das war letzten Herbst, nur ein paar Wochen. Mach dir keine Sorgen, er ist absolut verschwiegen."

Roger ließ sich nicht täuschen. „Und wieso weiß Susan dann davon? Falls sie es war, die den Brief geschrieben hat."

„Ich fürchte, ich habe zu David etwas über Simon gesagt, als er mich am Samstag einfach nicht in Ruhe lassen wollte. Da Susan uns belauscht hat, hat sie es mitgekriegt."

Roger umrundete den Tisch. Seine Hand hämmerte abwechselnd auf die Stuhllehnen. „Gab es noch mehr Liebhaber? Noch mehr dumme Fehler?" Jetzt stand er hinter ihr. Ihre Rückenmuskeln spannten sich an.

„Nein." Das war die Wahrheit.

Die Uhr auf dem Kaminsims schlug neun. Jessica war fast am Verhungern nach dem morgendlichen Laufen in der Kälte. Sie nahm einen weiteren Schluck von der Milch.

„Was wirst du jetzt tun? Mich vor die Tür setzen?" Irgendwie hoffte sie es sogar, dann wäre es ein glatter Schnitt.

„Du weißt, dass ich nicht zu überstürzten Entscheidungen neige. Schließlich liebe ich dich, trotz allem." Er drückte seine Hände so fest auf ihre Schultern, als wollte er sie davon abhalten, aufzustehen und wegzulaufen, weit, weit weg. „Du hast meine Gefühle von Anfang an mit Füßen getreten, aber ich gebe dir noch eine Chance."

Wie edel, wie verdammt großzügig von ihm. Jetzt musste sie sich seiner Nachsicht würdig erweisen.

„Das ist kein geeigneter Zeitpunkt für eine drastische Veränderung", fuhr er fort. „Deine Premiere steht kurz bevor. Lass uns einfach darüber schlafen."

Darüber schlafen. Als wäre sie ein Haus, das er kaufen oder verkaufen wollte.

„Wir klären das vernünftig. Ich möchte kein drittes Mal geschieden werden."

Er wartete auf eine Reaktion von ihr.

„Danke", murmelte sie, unsicher, ob sie ihm wirklich dankbar war. Sie verabscheute seine herablassende Duldsamkeit.

Kaum war er gegangen, zerknüllte sie den Brief und pfefferte ihn ins Kaminfeuer.

Training

5/19

Training

„Oh, ja. Ja, Himmel, jaaaah." Simon bog seinen Rücken durch und ließ sich dann zufrieden und ermattet auf Lauras ausgebreitete rote Locken fallen.

Laura lachte keuchend. „Wehe, du stöhnst noch einmal so laut in mein Ohr!"

„Gut", sagte er, sofort wieder munter und voller Tatendrang, „dann lass uns eine andere Stellung versuchen, bei der ich nicht so nah an deinen zarten Lauschern bin."

Laura schubste ihn weg, befreite ihre Haare, stand auf und brachte damit das Wasserbett zum Schwingen. „Drei Stellungen an einem Morgen reichen mir. Jetzt habe ich Hunger."

„Ich könnte dich mit einer Massage verwöhnen."

Laura, bezaubernd in ihrer Nacktheit, ging in der Küche herumstöbern. „Ich darf heute nicht zu spät kommen. Wir drehen den Videoclip."

„Ich weiß, aber es ist noch nicht mal Mittag. Wir hätten noch Zeit für einen Quickie." Er folgte ihr.

„In deinem Kühlschrank sind nur Eier."

„Von freilaufenden Hühner", fügte er an. „Wir hatten ein so opulentes Frühstück, dass sonst nichts mehr übrig ist." Er knabberte an ihrem Ohrläppchen und betatschte ihren Hintern.

Laura schloss den Kühlschrank und deutete auf die randvolle, riesige Obstschale neben der Spüle. „Doch, Orangen. Und was für Mengen. Aber ich brauche jetzt etwas Gehaltvolles." Sie spielte am Kühlschrankmagneten herum, einer kleinen Uhr mit Messer und Gabel als Zeiger.

Simon öffnete das Gefrierfach und zog eine Packung Fettucini in Tomatensauce heraus.

„Ich esse sonst immer in der Klinik. Zu Hause lebe ich von Fertiggerichten. Ich weiß, du bist Besseres gewöhnt. Luigi und seine toskanische Küche!"

Misstrauisch beäugte Laura die Packung, zog den Deckel ab und sah sich den Inhalt näher an. „Das kannst du selber essen."

Sie stöberte im Gefrierfach herum und brachte schließlich eine Packung Curryhuhn mit Reis zum Vorschein. „Das geht schon eher. Mach es für mich heiß. Ich ziehe mich inzwischen an."

Simon zuckte die Schultern, schob den Plastikbehälter in die Mikrowelle und ging sich ebenfalls anziehen.

Fünf Minuten später saßen sie am Bistrotisch in der engen Küche. Er fing an, sich Reis in den Mund zu schaufeln.

„Hör sofort auf, so zu essen", ermahnte sie ihn.

„Was ist damit nicht in Ordnung?" Er nahm einen Schluck Weißwein.

„Es erinnert mich an meinen Vater. Er ist Taxidermist. Er stopft tote Tiere aus."

Simon grinste und bemühte sich um bessere Tischmanieren.

Laura stocherte auf ihrem Teller herum. „Wir hatten nur eine Nacht miteinander. Das ist schade, denn du bist umwerfend. Total verrückt, aber umwerfend."

„War ich besser als dein Latin Lover?"

„Deutlich besser. Hoffentlich kommt Luigi nie dahinter, sonst bringt er dich um. Er ist sehr leidenschaftlich."

„Für mich hat Leidenschaft nichts mit Umbringen zu tun."

„Nein, für dich ist Leidenschaft ein Marathon, bei dem du so viele Frauen wie möglich ins Bett zerrst."

„Würde es dich sehr überraschen zu erfahren, dass die Nacht mit dir meine Abschiedsvorstellung war? Es ist aus und vorbei mit dem Lotterleben."

Laura hob erst die eine, dann die andere Augenbraue. „Ich bin mir nicht sicher, ob ich das als Kompliment auffassen soll."

„Ein Kenner hebt sich das Beste immer bis zuletzt auf."

„Dann hast du also eine Liste geführt? Die muss ja ziemlich lang gewesen sein, wenn ich so an die hübschen Mädchen in unserer Truppe denke."

„Die meisten sind leider zu jung für mich." Er schleckte den Saucenrest vom Teller. „Susan kommt auch nicht in Frage, weil sie total auf David fixiert ist."

Laura nahm den Faden auf. „Und Jessica ist total aufs Tanzen fixiert. Sie ist der eindimensionalste Charakter, der mir je begegnet ist. Wahrscheinlich weiß sie nicht mal, dass es Männer gibt."

Simon versteckte sein Grinsen hinter einer Serviette. „Und wie passt Roger ins Bild?"

„Der ist bestimmt impotent." Sie schaute auf ihre Armbanduhr. „Mist. Ich komme noch zu spät. Lass uns gehen."

„Alan wird dir schon nicht den Kopf abreißen", beruhigte er sie, während er das schmutzige Geschirr in die Spüle stapelte und die Orangen behutsam in eine Plastiktüte legte.

„Nein, Alan nicht, aber David." Laura knöpfte ihren Mantel zu. „Er lässt keine Gelegenheit aus, mich herunterzuputzen. Er gibt mir das Gefühl, linkisch und peinlich zu sein."

„Wenn du linkisch wärst, hätte er dich nicht zu Jessicas Zweitbesetzung gemacht", sagte Simon, während er in seinen Anorak schlüpfte.

„Als ob ich je zum Zug käme. Jessica würde niemals einen Auftritt verpassen. Bei den letzten zwei Vorstellungen von *Tap As You Like It* hatte sie einen Darminfekt und ist dauernd aufs Klo gerannt, aber immer nur zwischen den Stücken. Wenn sie tanzen soll, dann tanzt sie, und wenn die Welt untergeht. Zweitbesetzung - das ist einfach ein Witz!"

Sie gingen die Treppe hinunter. „Du klingst ganz schön verbittert", fand Simon.

„Quatsch, ich bin nicht verbittert. Ich kann es nur nicht leiden, wie David mich behandelt. Als ich Jessicas Rolle geprobt habe, hat er mich alle zwei Sekunden unterbrochen und die Schrittfolgen leichter gemacht, weil er meinte, ich könne sie sonst nicht bewältigen. Er ist ein Mistkerl."

„Aber ein gut aussehender Mistkerl."

Laura bedachte ihn mit einem vernichtenden Blick. „Leider. Darum hält er sich für das Salz der Erde. Seine Proben sind die reinsten Militärdrills."

Sie traten in den trüben Wintertag hinaus und schlugen die Krägen hoch. Simon legte seinen Arm um Lauras Schulter. Die Tüte mit den Orangen baumelte ihm um die Knie.

„Sag ihm doch einfach, dass du mit mehr Respekt behandelt werden willst." Er küsste sie auf die von der Kälte gerötete Wange. „Du bist so eine talentierte, hübsche Person. Du könntest ruhig selbstbewusster sein. Weißt du, jeder Mensch hat einen Schwachpunkt. Finde einfach Davids Schwachstelle und er wird dich in Frieden lassen."

„Und wo finde ich diese Schwachstelle?"

„Denk doch nur daran, wie er immer versucht, mit seinen Shakespearesprüchen anzugeben, die er auch noch dauernd falsch zitiert. Er ist ein Spatz, der die Federn aufplustert und sich für einen Adler hält. Wenn du ihn merken lässt, dass er damit bei dir nicht punkten kann, wird sein Ego auf Normalgröße zusammenschrumpfen."

„So einfach ist das nicht. Gestern zum Beispiel war er unheimlich mies drauf, obwohl wir alle mehr als unser Bestes gegeben haben. Er ist es gewohnt, mit Profis zu arbeiten und hat keine Geduld für Amateure. Heute wird es noch schlimmer sein wegen der Dreharbeiten. Da er für den reibungslosen Ablauf verantwortlich ist, wird er total zappelig sein. Aber natürlich wird er das nicht zugeben, sondern auf uns allen herumhacken. Das heißt natürlich, auf uns allen außer auf Jessica."

Sie waren am *Caesar* angekommen. Laura blieb stehen und runzelte die Stirn. „Wobei - da fällt mir ein, dass er gestern auch Jessica gegenüber ziemlich pampig war. Wo er sie doch sonst immer wie eine Göttin behandelt."

Während das Chaos um sie herum immer mehr zunahm, zog Eileen sich innerlich zurück, denn sie hatte keine andere Ausweichmöglichkeit. Nach außen hin ruhig, nahm sie die ausgefallenen Wünsche der Filmcrew zur Kenntnis, beantwortete tausend Fragen und erklärte dem technisch überforderten Visagisten, wie der Kopierer funktionierte. Sie klärte Missverständnisse, tröstete, delegierte und fand sogar ein paar Minuten, um an ihrem Computer zu arbeiten und Telefonate entgegenzunehmen.

Als sie kurz davor war, sich unter ihrem Schreibtisch zu verstecken, um endlich eine Minute Ruhe zu haben, kam Alan mit einem Tablett herein.

„Simon hat angeordnet, dass jeder eine Extradosis Vitamin C bekommt. Er hat die Orangen selbst gepresst. Frag nicht, wie meine Küche aussieht."

Ohne aufzusehen, nahm Eileen ein Glas vom Tablett und schüttete es durstig hinunter. „Genau das hab ich jetzt gebraucht."

„Ich werde auch froh sein, wenn das Affentheater vorbei ist."

In der Tür erschien eine Pappschachtel, gefolgt von Martin Shennans bärtigem Gesicht. Er wuchtete die Schachtel auf den Schreibtisch.

„Endlich", keuchte er. „Ich hatte Angst, sie würden nicht rechtzeitig geliefert werden."

Er klappte den Deckel auf und zog eine CD heraus, die er glücklich hin und her schwenkte. „Ta-da! Dreihundert Stück für den Verkauf nach der Vorstellung. Du musst einen netten Platz finden, um sie aufzustellen."

Er reichte Eileen die CD. Das Cover zeigte das Poster der Show. In diesem kleinen Format verlor es viel von seiner wilden Ausdruckskraft. *The Shenanigans* war oben aufgedruckt und darunter, unter den Pinselstrichen, die Jessicas wirbelnde Füße zeigten, *Taming of the Shoe - Original Soundtrack*.

„Die ist für dich", sagte Martin großzügig und klopfte die Taschen seiner Lederjacke ab. „Ah, da ist er ja. Der Lieferschein. Den musst du unterschreiben. Ich habe mich gefragt, ob wir das Cover nicht auf T-Shirts drucken sollten. Wie läuft der Filmdreh?"

Alan balancierte immer noch das Tablett. „Organisiertes Chaos. Zumindest hoffe ich, dass jemand es organisiert. Hier, nimm auch etwas frisch gepressten –"

„Iiih, das Zeug kann ich nicht leiden. Gehen wir lieber mal nachsehen, was sich im Theater abspielt. Ich muss doch wissen, was mir und den Jungs bevorsteht, wenn wir morgen gefilmt werden. Rate mal wo! In einem Schuhgeschäft. Ich kann es nicht erwarten, bis alles fertig ist. Was für ein Tag."

Ja, was für ein Tag. Wieder versuchte Eileen zu arbeiten, aber die nächste Störung folgte auf dem Fuße.

„Hast du auch deinen Anteil O-Saft bekommen?", fragte Simon und schob einen Stapel Anmeldeformulare zur Seite. Halb stehend, halb auf der Schreibtischkante sitzend, lächelte er auf Eileen herunter.

„Ja, danke." Sie drehte den Stuhl zu ihm herum. „Du willst mich bestimmt an mein Training erinnern."

„Punkt drei Uhr, wie immer."

„Heute nicht."

Simon nahm sie bei den Händen und zog sie sanft zu sich heran, damit er sie stützen konnte. „Eine Stunde täglich, außer am Wochenende", zitierte er seine eigenen Anordnungen. „Widerstand ist zwecklos." Er reichte ihr die Krücken.

Eileen seufzte. „Du Sklaventreiber. Und was ist morgen, wenn wir in Richmond sind?"

Mit einem zufriedenen Grinsen zog Simon eine Broschüre aus der Gesäßtasche seiner Jeans. „Das ist der Hausprospekt des Richmond Gate Hotels - und was siehst du auf Seite 14?" Er klappte das Heft auf und hielt es ihr vor die Nase.

„Cedars Fitness-Club", las sie gehorsam vor. „Es gibt wohl kein Entkommen. Was haben die denn zu bieten? Kraftmaschinen, Thermen ..."

„Sauna, Schönheitsbehandlungen", fuhr Simon für sie fort.

Eileen lachte. „Die Schönheitsbehandlungen sind wohl für dich. Bei mir ist alles zu spät."

Simon lächelte zärtlich und ihr wurde warm ums Herz. Er legte die Broschüre auf den Schreibtisch. „Lass uns nicht die Zeit mit Reden vergeuden. Du hast den Fitnessraum heute ganz für dich allein. Ich will schauen, welche Fortschritte du gemacht hast."

„Ich bin schon froh, wenn ich den Status quo aufrechterhalten kann. Ich kann unmöglich noch höhere Gewichte auflegen oder die Anzahl der Wiederholungen erhöhen. Ich bin an einem toten Punkt angelangt."

Sie fuhren mit dem Aufzug in den ersten Stock, wo Simon die Tür zum Umkleideraum für sie aufhielt. „Manchmal muss man nur die Trainingsroutine ein wenig ändern, um neue Muskelgruppen zu aktivieren."

Eileen setzte sich auf die Bank und zog sich bis auf die Unterwäsche aus. Simon sah ihr nachdenklich zu. „Ich wünschte, ich hätte heilende Hände."

„Hast du doch", versicherte Eileen und schlüpfte in ihren Trainingsanzug.

Der Trainingsraum war klein und vollgestopft mit einem Mischmasch aus Kraftmaschinen, die Alan vor zwei Jahren beim Räumungsverkauf eines Fitness-Studios erstanden hatte. Durch die obligatorischen deckenhohen Spiegel wirkte der Raum wie ein Irrgarten aus Chrom und Leder. Simon half Eileen auf das Trimmfahrrad. Wie die meisten Behinderten mochte sie es nicht, wenn man ihr ständig half, aber für Simon machte sie eine Ausnahme, denn er litt offensichtlich am Helfer-Syndrom.

Zehn Minuten lang musste sie sich aufwärmen. Der Widerstand stand dabei auf niedrigster Stufe, damit ihre Kniegelenke nicht überanstrengt wurden. Inzwischen legte Simon die Gewichte auf.

Eileen fand, sie und er waren wie „Die Schöne und das Biest" mit vertauschten Rollen. „Der Schöne und der Krüppel." Ein Adonis war er zwar nicht, aber er sah so zuverlässig aus, mit seinem runden Gesicht, den dunklen Augen, geraden Augenbrauen, dünnen Lippen und dem festen Kinn. Er war weder groß noch durchtrainiert, aber seine Hände waren eine Klasse für sich. Sie hatte sie sehr zu schätzen gelernt, denn ihre erste Erfahrung mit Massagen hatte eher einer Folter geglichen. Tina, die Masseuse, hatte ihre Klauen gnadenlos in Eileens dünnen Schenkel gekrallt und sie in Minutenschnelle zum Weinen gebracht. Eileen bat darum, das nicht noch mal über sich ergehen lassen zu müssen, aber Dr. Shelley beharrte darauf, dass dies ein wichtiger Beitrag zu ihrer Wiederherstellung sei. Schließlich griff Jessica ein und überzeugte Dr. Shelley davon, dass diese Massagen Eileen eher schadeten als halfen, und so wurde sie an Simon wietergereicht.

Den Tag würde sie niemals vergessen. Die Sonne war herausgekommen und schien in das Behandlungszimmer, sodass sie sich noch nackter und ausgelieferter fühlte als sonst. Sie verlor fast die Fassung, als Simon hereinkam. Ein Mann! Das wurde ja immer schlimmer. Wäre sie in der Lage dazu gewesen, wäre sie vom Massagetisch gesprungen und davongerannt.

Zu ihrer Überraschung nahm er sie bei den Schultern und half ihr, sich aufzusetzen. „Wir begrüßen uns lieber von Angesicht zu Angesicht. Ich bin Simon Jenkinson."

„Hallo", murmelte sie schwach und sah sich seine Hände an. Feingliedrig, glatt, gepflegt. Ein Hoffnungsfunke.

„Tina kann ziemlich grob sein. Sie hat es immer so eilig", fuhr er fort. „Ich werde dir nicht wehtun, hab einfach Vertrauen. Wir lassen uns Zeit. Leg dich hin und entspann dich."

Kurz darauf war sie schon wieder in Tränen gebadet, aber diesmal nicht vor Schmerzen, sondern aus schierer Wonne. Es war dieser Augenblick, als sie nach Monaten der Agonie endlich aufhörte, sich zu wünschen, sie hätte den Unfall nicht überlebt. Und sie verliebte sich in Simon.

Das war vor fünf Jahren gewesen. Seitdem war sie hin- und hergerissen zwischen Dankbarkeit und Verzweiflung. Sie war dankbar, so einen wundervollen Freund gefunden zu haben, und verzweifelt darüber, dass sie sich nie mehr erhoffen konnte.

„Nicht langsamer werden. Immer schön weitermachen", rief Simon herüber.

„Ich dachte gerade an unsere erste Begegnung", gestand sie.

Simon sah sie an. „Ich werde solange an dir arbeiten, bis du wieder vollkommen hergestellt bist."

Er hatte seine Runde durch den Raum beendet und krempelte die Ärmel seines weißen Hemds hoch. Eileen verspürte den fast unwiderstehlichen Wunsch, die zarte Haut auf der Innenseite seiner Unterarme zu küssen.

„Bist du bereit?", fragte er und legte seine Hände über ihre.

„Zu jeder Schandtat."

Seine Finger schlossen sich um ihre Handgelenke. „Eileen, du überraschst mich", sagte er mit belegter Stimme. „Ich hab's noch nie in einem Fitnessraum getan. Diese ganzen Maschinen könnten für ein paar interessante Stellungen herhalten."

Sie befreite ihre rechte Hand und ohrfeigte ihn spielerisch. Simon küsste ihre Handfläche. „Ich sollte darüber keine Witze machen. Fangen wir mit den Crunches an."

Eileen zog ihr Sweatshirt aus, legte sich auf die Langbank, zog die Knie an, verschränkte die Hände hinter dem Kopf und rollte den Oberkörper hoch. Simon legte seine Hand auf ihren Bauch, um die Muskelkontraktion zu kontrollieren. „Neunzehn, zwanzig", zählte er mit. „Gut. Jetzt die seitlichen Crunches. Deine linken äußeren Quermuskeln sind schwächer als die rechten. Mach immer vier Crunches zur linken Seite und danach zwei zur rechten Seite. Das sollte es ausgleichen." Er stand auf und knallte rückwärts gegen Alan, der gerade hereingekommen war.

„Sie lassen mich nicht mehr beim Filmen zusehen", schnaubte Alan. „Als ob mein Niesen bei der lauten Musik überhaupt auffällt, und dann wird das Ganze später sowieso synchronisiert."

Simon knuffte Alan. „Was für eine Gemeinheit. Du als Drahtzieher der Show, und dann wirst du ausgestoßen. Wie läuft's denn so?"

Sie setzten sich auf die Hantelbank.

„Besser als erwartet. Zuerst waren alle total nervös wegen der Kameras und Mikrofone, aber jetzt klappt's wie am Schnürchen. Nur Jessica macht mir Sorgen. Sie ist unkonzentriert und unsicher. Dabei hätte ich gerade von ihr erwartet, dass sie total in ihrem Element ist. Schließlich geht für sie ein Traum in Erfüllung."

Eileen hatte ihr Set beendet und setzte sich auf. „Sie hat gerade private Probleme. Was läuft denn schief?"

„Zuerst hat sie das falsche Kleid angezogen", begann Alan aufzuzählen. „Dann lockerte sich eine Schraube an ihrem Schuh, weil sie vergessen hatte, sie nachzuziehen. Das letzte Debakel, das ich mitbekam, bevor mich der Regisseur vor die Tür setzte, war, dass sie beinahe die Kamera eingetreten hätte, die eine Nahaufnahme von ihren Füßen machte."

Eileen war beunruhigt. Sie hatte heute Morgen versucht, mit Jessica zu reden, und hatte nur einsilbige, abweisende Antworten bekommen. War Jessica immer noch wegen David besorgt oder hatte sie sich wieder mit Roger gestritten?

Eileen humpelte zur Latzugmaschine.

„Hier müssen wir eine neue Variante versuchen", sagte Simon. „Nimm die Stange mit der Hand andersherum und zieh sie vor dir hinunter anstatt hinter dir."

Eileen versuchte es. Simon stand auf, ging zu ihr und drückte seine Hand sanft in ihren Nacken, um ihre Stellung zu korrigieren. Noch einmal zog sie die Stange an ihre Brust.

„Zieh das Kinn ein." Er umfasste ihr Kinn in einer zärtlichen Geste. Leider konnte sich Eileen in Alans Gegenwart nicht völlig diesem Augenblick hingeben. Nach zwei Wiederholungen ließ Simon sie los.

„Wie geht es David?", fragte Eileen Alan. „Ist er sehr nervös?"

„Das ist auch so eine Sache. Er ist irgendwie netter als sonst. Keine abfälligen Bemerkungen."

„Stimmt", bestätigte Simon. „Als ich Laura mit zehnminütiger Verspätung herbrachte, winkte er nur ab und sagte, der Zeitplan würde von diesen verrückten Filmleuten sowieso dauernd über den Haufen geworfen."

„Laura?", fragte Alan mit einem warnenden Knurren.

„Ich traf sie am Bühneneingang", sagte Simon leichthin. An seinem Grinsen erkannte Eileen, dass er log. Sie zog fester und schneller an der Stange.

„David hat mich sogar angefasst", fuhr Alan fort. „An der Schulter."

„Ist denn das zu fassen?", schnappte Simon. „Er tut doch immer so, als sei Schwulsein ein Virus. Und Bisexualität ist womöglich doppelt ansteckend."

„Das ist nicht komisch." Alan schnäuzte sich. „Er benimmt sich unnatürlich. Es muss mit Jessica zu tun haben. Ich hab dir doch erzählt, dass Susan nach der Party zu mir kam und sagte, sie wünschte, Jessica wäre tot. Da ist irgendetwas vorgefallen und ich wüsste zu gerne, was."

Simon und Alan schauten Eileen an, die so tat, als würde die Latzugmaschine ihre volle Aufmerksamkeit beanspruchen. Alan zuckte die Schultern und erhob sich. „Ich erledige mal deinen Papierkram, Eileen."

Sie ließ die Stange los. „Wage es ja nicht. Du wirst alle Formulare durcheinanderbringen."

„Aber ans Telefon gehen darf ich, ja? Ich kenn' mich aus. Man wartet, bis es klingelt, dann nimmt man den Hörer ab und –"

„Mach, dass du wegkommst."

Alan lachte, was sich eher wie Schluckauf anhörte, und ging.

Simon gesellte sich wieder zu Eileen, setzte sich rittlings hinter sie auf die Bank und begann, ihre Schultern zu massieren. Sie schüttelte ihn ab, wobei sie nicht einmal wusste, warum sie plötzlich so ablehnend war. Doch nicht etwa wegen Laura? Solange Simon nur herumflirtete und keine feste Beziehung mit einer anderen Frau einging, war sie nicht in Gefahr, ernstlich eifersüchtig zu sein. „Ich glaube, ich bin nervös wegen morgen, weil ich dann eine Entscheidung treffen muss."

„Wir ziehen das gemeinsam durch", versprach Simon.

Etwas beschwichtigt lächelte Eileen ihn über die Schulter an. Er küsste die entstellende Narbe auf ihrer Wange. Simon machte es nichts aus, sie an Stellen zu berühren, die andere nicht mal ansehen wollten.

Es war schon acht Uhr, als Eileen endlich den Computer abschaltete, ihre Brille abnahm und sich müde die Augen rieb. Das war wohl der Preis dafür, dass sie sich für unentbehrlich hielt. Sie legte eine Liste neben den Bildschirm, Anweisungen für Alan im Stil von „Tu dies, tu jenes bloß nicht", da sie morgen in Richmond sein würde.

Die Stille war lindernd. Klugerweise hatte Alan den Raum über dem Büro zum Fitnessraum gemacht, damit sie nicht von Fußgetrappel aus den Tanzstudios gestört wurde. Heute Abend stand Jazztanz auf dem Stundenplan, sowie Hip-Hop und zwei Ballettklassen. Aber hier unten war nichts davon zu hören.

Die Filmcrew und die Tanztruppe hatten sich in bester Laune abgeseilt, um den gelungenen Tag mit einer Pub-Tour zu feiern. Selbst Jessica, die sich von solchen Geselligkeiten normalerweise fernhielt, war mitgegangen. Die Fragen, die Eileen auf der Seele brannten, würden bis übermorgen unbeantwortet bleiben.

David hatte sich entschuldigt mit der Begründung, dass er zu seiner kranken Frau heimmusste. Eileen vermutete, dass er Jessica aus dem Weg ging.

Sie dehnte ihre Arme und bewegte die Schultern rhythmisch auf und ab. Es half nichts, sie wurde von Minute zu Minute müder. Für sie war die Pub-Tour nicht in Frage gekommen. Sie war nicht einmal eingeladen worden, denn jeder wusste, dass die chronischen Schmerzen im Bein sie auszehrten. Abends hatte sie nur noch den Wunsch, ins Bett zu fallen.

Ein Grummeln in ihrem Magen erinnerte sie daran, dass ihre letzte Mahlzeit ein Thunfischsandwich zum Mittagessen gewesen war. Darum schüttete sie jetzt den Protein-Drink herunter, den Simon ihr noch vorbeigebracht hatte, bevor er ging. Erdbeergeschmack, zu süß, um den Durst zu stillen. Hungrig und müde wie sie war, würde Eileen den Heimweg nicht schaffen, obwohl die Pension in Cartwright Gardens, in der sie ein Zimmer hatte, nur zwei Straßen entfernt lag. Ein Weg von fünf Minuten für jemanden, der ein gemütliches Tempo vorlegte, zwei Minuten für jemanden mit Jessicas forschem Schritt. Aber Eileen, die jede Bewegung vorsichtig ausbalancieren musste, brauchte zwanzig Minuten. Wenn Simon ihr jetzt die Neuigkeiten über Professor Johnson überbracht hätte, dann hätte sie sich ohne Umstände bereit erklärt, Knie, Hüften und alles, was ihr sonst noch wehtat, augenblicklich austauschen zu lassen.

Ob sie den Rollstuhl anstelle der Krücken nehmen sollte? Sie könnte auch mit dem Lift in Alans Wohnung hochfahren, seinen Kühlschrank plündern und ihm einen Zettel hinlegen, dass sie in Cindys Zimmer schlief, damit er Bescheid wusste, wenn er von der Pub-Tour zurückkam.

In dem Moment kam Helen herein, eine rüstige Sechzigerin mit drahtigem, grauem Haar und einer leuchtend-roten Nase. Sie war für die Requisiten zuständig.

„Ich muss schon sagen, Kind", meinte sie gut gelaunt, als ob Überstunden sie erst so richtig in Schwung brachten, „das Chaos wurde heute neu erschaffen." Sie suchte die Taschen ihrer gefütterten Jacke ab und brachte ein zerknittertes Blatt Papier zum Vorschein. „Dank deiner Liste habe ich alles gefunden. Jetzt brauche ich einen neuen Ausdruck, weil ich auf dem hier die Sachen durchgestrichen habe, die ich aufgeräumt habe."

Eileen nahm ihr das Blatt ab, glättete es und schrieb mit einem roten Filzstift „Ausdrucken" darüber. Dabei fiel ihr auf, dass ein Gegenstand zu fehlen schien. „Du hast etwas nicht durchgestrichen. Jessicas Steppschuhe. Na, wahrscheinlich waren sie sowieso da, wo sie hingehören."

„Da waren sie eben nicht. Ich hatte vor, dich zu fragen, ob Jessica sie mit nach Hause genommen hat."

Eileen zuckte die Schultern. „Nicht, dass ich wüsste. Das wäre auch ziemlich unwahrscheinlich. Roger würde sie bestimmt nicht auf seinem Parkettboden üben lassen."

„Für die Generalprobe morgen braucht sie die Schuhe jedenfalls nicht, da trägt sie die roten", sagte Helen. „Darum habe ich nicht weiter nach ihnen gesucht. Und überhaupt muss Jessica lernen, besser auf ihre Sachen aufzupassen."

„Alan sagte, sie sei heute zerstreut gewesen", verteidigte Eileen ihre Freundin.

„Zerstreut waren sie heute alle, außer mir natürlich. Und du? Du siehst mitgenommen aus", bemerkte Helen ungewohnt mütterlich. „Ich fahre dich heim."

Dienstag, 15. Januar
Ausfall

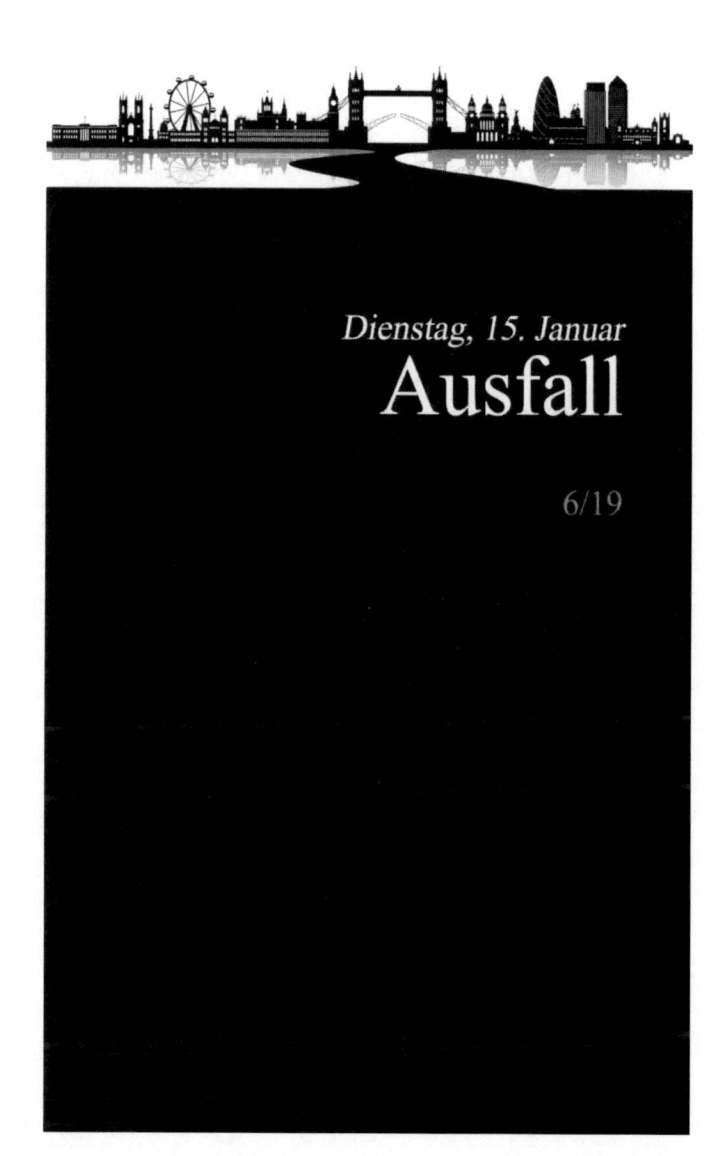

6/19

Ausfall

Am Dienstagmorgen nahm Edgar Keelan wie immer den Bus und las während der Fahrt den *Daily Telegraph*. Als er in der Regent's Park Road ausstieg, begann der nächtliche Himmel sich gerade in das bleierne Grau eines kalten, bedeckten Wintertags zu verwandeln. Wind und Wetter trotzend, stapfte Edgar aufrecht die Straße hinunter, die er überquerte, als er eine Lücke im Verkehr bemerkte. Er schob das Gartentor zur *Villa Cathleen* auf, stieg die Stufen zur Haustür hoch, öffnete mit einer schnellen Schlüsseldrehung und schloss die Tür geräuschlos hinter sich. Er drapierte seinen Mantel über einen Bügel, sammelte die Morgenpost ein und sah sie kurz durch, falls ausnahmsweise ein Brief für Mrs Warner dabei sein sollte, bevor er die Umschläge im Esszimmer neben Mr Warners Teller platzierte. In der Küche angelangt vermerkte er mit Zufriedenheit, dass es exakt acht Uhr war.

„*Boker tov*, Ed", sagte Nurit, die mit einem Korb gebügelter Hemden aus dem Haushaltsraum kam. „Kannst du kurz auf die Pfanne aufpassen, während ich das hier hochtrage?" Sie sprach mit einem harten Akzent, der Edgar stets an eine Geröllawine denken ließ.

Der gebratene Speck duftete. Edgar nahm die Pfanne vom Herd und ordnete Butterschälchen und Marmeladengläser auf einem Tablett an.

Nurit kam kopfschüttelnd zurück. „Jemand hat letzte Nacht im Gästezimmer geschlafen." Sie stellte die Pfanne auf den Herd zurück, schlug zwei Eier auf und ließ sie über den Speck gleiten. „Die Tür stand offen und die Laken waren zerwühlt. Seltsam. Und dann fand ich heute Früh ein zerbrochenes Glas im Mülleimer. Weißt du, was ich denke, Edgar?"

Edgar war ein Mann ohne Ansichten, daher interessierten ihn auch die Meinungen anderer nicht. Er nahm einen Apfel aus der Obstschale und schälte ihn hingebungsvoll.

Nurit füllte den Brotkorb mit frischem Toast. „Ich denke, dass sie wieder gestritten haben und dass sie es diesmal zu weit getrieben hat. Das war ja nur eine Frage der Zeit. Ich bin sicher, Mr Warner hat seine Frau aus dem Schlafzimmer geworfen. Sie ist eine undankbare Kreatur. Sie hat allen Luxus, den eine Frau sich wünschen kann." Nurit machte ein gekränktes Gesicht. „Habe ich Recht?"

Die Apfelschale fiel als perfekte Spirale auf die Arbeitsfläche. Edgar halbierte den Apfel, entfernte mit schwungvollen Schnitten die Gehäusehälften und biss herzhaft ab.

Nurit akzeptierte das als Zustimmung. „Mr Warner fällt immer auf die falschen Frauen herein. Cathleen war keinen Deut besser. Eine Puppe ohne Verstand und Charakter. Weißt du, was er braucht?" Sie neigte die Pfanne und der Speck glitt auf einen Teller.

Edgar goss Milch in ein Glas und stellte es in die Mikrowelle.

„Er braucht eine Frau, die weiß, wie sie sich zu benehmen hat", fuhr Nurit fort, während sie kochendes Wasser in die Teekanne füllte. „Eine Frau wie mich. Nicht zu jung und gut gebaut." Lachend klatschte sie sich selbst auf den üppigen Hintern.

Die Mikrowelle piepte. Edgar nahm das Glas heraus, kontrollierte mit einem schnellen Blick, ob alles auf dem Tablett war und trug es ins Speisezimmer, wo er es auf der Anrichte abstellte, auf die Minute pünktlich. Mr Warner kam gerade die Treppe herunter. Edgar schenkte den Tee ein und zog sich in die Küche zurück.

Es war halb neun. Jeden Augenblick würde die Haustür aufgehen und Mrs Warner würde die Treppe hochpoltern, um zu duschen, bevor sie sich ebenfalls zum Essen hinsetzte.

Ihr Tagesablauf war bis ins Detail durchorganisiert, das musste man ihr lassen.

Nurit hatte inzwischen den Küchentisch für sich und Edgar gedeckt. „Ich würde zu gerne wissen, worüber sie gestern Früh gestritten haben. Aber du hast mich ja nicht lauschen lassen, *bushah wecherpah*. Er war wütend. Mr Warner ist ein Mann mit Temperament", meinte sie anerkennend.

Edgar butterte seinen Toast und filterte Nurits Geplapper aus seinem Bewusstsein. Nurit, die an sein Desinteresse gewöhnt war, setzte ihren Monolog auf Hebräisch fort. Neben dem Ticken der Wanduhr, dem Klirren des Bestecks und dem Brummen der Geschirrspülmaschine wartete Edgar auf das Schlagen der Haustür. Als es ausblieb, wurde er unruhig und ging ins Speisezimmer, wo er Mr Warner immer noch alleine vorfand.

„Nimmt Mrs Warner ihr Frühstück heute nicht zur gewohnten Zeit ein?", fragte Edgar. Mr Warner klatsche die Zeitung auf den Tisch. „Was denkt sie sich eigentlich dabei? Sie hat doch wirklich jeden nur erdenklichen Grund, ihren guten Willen zu beweisen, wenn man bedenkt, wie nachsichtig ich mit ihr war. Wissen Sie, wann sie gestern Nacht heimgekommen ist?"

„Nein, Sir."

„Um halb eins. Ich bin vor Sorge fast umgekommen. Als ich schon mit dem Gedanken gespielt habe, die Polizei einzuschalten, geruhte sie endlich anzutanzen. Sie ist mit ihrer Truppe durch Nachtclubs gezogen. Natürlich ist es ihr keine Sekunde in den Sinn gekommen, mich anzurufen und zu sagen, dass es spät werden würde. Und ihr Handy war die ganze Zeit ausgeschaltet."

Edgar versuchte, sich zurückzuziehen, aber Warner nagelte ihn mit einer weiteren Schimpftirade fest.

„Wenn ich daran denke, was für einen Aufstand sie gemacht hat, als sie an meinem Geburtstag etwas länger aufbleiben sollte. Und jetzt leistet sie sich so was. Bleibt weg bis spät in die Nacht und besäuft sich." Warner stand auf. „Ich werde heute jedenfalls nicht auf sie warten." Er schleuderte die Serviette auf seinen Teller. „Sie können abräumen."

„Sehr wohl, Sir."

„Andererseits ..." Warner wandte sich noch mal um. „Andererseits würde sie auf jeden Fall ihre morgendliche Routine einhalten, nicht wahr? Vielleicht ist ihr etwas passiert."

„Ich bin sicher, Mrs Warner würde nicht länger als eine Stunde auf leeren Magen joggen. Wann ist sie denn fortgegangen?"

„Das weiß ich gar nicht. Ich habe sie das letzte Mal gesehen, als sie schlafen ging." Unruhig massierte er den Türgriff. „Sie hat im Gästezimmer geschlafen. Ob sie noch im Bett ist und ihren Rausch ausschläft?"

„Nein, Sir. Nurit sah die Tür offen stehen." Edgar zog den naheliegenden Schluss: „Da sie später schlafen ging als sonst, ist sie wohl auch später aufgestanden. Das erklärt, warum sie noch nicht vom Joggen zurück ist, allerdings muss sie gegangen sein, bevor ich kam, sonst hätte ich die Tür gehört."

Mr Warner sah zur Standuhr. „Fünf vor neun. Dann müsste sie jeden Augenblick zurück sein." Er schien zwischen Wut und Sorge hin- und hergerissen zu sein.

„Vielleicht sollten Sie nach ihr suchen, damit Sie sich keine weiteren Gedanken machen müssen", schlug Edgar vor.

Kaum war Warner gegangen, tauchte Nurit aus der Küche auf.

„Ich hoffe, er sagt ihr gründlich die Meinung, wenn er sie findet."

Resolut stieß er mit dem Zeigefinger zu. „Du Parasit."
Keine Antwort.
„Du undankbare Kreatur." Er drückte heftiger.
Immer noch keine Reaktion.
„Du verblödeter, inkompetenter Nichtsnutz. Mit Eileen würdest du das nicht machen. Oh, nein, das würdest du nicht wagen. Sie ist deine Königin. Aber ich bin derjenige, der dich bezahlt hat und obendrein für deine Software aufkommt und die Druckerpatronen." Um seinen Worten Gewicht zu verleihen, drückte Alan zweimal auf *Enter*.

Zugriff auf Datei verweigert, kam frech als Fehlermeldung.

„Jetzt hör mal, du dummer Apparat, ich will nichts weiter, als diese verdammte Datei öffnen. Ich habe weder vor, etwas zu löschen noch hinzuzufügen. Ich will einfach nur etwas nachgucken." Er drückte auf alle möglichen Tasten.

Zugriff auf Datei verweigert, beharrte der Rechner.

„Du wiederholst dich, du trottelige Blechkiste. Aber diesmal gebe ich nicht auf. Eileen hat bestimmt irgendwo Backups." Er sah die Ablage durch, fand einen USB-Stick und schob ihn rein. Er fand das Verzeichnis ‚Angestellte, Schüler, Zulieferer', doppelklickte auf die Datei, die er gesucht hatte, und bekam die Meldung: *Element wurde nicht gefunden.*

Alan griff sich an den Kopf. „Hast du den letzten Rest Verstand verloren? Ich klicke etwas an und du findest es nicht? Welcher Sekte gehörst du an?"

Das Telefon klingelte. „Ist Jessica da?" Es war Rogers schlecht gelaunte Stimme. „Ist sie im *Caesar*?"

„Das *Caesar* wurde nicht gefunden", war Alan versucht zu erwidern. „Nein, natürlich nicht. Dafür ist es viel zu früh. Wir fangen erst gegen zwei Uhr nachmittags mit der Generalprobe an."

„Bist du wirklich sicher, dass sie nicht da ist? Sie könnte in einem der Studios sein."

Alan seufzte. „Ich werde nachsehen. Wie kommst du überhaupt darauf, dass sie hier ist?"

„Sie ist nicht vom Joggen zurückgekommen. Ich bin ganz Primrose Hill abgelaufen. Keine Spur von ihr. Als ich wieder heimkam, fiel mir auf, dass ihr Auto weg ist."

„Sie hat es gestern Abend hier gelassen. Das war so: Wir haben eine kleine Zechtour gemacht. Jessica hat sich etwas früher abgeseilt und ein Taxi genommen, weil sie zwei Manhattans getrunken hatte. Sie ist nicht an Alkohol gewöhnt und wird ziemlich schnell blau. Hast du versucht, sie auf dem Handy zu erreichen?"

„Das hat sie hiergelassen. Wo ist Eileen? Vielleicht weiß sie ja, wo Jessica ist."

„Simon hat Eileen zu einer Konferenz mitgenommen, auf der ein berühmter Chirurg aus den Staaten einen Vortrag hält. Sie werden den ganzen Tag in Richmond bleiben. Hat Jessica dir das nicht erzählt?"

„Warum sollte sie? Ich bin ja bloß ihr Ehemann." Damit legte Roger auf.

Alan war jetzt auch besorgt und ging in den Studios nachsehen, zuletzt im Theater. Keine Spur von Jessica. Vielleicht würde sie jeden Augenblick mit einem Taxi angefahren kommen, um ihr Auto abzuholen.

Resigniert widmete sich Alan wieder dem Computer. Wie durch Zauberhand ließ die Datei sich jetzt ohne Widerworte öffnen.

Als Jessica eine Stunde später immer noch nicht erschienen war, rief Alan Roger zurück. „Ist Jessica aufgetaucht?"

„Nein, ist sie nicht, und ich werde allmählich nervös."

Alan ebenso. Er hatte ein höchst ungutes Gefühl. „Ich werde herumtelefonieren. Ich rufe dich an, falls ich sie finde. Würdest du das bitte auch machen?"

„Ich habe nicht vor, noch länger auf sie zu warten. Ich habe zwei geschäftliche Verabredungen. Wenn Jessica bis zwei Uhr noch nicht aufgetaucht ist, werde ich zur Polizei gehen und sie als vermisst melden. Gott, diese Frau ist mein Untergang."

Alan überlegt, wen er anrufen sollte. Wo würde Jessica am ehesten hingehen? Ihre Familie lebte in Neuseeland. Außer Eileen, Simon und ihm selbst hatte sie keine Freunde. Er könnte es bei Susan versuchen. Vielleicht war Jessica zu ihr gefahren, um den Streit beizulegen. Das war eine Möglichkeit.

Susan meldete sich mit belegter Stimme.

„Hallo, Susan. Ich bin's, Alan. Was macht deine Erkältung?"

„Es geht langsam wieder. Und deine?"

„So gut wie weg. Das war kein besonders hartnäckiges Virus."

„Ich komme heute zur Probe, dann werde ich ja sehen, ob ich fit genug bin für die Aufführung."

„Schön. Sag mal, hast du Jessica heute gesehen?"

„Jessica? Nein, wieso?" Sie klang alarmiert.

„Roger sucht nach ihr. Er macht sich Sorgen, weil sie vom Joggen nicht zurückgekommen ist."

„Oh." Nach einer Pause: „Oh, Gott. Hat er angedeutet, wie die Dinge zwischen ihnen im Augenblick stehen?"

„Nein. Hast du irgendeine Vermutung, was da gerade abläuft?"

„Etwas ganz Entsetzliches, und ich bin daran schuld. Ich war so wütend, so verletzt, ich brauchte einfach ein Ventil, und da ... Oh, verdammt. Ich habe einfach nicht an die Konsequenzen gedacht."

„Was in aller Welt hast du denn getan?"

„Ich ... Ich habe ... Am Telefon kann ich darüber nicht sprechen. Wir sehen uns auf der Probe. Ich komme mit dem Bus, weil David den Wagen hat."

„Kommt ihr denn nicht zusammen, so wie immer?"

Wieder zögerte sie. Als sie endlich etwas sagte, klang sie, als würde sie mit Tränen kämpfen. „Er wohnt vorübergehend bei einem Freund. Er fehlt mir so."

Alan wusste, wie es sich anfühlt, verlassen zu werden. „Warum kommst du nicht etwas eher und wir unterhalten uns vor der Probe?"

„Danke, gerne."

„Hast du die Adresse, wo David jetzt wohnt?"

„Ja. Warte einen Moment."

In Alans Gehirn ratterte es. Lief da etwas zwischen Jessica und David? Es würde ihr Verhalten in letzter Zeit erklären, und ebenso Susans Nervenzusammenbruch nach der Party. Aber hätte Roger es nicht auch bemerken müssen? Konnte es sein, dass Jessica mit David weggelaufen war? In diesem Fall müsste Alan die Show ohne seine Hauptdarsteller aufführen. Nein, Jessica würde nie einem Mann mehr Bedeutung zumessen als dem Tanzen.

Nachdem Susan ihm die Adresse und Telefonnummer von Davids Freund Norman Patmore gegeben hatte, rief Alan dort an, aber niemand ging ran. Er wandte sich wieder dem Computermonitor zu. „Ich wünschte, Eileen wäre hier, alter Junge." Und fast erwartete er, die Meldung zu bekommen: *Und ich erst!*

Um die Mittagszeit rief Alan wieder in Rogers Villa an und sprach mit Edgar, der ihm mitteilte, dass er Nachforschungen in allen Londoner Krankenhäusern angestellt hatte. Edgar hatte außerdem Jessicas Sachen durchgesehen. Es fehlte lediglich ihr Jogginganzug. Da Jessica also keinen Ausweis bei sich trug, bestand die Möglichkeit, dass sie bewusstlos in ein Krankenhaus eingeliefert worden war und niemand wusste, wer zu benachrichtigen war.

Darüber hinaus hatte Edgar Nurit losgeschickt, damit sie alle Nachbarn und Passanten fragte, ob sie Jessica gesehen hätten. Auch das war bisher ergebnislos geblieben.

Alan dankte Edgar für die Auskunft. Er fand es reichlich seltsam, dass der Butler der Warners mehr Initiative bei der Suche zeigte als Jessicas Mann.

Bevor er hochging, schaltete er den Anrufbeantworter an und kontrollierte mit einem Blick aus dem Fenster, ob Jessicas *Renault* noch da war. Er stand da, wo sie ihn letzte Nacht zurückgelassen hatte. Sie hatte eine Parkerlaubnis für diese Zone und musste daher nicht befürchten, dass der Wagen eine Parkkralle bekam.

Als er die Treppe hochging, spielten sich vor seinem geistigen Auge grausige Szenen ab. Jessica in den Händen von Kidnappern, um Hilfe schreiend, vergewaltigt, erdrosselt.

„*Hasta la vista*, Baby", empfing ihn Ginger.

„Hallo, Mädels." Er hob die Hand in Richtung Voliere. Dabei kam ihm etwas in den Sinn. Er würde ein Bild malen. Was für eine Assoziation war das gewesen? Voliere - Käfig. Ja, natürlich.

Er hatte sein bis jetzt bestes Bild gemalt, als er nach der Rollenverteilung für *Taming of the Shoe* schlecht gelaunt gewesen war. Jessica würde natürlich Katharina sein und David Petruchio. Alan hatte Laura als Bianca vorgeschlagen, aber David zog Claudia für die Rolle vor. Laura war sichtlich enttäuscht gewesen, aber zu nachgiebig, um sich zu behaupten. Mit gespielter Großzügigkeit hatte David sie zur Zweitbesetzung für die Rolle der Katharina gemacht. In Wirklichkeit war natürlich keins der Mädchen auch nur im Entferntesten gut genug, um Jessica zu ersetzen. Darum war es einerlei, wen er dafür auserkor.

Während der ganzen Besprechung hatte David sich derart anmaßend benommen, dass Alan beschloss, ihn hinterher unter vier Augen darauf anzusprechen.

„David, ich glaube du hast ein Problem", sagte er. „Möchtest du darüber reden?"

„Ich habe nicht auch nur das geringste Problem", fauchte David ihn an. „Und wenn ich eins hätte, würde ich es nicht ausgerechnet mit dir besprechen wollen. Tröste lieber Laura."

„Ich bin der Ansicht, dass du dich bei ihr entschuldigen solltest."

„Wenn ich deinen Rat brauche, werde ich an deinem Käfig rütteln." Mit diesen Worten hatte David ihn aus seiner Garderobe geworfen.

Danach hatte Alan seine Wut abreagiert, indem er zwei Stunden lang den Pinsel schwang. Das Ergebnis war ein grandioses Portrait der tanzenden Jessica. Alan hatte gar nicht gewusst, dass er so talentiert war. Absichtlich hätte er nie so ein tolles Plakat für die Show zustande gekriegt.

An deinem Käfig rütteln, hatte David gesagt. Käfig - Voliere. Und dabei hatte David sich sogar in der Wortwahl vergriffen. Die korrekte Beleidigung lautete: „Ich rüttle an deiner Kette." Dieser eingebildete Affe.

Auch jetzt würde ihm das Malen helfen, seinen inneren Aufruhr wegen Jessicas Verschwinden zu besänftigen. Er betrat sein kleines Atelier, wo auf der Staffelei eine riesige Leinwand auf einen Augenblick der Eingebung wartete.

Giftgrün und Tiefblau, das waren die Farben, die zu seiner Stimmung passten. Er schlüpfte in seinen Malerkittel, füllte Terpentin und Verdünner in Gläser, schraubte die Farbtuben auf und quetschte großzügige Portionen Grün, Gelb, Blau, Schwarz und Weiß auf die Palette.

Ihm schwebte eine Meerjungfrau vor, die in einer Strömung herumgeschleudert wurde. Seine Technik war weder ausgereift noch künstlerisch wertvoll, aber sie führte zu schnellen Ergebnissen. Für ihn war Malen wie Tanzen, nur eben mit der Hand. Seine Motive mussten sich immer drehen oder wirbeln. Er hatte einmal versucht, ein Stillleben zu malen. Das Resultat sah aus wie ein Blumenstrauß, der von einem Tornado zerfleddert wurde.

Er benutzte einen breiten Pinsel und trug die Farben mit schwungvollen, rhythmischen Armbewegungen auf, bis er in eine Art Trance verfiel. Die zweidimensionale Leinwand verwandelte sich in einen Ozean von unermesslicher Tiefe. Unterströmungen ließen das Wasser kreisen, gekrönt von weißen Schaumblasen. Eine Meerjungfrau stieg empor. Ihre Schuppen glitzerten, ihr feines Haar umfloss sie wie blasser Tang. Juchzend reckte sie die Arme und bog ihren Körper, während der Wirbel sie herumschleuderte.

Alan versenkte die Pinsel im Terpentin und trat zurück, um sein Werk zu betrachten. Verwirrt erkannte er das Gesicht der Nymphe. Sie sah aus wie Susan. Sein Unterbewusstsein hatte wohl nicht aufgehört, sich wegen ihr Sorgen zu machen. Sie musste sich ähnlich fühlen wie er, nachdem Pam ihn verlassen hatte.

„Du bist ein wunderbarer Vater, aber ein lausiger Ehemann", hatte sie gesagt und ihren eigenen Worten zum Trotz Cindy in Martins WG mitgenommen. Alan erinnerte sich mit schmerzlicher Deutlichkeit, wie er erst wütend, dann traurig und gekränkt gewesen war.

Die Erinnerung verschob seine Perspektive. Während er die Meerjungfrau studierte, verwandelte sich ihr beglückter Gesichtsausdruck in eine Grimasse der Verzweiflung. Mit ihren erhobenen Händen sah sie nicht mehr aus, als würde sie jubeln, sondern um Hilfe rufen.

Alan riss sich den Kittel herunter und schloss das Atelier hinter sich. Es war anscheinend jemand gekommen, denn er hörte es in der Küche scheppern. War Susan schon da? Oder war es Jessica? Sein Puls beschleunigte sich, als er hoffnungsvoll in die Küche hastete, wo er mit Susan zusammenstieß. Ihre Haare tropften vor Nässe und für einen Moment dachte er, die Meerjungfrau wäre dem Bild entstiegen.

Susan zuckte zusammen. „Alan! Ich wollte dich nicht stören und habe uns Tee gemacht."

Er nahm ihr das Tablett ab und trug es zum Couchtisch. „Wieso sind deine Haare nass?"

„Ich hatte vergessen, sie daheim zu waschen. Es macht dir doch nichts aus, dass ich dein Bad benutzt habe?"

„Natürlich nicht." Er drehte sie um und drückte ihre nassen Locken mit dem Handtuch aus, das sie über ihre Schultern drapiert hatte.

„Alan."

„Hm?"

„Ich möchte mit dir schlafen."

Das Handtuch glitt ihm aus den Händen. „Wie bitte?"

Sie wandte sich ihm zu. Sie war so groß, dass ihre smaragdgrünen Augen direkt in seine sahen. „Ich möchte mit dir schlafen. Jetzt. Bitte, Alan." Sie legte ihre Hände auf seine Brust.

„Das ist ausgeschlossen."

„Findest du mich nicht attraktiv?"

„Susan, du bist die absolute Traumfrau, aber ich hatte keinen Sex mehr mit einer Frau, seit Pam mich verlassen hat. Ich stehe zurzeit mehr auf Männer." Er hoffte, die Abweisung damit etwas zu entschärfen. Behutsam nahm er ihre Hände von seiner Brust. „Außerdem willst du doch nicht David betrügen."

Sie lachte bitter und ließ sich aufs Sofa plumpsen.

„Oder ist es genau das, worum es dir geht?" Er setzte sich neben sie. „David wehzutun, weil er dir wehgetan hat?" Schüchtern streichelte er ihr nasses Haar.

„Entschuldige, ich … ich dachte, wenn ich mit dir Sex habe, tue ich ihnen beiden weh. Du hast es nicht verdient, benutzt zu werden. Bist du mir böse?"

„Kein bisschen. Und was meinst du mit ‚ihnen beiden'?"

„David und Jessica."

„Dann haben sie also tatsächlich ein Verhältnis miteinander?"

„Sie hatten mal eins, aber das ist lange her. Es muss ein ganzes Jahr gedauert haben und ich habe es nicht bemerkt. Ich muss blind gewesen sein."

Er wurde zunehmend verwirrter. „Und warum sollte es Jessica wehtun, wenn du mit mir schläfst?"

„Das weißt du nicht? Du weißt es tatsächlich nicht?" Susan fasste sich an die Lippen. „Alan, was für eine Unschuldslamm du bist. Hast du nie bemerkt, dass Jessica in dich verliebt ist? Sie war dir verfallen - vom ersten Tag an."

„Jetzt komm, da war sie doch erst acht Jahre alt."

„Ich war auch nicht viel älter, zwölf glaube ich, als ich David in einer Aufführung sah und mich total verliebte. Ich habe überhaupt nur mit dem Tanzen angefangen, weil ich in seiner Nähe sein wollte. Ich habe geübt wie eine Verrückte, um in den Fortgeschrittenenkurs zu kommen, den er unterrichtete. Siehst du die Parallele? Du warst Jessicas erster Tanzlehrer, so wie David meiner war." Sie berührte seinen Oberschenkel. „Und genau wie Jessica war ich nicht in der Lage, meine Gefühle zu zeigen. Kein Wort. Keine Geste. Ich habe darauf gewartet, dass David den ersten Schritt macht."

„Du willst mir allen Ernstes erklären, dass Jessica seit vierzehn Jahren darauf wartet, dass ich den ersten Schritt mache? Das ist lächerlich. Hat sie dir das erzählt?"

„Nein. Ich habe mitgehört, wie sie es David sagte, auf dieser verfluchten Party", gestand sie niedergeschlagen.

„Dann ist meine Theorie, dass Jessica und David sich gemeinsam aus dem Staub gemacht haben, wohl hinfällig."

„David kommt bestimmt zur Probe, keine Sorge." Sie sah auf ihre Armbanduhr. „Er müsste jeden Augenblick hier sein. Ich weiß nicht, ob ich das aushalte, ihn zu sehen. Vielleicht sollte ich lieber hier oben bleiben. So wichtig bin ich für die Show ja nicht."

Alan tätschelte ihre Hand. „Ohne dich ist die Show nur halb so glamourös." In erster Linie ging es ihm darum, dass sie nicht in seinem Apartment blieb und womöglich das neue Bild entdeckte. „Ich bestehe darauf, dass du bei der Probe mitmachst." Er schenkte Tee in die Tassen.

Susan ließ einen Zuckerwürfel in die Tasse plumpsen. „Ich habe da ein paar dumme Sachen gesagt neulich nachts. Ich hoffe, du hast mich nicht ernst genommen. Und zu allem Überfluss habe etwas Schlimmes angestellt." Sie zerkaute den Würfel. „Es war eine Affekthandlung."

„Ich weiß, du hast das Plakat zerrissen."

„Das auch, aber ich wollte auf etwas anderes hinaus. Ich habe einen Brief geschrieben."

„An wen?"

„Roger."

„Über Jessicas Seitensprung?"

Sie nickte. „Einen anonymen Brief."

Es gefiel ihm gar nicht, was ihm jetzt in den Sinn kam. War Jessica verschwunden, weil Roger sie hatte verschwinden lassen, cholerisch, unberechenbar und aufbrausend wie er nun mal war?

„Wenn Roger Jessica etwas angetan hat, ist es meine Schuld", sagte Susan.

Alan suchte nach einer anderen Erklärung. „Vielleicht hat er es ja nicht geglaubt. Was genau hast du denn geschrieben?"

„Jessica hatte zwei Liebhaber. Einer war David Powell, der andere ..."

Alan drängte sie, den Satz zu beenden. „Wer war der andere?"

„Simon."

Alan braucht beide Hände, um seine Tasse zu halten. „Simon? Weiß er denn nie, wann er zu weit geht?"

„Er weiß ganz genau, wie weit er gehen kann", sagte sie. „Die Objekte seiner Begierde dürfen weder zu jung sein noch zu verheiratet, wie ich zum Beispiel."

„Oder zu männlich, wie ich. Ich habe festgestellt, dass er absolut hetero ist."

„Du meinst, du hast versucht, bei ihm zu landen?" Susan kicherte so mädchenhaft, dass Alan ihren Kummer wegschmelzen sah.

„Hab ich." Er drückte einen innigen Kuss auf ihr feuchtes Haar. „Und nur, um mir anhören zu müssen, dass er es lieber mit meiner Ex-Frau treiben würde."

„So, wie du es lieber mit ihm treiben würdest als mit mir." Plötzlich war sie wieder ganz ernst. „Und Jessica hätte lieber dich als David oder jeden anderen Mann der Welt. Weißt du, was ich denke?" Sie sah Alan in die Augen. „Es grenzt an ein Wunder, dass das alles so lange gut gegangen ist."

Laura zog gerade ihre Netzstrümpfe hoch, als David in den Umkleideraum spähte. „Du musst ein anderes Kostüm anziehen".

Überrascht hob sie den Kopf. „Ich? Wieso?"

„Weil du die Hauptrolle tanzt. Jessica kommt heute nicht", erklärte David. „Alan springt herum wie eine Kuh mit Rinderwahnsinn und fragt jeden, ob er Jessica gesehen hat. Du vielleicht?"

Laura schüttelte verwirrt den Kopf.

„Ich auch nicht", sagte Claudia.

Susan wandte sich ab.

„Was ist denn passiert?", wollte Emily wissen.

David zuckte die Schultern. „Darum müssen wir uns mit dir als Katharina begnügen, Laura. Victor tanzt den Petruchio. Es hätte keinen Sinn, wenn ich mit dir tanzen würde. Ich würde dich nur deklassieren."

Laura dachte an Simons Rat, Davids Autorität infrage zu stellen. Sie richtete sich kerzengerade auf und sah ihm fest in die Augen. „Ist Alan nicht derjenige, der die Besetzung entscheidet? Immerhin ist er der Produzent."

„Alan ist nicht in der Lage, wichtige Entscheidungen zu treffen", sagte David. „Nicht, solange Jessica verschwunden ist."

Verschwinden

7/19

Verschwinden

Ein fülliger Kerl war auf die Wache in der Albany Street gekommen, um einen Unfall anzuzeigen. Police Constable Kathryn Fuller, die erst vor wenigen Wochen ihre Ausbildung abgeschlossen hatte, hörte aufmerksam zu und bemühte sich, die verworrene Schilderung des Dicken in handliche Sätze umzuformulieren und in das gelbe Formular für Unfallmeldungen einzutragen. „Schreibe nicht, was sie sagen", hatte sie gelernt, „sondern was sie glauben zu sagen."

Die Tür zur Wache wurde aufgestoßen und ein großer Mann hastete auf den Schalter zu. „Meine Frau ist verschwunden", sagte er atemlos. „Heute Morgen."

„In Ordnung, Sir. Bitte setzen Sie sich dort drüben hin, bis Sie dran sind." Kathryn nickte in Richtung der Bank neben der Eingangstür. Der Mann trat einen Schritt zurück, blieb aber in Protesthaltung stehen.

Sie wandte sich wieder dem Dicken zu. „Ihr Atem riecht nach Alkohol. Hatten Sie vor dem Unfall etwas getrunken."

„Nur ein Bier zum Mittagessen."

Sie erklärte ihm, dass er in ein Testgerät atmen müsse und hielt ihm das Röhrchen hin. Der Dicke versuchte es, aber ein Piepsen zeigte an, dass nichts gemessen worden war.

„Nein, Sir", sagte Kathryn mit stoischer Ruhe. „Sie saugen, anstatt zu blasen. Atmen Sie tief durch und versuchen sie es noch mal." Auch der zweite Versuch schlug fehl.

„Das war nicht lang genug. Sie dürfen nicht plötzlich ausatmen, sondern zehn Sekunden lang und möglichst gleichmäßig, so als wollten Sie einen Ballon aufblasen."

Der große Mann trat vor. „Das ist doch unglaublich", beschwerte er sich. „Hier geht es um Leben und Tod und Sie halten sich mit diesem Unfug auf."

Kathryn räusperte sich. Man hatte ihr beigebracht, die Klienten in der Reihenfolge zu bedienen, in der sie kamen. Wie es schien, war Schlange stehen in einer Polizeiwache nicht so populär.

„Immer mit der Ruhe. Ich werde einen Kollegen rufen."

„Genau." Der Dicke blinzelte ihr zu. „Schließlich muss ich hier noch einen blasen."

Die Tür zu Ricks Büro wurde aufgerissen. Ein Stapel Papiere landete mit Karacho auf dem überfüllten Schreibtisch. „Was zum Teufel ist das?"

Detective Inspector Frederick London, an die Tiraden seines Vorgesetzten gewöhnt, sah kaum von dem Fahrplan auf, den er gerade studierte. „Mein Report über den Fall Severlock, so wie's auf dem Deckblatt steht."

„Gute Güte, sparen Sie sich Ihren Sarkasmus. Das hier", Detective Chief Inspector Derek Gould ließ seine flache Hand auf die Blätter klatschen, „ist ein Auswuchs fehlgeleiteten literarischen Ehrgeizes."

Rick grinste. „Ich habe wohl wieder zu viele Adjektive verwendet." Er lehnte sich im Drehstuhl zurück, zog seine silberne Lesebrille ab und kaute am Bügel.

Gould gab einen Stoßseufzer von sich, der Verzweiflung und Verärgerung in gleichen Anteilen ausdrückte. „So schlimm war es noch nie."

„Um Weihnachten herum werde ich immer etwas sentimental", gab Rick zu.

Gould griff sich den Bericht und las irgendeinen Satz vor. „Hier zum Beispiel: ‚Eingehüllt in kalten Nieselregen bibberte ich in meinem Burberry vor der U-Bahnstation Archway, bis der Verdächtige, der sich letztendlich als ein Muster an Tugend erwies, sicher in sein finsteres Parterre-Apartment zurückgekehrt war.' Sie sind nicht Jane Austen, falls Sie das noch nicht bemerkt haben sollten. Und was in aller Welt macht ein Schuh auf Ihrem Schreibtisch?"

„Er war eine wichtige Quelle der Inspiration in diesem Fall. Sehen Sie, die Schnürsenkel des Opfers waren –"

„Ich habe den Bericht gelesen, zum Kuckuck." Wieder ein Seufzen, diesmal wachsende Ungeduld verkündend. „Könnten Sie jetzt, wo der Fall abgeschlossen ist, den Schuh freundlicherweise auf den Boden stellen?"

Rick schien nachzudenken. „Er ist eigentlich ganz nützlich als Briefbeschwerer. Wenn ich das Fenster öffne, gibt es im-mer Durchzug, der auf dem Schreibtisch alles durcheinander weht."

„Durcheinander? Allmächtiger! Wie könnte das Durcheinander denn noch größer werden? Ihr Schreibtisch hat jegliche Definition von Chaos und Entropie längst hinter sich gelassen." Damit hatte Gould sich anscheinend hinreichend ereifert und wandte sich zum Gehen. „Also, machen Sie mal Ordnung. Ich werde Mrs Turner Ihren Bericht umschreiben lassen, damit aus diesem Weihnachtsmärchen eine anständige Zusammenfassung des Falls wird."

„Danke, Sir." Rick zuckte kaum wahrnehmbar mit den Schultern und versuchte sich wieder auf den Fahrplan zu konzentrieren, was ihm nicht gelang. Durch Goulds Gezeter war er total aus dem Fahrwasser geraten. Seit Tagen hatte er sich durch Zeugenaussagen und gerichtsmedizinische Gutachten gearbeitet und war bei der Rekonstruktion des Tathergangs in eine Sackgasse geraten.

Er massierte sich die Nasenwurzel. Sein Gehirn war mit Fakten zugekleistert und gehörte gelüftet.

Der Schuh! Er würde ihn Blockley wiederbringen und dabei ein bisschen quatschen. Blockley begeisterte sich immer für irgendetwas. Sein Enthusiasmus war manchmal nervtötend, aber zuweilen auch ansteckend und erfrischend. Rick beschloss, dass es genau das war, was er jetzt brauchte, und ging in den CID Raum. Detective Sergeant Timothy Blockley saß an seinem Schreibtisch und tippte etwas in den Computer.

Rick wollte ihn gerade ansprechen, da kam Police Constable Brick herein. „Ich hätte da ein Problem", sagte er, ohne jemanden bestimmten anzusprechen. Sein Blick fiel auf Rick. „Sir, ich hätte da ein Problem", wiederholte er und überreichte ihm ein Blatt Papier. „Vermisstenanzeige", erklärte er. „Aufgegeben von einem Mr Warner. Schrecklich aufdringlicher Typ. Hat mir über die Schulter geschaut, während ich im Computer nach Unfallanzeigen und unidentifizierten Leichen gesucht habe. Jetzt besteht er darauf, mit einem Kriminalbeamten zu reden. Er wartet im Flur. Ich konnte ihn einfach nicht loswerden."

Rick überflog die Meldung. „Seine Frau ist Tänzerin." Das war doch etwas für Blockley. Der ging gern und oft ins Theater. Er hielt ihm den Schuh hin. „Sie könnten sich der Sache annehmen."

Brick hielt die Tür auf. „Mr Warner. Sie können reinkommen", rief er, salutierte und ging.

Rick lehnte sich ans Fensterbrett und verschränkte die Arme. Er würde einfach zuschauen und sich amüsieren. Lästige Besucher konnten durchaus unterhaltsam sein. Er schätzte den Mann, der mit erhobenem Kinn hereinstolzierte, auf Ende Vierzig. Er war gut aussehend, gepflegt, groß und breitschultrig. Und er hatte einen ausgezeichneten Schneider.

Blockley bot ihm einen Stuhl an.

„Ich lese mir kurz die Meldung durch, die Constable Brick aufgenommen hat. Jessica Warner, geborene Gresham. Zweiundzwanzig Jahre alt. Tänzerin am *Caesar*, zuletzt gesehen um ein Uhr morgens. Verschwunden während ihrer morgendlichen Joggingrunde. Bekleidet mit einem grellroten Trainingsanzug, darunter ein weißer Rollkragenpullover. Unterwäsche aus Angora, lange Unterhose, weiße Laufschuhe, roter Schal, Wollhandschuhe."

„Sie läuft jeden Morgen durch den Park. Immer von halb acht bis halb neun", erläuterte Warner, als müsse er rechtfertigen, warum seine Frau so angezogen war.

„Trug sie sonst noch etwas, vielleicht eine Armbanduhr?"

Warner, der so steif und aufrecht dasaß, dass es schon unbequem wirkte, schüttelte den Kopf. „Nein. Oder, doch. Natürlich ihren Ehering. Platin, mit einem kleinen Diamanten. Und dann sollte ich vielleicht noch erwähnen, dass auf dem Oberteil ihres Igginganzugs ihre Initialen eingestickt sind."

Blockley rieb seine Backe. „Und woher wissen Sie so genau, was sie anhatte? Im Bericht heißt es, sie hätten sie das letzte Mal gesehen, als sie zu Bett ging."

„Es ist ihr übliches Jogging-Outfit. Nurit legt es abends immer für sie bereit. Es sind die einzigen Sachen von Jessica, die fehlen. Genau das beunruhigt mich ja so. Sie hat nichts sonst dabei."

„Wie steht es mit ihrem Ausweis oder Führerschein?"

„Ist alles noch da in dem Rucksack, den sie als Handtasche benutzt. Ebenso ihr Handy, ihre Kreditkarte und ihre Schlüssel."

„Wer ist Nurit?", wollte Blockley wissen.

„Meine Haushälterin. Dann habe ich noch einen Butler, Edgar Keelan. Er hat mittlerweile alle Krankenhäuser in London angerufen." Warner drehte seine Fäuste nach innen und schlug die Fingerknöchel zusammen.

„Alle Krankenhäuser? Beachtlich. Haben Sie andere Möglichkeiten überprüft? Familie, Freunde, Nachbarn?"

Warner stand auf. „Halten Sie mich für einen Idioten? Natürlich habe ich alle anderen Möglichkeiten überprüft. Und natürlich das *Caesar*. Im Grunde der einzige Ort auf der Welt, an dem sie ständig sein möchte. Als ich erfuhr, dass sie heute nicht zur Generalprobe im *Caesar* erschienen ist, wusste ich, dass ihr etwas passiert sein muss, noch bevor Edgar die Krankenhäuser angerufen hat. Und ihre Familie lebt in Auckland, Neuseeland. Es hat ja wohl wenig Zweck, dort nach ihr zu suchen."

Rick wusste, dass Blockley genug Selbstbewusstsein besaß, um sich Warners Frechheiten eine Weile unbeeindruckt gefallen zu lassen, aber irgendwann musste ihm der Geduldsfaden reißen.

„Dann werden wir die Bahnhöfe und Flughäfen überprüfen und ihre Familie anrufen." Blockley fuhr sich durch sein dickes, braunes Haar. „Wenn Sie sagen, dass heute die Generalprobe ist, dann wird wohl morgen eine Premiere stattfinden. Könnte es sein, dass Ihre Frau einfach das große Muffensausen gekriegt hat, Nervenflattern, Lampenfieber, so was in der Art?"

„Lampenfieber? Jessica und Lampenfieber? Sie ist total tanzverrückt." Warner begann, auf und ab zu gehen. Zwei Schritte, Wendung, zwei Schritte. Wendung. Der Platz war begrenzt. „Sie könnte tot sein. Warum unternehmen Sie nicht endlich etwas?"

Blockley stand ganz langsam auf. Er war einen Kopf kleiner als Warner. „Warum hören Sie nicht endlich auf, sich daneben zu benehmen?", fragte er. „Oder ist das Ihre Art, mit Krisen umzugehen?"

Warner war völlig perplex. Er entschuldigte sich und setzte sich wieder. „Also, diesen Morgen bin ich die Strecke abgelaufen, die sie immer joggt. Und da war keine Spur von ihr. Es gibt auch keine Möglichkeit, jemanden zu verstecken, weil auf Primrose Hill nur ein paar vereinzelte Bäume stehen."

Rick merkte auf, als er Primrose Hill hörte. Dort wäre er jetzt gerne, anstatt sich durch seine Aktenablage zu wühlen. Er stieß sich vom Fensterbrett ab und streckte Warner die Hand hin. „Ich bin Detective Inspector London. Ich habe den Eindruck, dass wir augenblicklich mit einer gründlichen Recherche beginnen sollten."

Warner schien tief beeindruckt. Rick wusste, dass es weder an seinem Rang lag noch an seiner eher unspektakulären Erscheinung, sondern an seiner tiefen, rauen Stimme.

„Danke, Detective", sagte Warner zufrieden.

„Blockley, Sie fahren zum *Caesar* und fragen dort herum. Vielleicht läuft die Probe noch, also machen Sie nicht zu viel Wind."

Blockley wirkte erst verdutzt, dann strahlte er. „Kein Problem, Sir."

„Ich werde inzwischen Mr Warner nach Hause begleiten."

„Ich denke nicht, dass das nötig sein wird", meinte Warner. Das war wohl mehr Zuwendung, als ihm lieb war. „Vielleicht ist Jessica längst wieder daheim. Ich käme mir wie ein Wichtigtuer vor, wenn ich Ihnen wegen nichts und wieder nichts so viel Mühe gemacht hätte."

Mit einem Lächeln wandte Rick sich ihm zu. „Machen Sie sich deswegen keine Gedanken. Wenn Ihre Frau wiederkommt, sind wir alle froh darüber. Ich nehme zwei Constables mit, die den Park und die Nachbarschaft absuchen."

Rick fuhr in Warners weißem *Mercedes* mit, der besser beheizt und komfortabler war als das Polizeiauto, in dem die Constables ihnen folgten. Die Fahrt war kurz und schweigsam.

„Es ist ungewöhnlich, um diese Jahreszeit zu joggen", sagte Rick, nachdem er ausgestiegen war. Sein Atem kristallisierte in der stechend kalten Luft.

Warner betätigte die Zentralverriegelung. „Es gibt kein noch so schlechtes Wetter, das Jessica davon abhalten könnte, zu tun, was ihr wichtig ist." Er sah sich um, wie er es während der Fahrt ständig getan hatte. Rick nahm an, dass er nach seiner Frau Ausschau hielt.

Brick parkte das Polizeiauto am Straßenrand und beugte seinen langen Oberkörper, um sich hinauszuquetschen. Stapplethorne knallte die Wagentür zu. „Wie sollen wir vorgehen?", wollte er wissen.

Die beiden Constables hatten eine Beschreibung von Jessica bei sich, sowie die Kopie eines Fotos, das Warner in seiner Brieftasche gehabt hatte.

„Einer nimmt sich die Straßen vor, der andere den Park. Zeigt das Foto herum und fragt jeden, dem ihr begegnet, ob er Jessica gesehen hat. In zwei Stunden, wenn es dunkel wird, könnt ihr mit einer Haus-zu-Haus-Befragung anfangen."

„Das hat Nurit bereits getan", meinte Warner.

„Da waren sicher viele noch bei der Arbeit." Rick sah sich das Haus an. Ordentliche Blumenbeete im Winterschlaf zierten den Vorgarten. Die Villa war hellblau gestrichen, mit weis-sen Konturlinien um die Fenster. Auch die Eingangstür war weiß, mit einem Bleiglasfenster und einem Türklopfer aus Bronze in Form einer Löwenpfote. Ein malerisches Gebäude, aber sicher nicht so hochherrschaftlich, wie Rick erwartet hatte angesichts der Tatsache, dass Warner einen Butler und eine Haushälterin beschäftigte.

„Villa Cathleen", las Rick, was in goldenen Buchstaben über die Tür gepinselt war.

„Benannt nach meiner zweiten Frau, die aus Irland kam", erklärte Warner und machte das Gartentor auf.

Rick hörte ein leichtes Zittern in seiner Stimme. „Geht es Ihnen gut, Sir? Sie sehen blass aus."

Warner hielt sich am Tor fest. „Muss wohl der Schock sein. Ist ja auch nicht weiter verwunderlich. Ich habe mir zwar schon den ganzen Tag Sorgen gemacht, aber jetzt, wo die Polizei den Fall untersucht, wird mir erst klar, was auf dem Spiel steht."

Im Wohnzimmer setzte Rick sich auf ein braunes Ledersofa, das sich als wenig bequem herausstellte. Der Butler servierte Tee und Sandwiches. Auf Warners Bitte hin brachte Nurit ein iPad. Warner tippte auf das Symbol für die Fotosammlung.

„Das sind die neuesten Aufnahmen", sagte er. „Ich habe sie während unseres Winterurlaubs auf Teneriffa gemacht."

Rick setzte seine Lesebrille auf. Er brauchte ein Foto, auf dem Jessica alleine abgebildet war. Schnell scrollte er durch die Bilder. Drei davon kamen in Frage. Eins zeigte Jessica neben einem mannshohen, blühenden Weihnachtsstern. Ihr Kleid hatte das gleiche Rot wie die Blüten. Auf dem zweiten saß Jessica auf einem schwarzen Lavastein am Meer. Der Wind wehte ihr die Haare aus dem Gesicht. Auf dem dritten stand Jessica im Halbprofil in einer öden Landschaft aus braunem Gestein und vereinzelten Kakteen. Sie hatte die Gesichtszüge einer Puppe, große, blaue Augen, betont durch lange Wimpern. Der fransig geschnittene Pony ihrer blauschwarzen Haare hing ihr über die Augenbrauen. Der rote Lippenstift ließ ihre vollen Lippen wie eine frische Wunde aussehen.

„Kann ich davon die Datei haben? Schicken Sie sie bitte an meine E-Mail-Adresse." Rick holte eine seiner Visitenkarten aus der Brieftasche und reichte sie Warner. Er steckte die Brieftasche in den Mantel zurück und zog ein ledergebundenes Notizbuch und einen Stift heraus. Augenblicklich überkam ihn das Verlangen, auf einem weißen Blatt drauflos zu kritzeln. Es war sein schlimmstes Laster, denn vor lauter Kritzeleien waren seine Notizen oft völlig unlesbar.

„Gehen wir mal die verschiedenen Möglichkeiten durch. Könnte Jessica weggelaufen sein?"

Warner schüttelte den Kopf. „Keinesfalls. Ich dachte, das hätte ich schon deutlich gemacht."

„Wie lange sind Sie verheiratet?"

„Im Juni werden es drei Jahre."

„Also eine junge Ehe. Glauben Sie deshalb, Ihre Frau würde Sie nicht einfach verlassen?"

Warner sah ihn nicht an, als er antwortete. „Ich wünschte, es wäre so. Hören Sie, ich kann dieses Frage- und Antwortspiel nicht ausstehen. Ich erzähle Ihnen einfach alles, was es zu erzählen gibt. Das macht die Sache einfacher."

Rick wartete mit einsatzbereitem Bleistift.

„Ich traf Jessica vor dreieinhalb Jahren an einem traumhaft schönen Sommertag, als ich über Primrose Hill schlenderte. Da raste plötzlich ein leerer Rollstuhl auf mich zu. Es gelang mir, ihn zu stoppen. Ich schob ihn den Hügel hinauf, um zu sehen, wem er gehörte. Dort saßen zwei junge Frauen im Gras und picknickten. Eine sprang auf und bedankte sich. Sie sagte, sie hätten gar nicht gemerkt, dass sich der Rollstuhl selbstständig gemacht hatte. Das war Jessica. Die andere Frau war Eileen Lanigan, Alans Sekretärin. Ich meine damit Alan Caesar Widmark, den Besitzer des *Caesar*, des Theaters, an dem Jessica tanzt."

„Mrs Lanigan ist Rollstuhlfahrerin?"

„Sie hat sich vor fünf Jahren aus einem Fenster gestürzt, als es im *Caesar* brannte." Warner stand auf und begann, hin und her zu laufen, wie auf der Polizeiwache. „Und sie ist Jessicas beste Freundin."

„Haben Sie schon mit ihr über Jessicas Verschwinden gesprochen?"

„Das ging nicht, weil sie nicht da ist. Alan erwähnte etwas von einer Konferenz in Richmond."

„Vielleicht hat Jessica sie dorthin begleitet", schlug Rick vor.

„In dem Fall hätte Eileen sicher Alan davon unterrichtet. Sie ist zuverlässig und gewissenhaft."

Rick erwähnte nur ungern, was ihm durch den Sinn ging, da es Warner noch nervöser machen würde: Sie könnten einen Unfall gehabt haben. „Wie ist Eileen nach Richmond gefahren? Mit der U-Bahn?"

Warner runzelte die Stirn. „Ich glaube, Simon hat sie hingebracht."

„Simon?"

„Ein Physiotherapeut, der an der *London Clinic* arbeitet und sich in seiner Freizeit um Alans Tänzer kümmert. Denken Sie, die könnten einen Unfall gebaut haben, bevor Eileen dazu kam, Alan anzurufen, um ihm zu sagen, dass Jessica auch mitgekommen ist? Ich weiß nicht so recht. Jessica in einem roten Jogginganzug auf einer Konferenz, das wäre sehr merkwürdig. Gibt es eine Möglichkeit, das zu überprüfen?"

Rick hatte bereits sein Handy gezückt. „Was für einen Wagen fährt Simon?"

„Weiß ich nicht."

Während Rick auf der Wache nachprüfen ließ, ob es an diesem Morgen irgendwo zwischen London und Richmond einen Autounfall gegeben hatte, bei dem zwei Frauen und ein Mann in einem Wagen saßen, beobachtete er Mr Warner, der nervös an seiner Krawatte herumspielte. Warum redete er so viel? Das passte nicht zu dem Eindruck, den er auf Rick machte - zurückhaltend, in sich gekehrt.

Rick beendete das Telefongespräch. „Kein Unfall. Alles in Ordnung. Wie ging es weiter, als Sie Jessica auf Primrose Hill begegneten?"

„Die zwei Frauen luden mich ein, ihnen Gesellschaft zu leisten. Wir unterhielten uns und ich fühlte mich richtig gut, mit jeder Minute jünger. Ein paar Tage später ging ich Jessica in ihrem Apartment besuchen. Es war sehr unordentlich. Ich möchte nicht gerade sagen, dass Jessica eine Schlampe ist, aber bestimmt auch keine gute Hausfrau. Sie erzählte mir, dass Eileen vor ihrem Unfall die Wohnung mit ihr teilte. Eileen hatte immer sauber gemacht. Jessica war erst neunzehn. Sie brauchte jemanden, der sich um sie kümmerte. Sie strahlte Energie aus, aber zugleich eine fast kindliche Hilflosigkeit, was die praktischen Seiten des Lebens anbelangte. Ich habe mich heftig in sie verliebt. Als sie meinen Antrag annahm, konnte ich mein Glück kaum fassen. Was ich nicht ahnte, war, dass ich Eileen und den Stepptanz gleich mitgeheiratet hatte."

„Das klingt, als ob Sie Eileen nicht mögen."

„Nun, es ist schwer, etwas gegen sie zu haben, denn sie ist ziemlich schlimm dran. Es ist eher so, dass ich eifersüchtig auf sie bin. Eifersucht ist ein großes Problem für mich. Mit meinem krankhaften Misstrauen habe ich zwei Ehen zerstört. Das soll mir nicht noch ein drittes Mal passieren."

„Eifersucht ist so sinnvoll wie etwas wegzuwerfen aus Angst, es zu verlieren."

„Sind Sie sicher, dass Sie den richtigen Beruf gewählt haben? Mein Verhaltenstherapeut hat zwei Jahre gebraucht und wesentlich mehr Worte, um diese Botschaft in meinen Dickschädel zu hämmern. Ohne therapeutische Unterstützung wäre meine Ehe mit Jessica der reinste Albtraum."

„Weil Sie auf ihre beste Freundin eifersüchtig sind?", fragte Rick amüsiert.

Warner lachte bitter. „Ich rede vom Stepptanz. Jessica hat mir einmal gesagt, dass sie Tanzen besser findet als Sex."

„Hatten Sie noch weitere Gründe, eifersüchtig zu sein?" Schließlich war Jessica jung und hübsch.

„Natürlich nicht." Warner sah aus dem Fenster, als wolle er Ricks Blicken ausweichen. „Ich sagte Ihnen doch, dass es krankhaft ist, oder vielmehr war. Ich betrachte mich als geheilt."

Rick nahm sich ein Gurkensandwich vom Tablett. „Ihre Frau steckt also ihre ganze Energie ins Tanzen", meinte er, bevor er abbiss.

„Zeit, Energie, Leidenschaft - es bleibt nicht viel übrig für andere Dinge. Sie ist sehr zielstrebig und soweit ich weiß, war sie immer schon so. Mit fünf haben ihre Eltern sie zu einer Stepptanzshow mitgenommen, weil der Babysitter abgesagt hatte. Jess sagte, sie war wie vom Donner gerührt und wollte von da an nichts anderes mehr, als Tänzerin werden. Ihre Mutter schickte sie ins Ballett. Jessica hasste es, weil sie sich das völlig anders vorgestellt hatte. Sie fand heraus, dass eine neue Tanzschule eröffnete, die auch Stepptanz unterrichtete, das *Caesar*. Am Tag der Eröffnung stand sie auf der Matte. Alan war gezwungen, Jessicas Mutter anzurufen und sie zu überreden, Jessica anzumelden, sonst hätte sie sich nicht vom Fleck gerührt. Da war sie gerade erst acht."

Rick grinste. „Wirklich sehr zielstrebig." Er selbst war um einiges älter gewesen, als er endlich den Mut aufgebracht hatte, seinen Eltern zu gestehen, dass er ihre hohen Erwartungen nicht erfüllen und seinen eigenen Weg gehen würde. „Hat Jessica sich damit durchgesetzt?"

„Es gab einen Kompromiss. Jessica durfte in Alans Stepptanzklasse gehen, wenn sie auch weiterhin klassisches Ballett lernte, weil ihre Mutter das für das einzig Seriöse hielt. Vier Jahre später schickten sie Jessica auf ein Internat, an dem es zwar Ballettunterricht gab, aber keinen Stepptanz. Jessica ist immer wieder von dort abgehauen, bis sie ihr erlaubt haben, wieder in London zur Schule zu gehen. Als Jessica sechzehn war, wanderte ihre Familie nach Neuseeland aus. Sie weigerte sich, mitzukommen, blieb allein in London, zog bei Eileen ein und verdiente sich ihren Lebensunterhalt als Tanzlehrerin. Sie hatte immer nur eins im Kopf, und das ist Stepptanz. Daran hat sie ihre ganze Seele gehängt."

Zum ersten Mal sah Warner Rick direkt in die Augen. „Verstehen Sie jetzt, warum sie nicht weggelaufen sein kann? Sie hat hart gearbeitet für die neue Show. Es muss eine andere Erklärung geben. Was käme in Frage? Sie könnte gestürzt sein und –" Sein Gesicht wurde aschfahl. „Oh, Gott."

„Was ist los?"

„Ich habe mich gerade gefragt, wie sie auf eine schwere Verletzung ihrer Beine reagieren würde. Sie hat oft gesagt, dass sie lieber tot wäre, als ein Leben wie Eileen zu führen. Es könnte sein, dass sie einen schrecklichen Unfall hatte und im Schock Selbstmord begangen hat."

Rick hielt das für eine völlig lächerliche Vermutung. Er sagte es aber nicht, sondern folgte einem anderen Gedankengang. „Wir nehmen so vieles als selbstverständlich hin. Wir gehen, als wäre es die natürlichste Sache der Welt. Erst wenn wir jemanden treffen, der nicht so glücklich ist, werden wir uns unserer Verletzlichkeit bewusst."

Roger machte eine wegwerfende Bewegung. „Melodramatisches Geschwätz. Eileen sagt auch immer, dass sie für jeden einzelnen Schritt dankbar ist. Sie braucht den Rollstuhl jetzt nicht mehr. Aber davon abgesehen ist sie ein ganz anderer Mensch als Jessica. Sie hat viele Interessen, liest gerne, lernt Sprachen. Sie kann dieses eingeschränkte Leben hinnehmen. Jessica könnte es nie. Jessica *ist* ihre Beine. Darum geht es."

„Sie sind also mit einem Paar Beine verheiratet."

„Sehr witzig, Detective."

Rick fürchtete, Warners Erzählfluss unterbrochen zu haben. „Wie war Ihr Urlaub auf Teneriffa?"

„Katastrophal. Ich leite ein Immobilienbüro mit einer Zweigstelle in Puerto de la Cruz. Meine Firma macht siebzig Prozent ihres Umsatzes mit Häusern auf den Kanarischen

Inseln. Ich habe dort eine Villa, die ich als Luxusferiendomizil vermiete, und in der ich jeden Dezember ein paar Wochen verbringe. Es war gar nicht so einfach, Jessica zu überreden, mitzukommen. Sie wollte nicht aus London weg und schon gar nicht von ihrem geliebten *Caesar*. Sie hat ihre Meinung erst geändert, als ich ihr sagte, dann würden wir eben daheim bleiben und Weihnachten mit meiner Familie feiern. Nachträglich würde ich sagen, dass wir damit besser bedient gewesen wären. Die Kanaren sind ein Paradies, aber Jessica war wild entschlossen, unseren Aufenthalt zur Hölle zu machen."

„Hat sie ihr tägliches Training vermisst?"

„Und ob. Sie braucht einen Holzboden zum Stepptanzen, aber meine Villa dort hat nur Steinböden. Sie wollte joggen, aber die Wege waren ihr zu holprig. Noch schlimmer war es am Strand. Bedrohliche Wellen, tückische Felsen unter dem Sand. Jessica hatte ständig Angst, sie könnte ihre Füße verletzen. Als wir zurück im eisigen London waren, bestand Jessica auf der Heimfahrt von Heathrow darauf, dass ich sie im *Caesar* absetze. Fünf Stunden später kam sie heim, lächelnd und in bester Laune. Sie hat nicht einmal zur Kenntnis genommen, wie sehr mir ihr Verhalten missfiel."

„Sie müssen eine Menge Wut aufgestaut haben", bemerkte Rick.

„Unsere Eheprobleme und Jessicas Verschwinden stehen in keinerlei Zusammenhang. Falls Sie darauf hinauswollen."

„Ich will auf nichts hinaus. Aber jetzt möchte ich mit Ihrem Personal reden."

Warner lachte trocken. „Edgar ist diskret, aber Nurit kann den Mund nicht halten, darum werden Sie es ja doch erfahren. Ja, meine Wut kam wieder hoch. Jessica hatte mich einmal zu oft enttäuscht. Ich hatte sie gebeten, an meinem fünfzigsten Geburtstag daheim zu bleiben, und sie versprach es mir. Aber sie steigerte sich langsam in etwas hinein, wurde immer patziger. Sie suchte nur nach einem Vorwand, um ins

Caesar gehen zu können. Als Alan dann auch noch anrief, um abzusagen, schnappte sie sich ohne Vorwarnung ihren Mantel, und weg war sie. Natürlich kam sie zu spät zurück und entschuldigte sich nicht einmal dafür."

„Damit hat sie Ihre Geduld wohl überstrapaziert."

„Noch nicht ganz. Ich trank zu viel an dem Abend, um mich abzuregen, aber es wurde alles nur schlimmer. Jessicas Unhöflichkeit machte mich rasend. Wir haben uns vor den Gästen gestritten. Jessica nannte mich einen alten Langweiler. Da verlor ich die Selbstbeherrschung. Ich gab ihr ..." Er senkte die Stimme. „Eine Ohrfeige. Es war das erste Mal, dass ich meine Hand gegen eine Frau erhoben habe. Sie lief die Treppe rauf und ich rannte hinterher, entschuldigte mich wortreich, aber sie hörte mir gar nicht zu. Als ich später ins Bett ging, schlief sie schon. Zum Glück nahm sie am nächsten Morgen Vernunft an und verzieh mir."

„Und wann war Ihr Geburtstag?" Rick erwog, noch ein weiteres Sandwich zu nehmen.

„Am Samstag."

„Vor drei Tagen", rechnete Rick nach. „Da drängt sich die Vermutung auf, dass Jessica Sie wegen der Ohrfeige verlassen hat."

„Das kann ich mir nicht vorstellen", antwortete Warner mit leiser Stimme. „Ehrlich gesagt, kenne ich Jessica nicht besonders gut. Sie hat mich nie richtig an sie herangelassen. Es stimmt nicht, dass ich sie verloren habe. Ich habe sie nie wirklich gefunden." Er setzte sich endlich wieder hin. „Wo kann sie nur sein?"

Rick ließ den Raum auf sich wirken – edle Möbel, antike Teppiche, Ölgemälde, Tiffany-Lampenschirme, feinstes Porzellan. „Sie könnte auch gekidnappt worden sein."

Warner nickte betrübt. „Ich versichere Ihnen, ich bin bereit, jede Summe zu zahlen, um sie zurückzubekommen.

Wäre es nicht klug, mein Telefon abhören zu lassen, falls die Entführer anrufen?"

„Wir werden das veranlassen", versprach Rick. „Wie Sie sicher wissen, bestehen Kidnapper gewöhnlich darauf, dass die Polizei herausgehalten wird."

Warner erhob sich erneut und ging ans Fenster. „Sie observieren womöglich schon mein Haus. Wenn sie das Polizeiauto sehen, töten sie Jessica vielleicht."

Rick versuchte, ihn abzulenken. „Wer wusste alles über die morgendliche Joggingrunde Ihrer Frau Bescheid?"

„Jeder Beliebige hätte sie nur ein paar Tage zu beobachten brauchen, um herauszufinden, was sie wann tat. Ein Leben wie ein Uhrwerk."

„Wissen Sie, ob sie Feinde hatte?"

Er zuckte die Schultern.

„Vielleicht jemand, der ihr ihren Erfolg neidet?"

„Jeder weiß, wie hart sie arbeitet. Die ganze Truppe ist von ihr abhängig."

„Und Sie - haben Sie Feinde?"

Warner runzelte die Stirn. „Jeder Mensch hat irgendwelche Feinde, aber ich kann mir nicht vorstellen, dass jemand mich derart hasst, dass er mir so etwas antun würde." Die Dämmerung hatte eingesetzt. Edgar huschte herein, knipste ein paar Lampen an und verschwand wieder.

„Vielleicht finden wir unter den Sachen Ihrer Frau etwas, das uns einen Hinweis geben könnte."

„Sie hat nicht viele Sachen. Als sie bei mir einzog, hatte sie nur zwei Koffer mit Kleidung und ein paar Unterlagen dabei."

„Wie ist es mit Kindheitserinnerungen? Hat sie Fotoalben, Bücher, Schallplatten, Briefe?"

„Ihre Mutter schreibt manchmal. Dann liest Jessica den Brief und schmeißt ihn gleich fort. Sie ist kein Sammler."

„Manche Menschen haben wohl ein ausgezeichnetes Gedächtnis und müssen nichts aufheben."

Warner, der gerade einen Vorhang zuzog, hielt inne und langte sich an die Stirn. „Das könnte es sein! Das ... wieso fällt mir das erst jetzt ein? Jessica leidet an einer Gedächtnisstörung. Sie bekommt immer wieder Blackouts. Fiese, totale Blackouts, besonders wenn sie emotional angeschlagen ist. Es passiert meist morgens, kurz nach dem Aufwachen. Für eine Weile weiß sie nicht einmal mehr, wer sie ist. Daran hat sie schon als Kind gelitten. Ich sagte ihr, sie solle zu einem Psychiater gehen, aber davon wollte sie nichts wissen."

„Wie verhält sie sich bei einem Blackout?"

„Sie gerät in Panik und jammert wie ein ängstliches Kind."

„Und wie kommt sie wieder zu sich?"

„Am besten ist es, wenn sie eine vertraute Stimme hört. Gestern Früh hatte sie so einen Blackout. Ich sprach sie an und sie fand wieder in die Realität zurück. Wenn keiner da ist, um ihr zu helfen, dann kann so ein Blackout eine Stunde oder länger dauern. Und letzte Nacht war sie allein."

Rick wartete darauf, dass Warner von sich aus die Frage beantwortete, die unausgesprochen im Raum stand. Warum war Jessica letzte Nacht allein gewesen?

Warner zog langsam den letzten Vorhang zu. Der weinrote Brokat schimmerte im Lampenlicht. „Wissen Sie, Jessica kam gestern sehr spät nach Hause und hat im Gästezimmer geschlafen. Sie hatte etwas getrunken, was ihr nicht sonderlich bekommt. Dadurch könnte sie heute Früh einen heftigeren Blackout als sonst gehabt haben."

„Wäre es möglich, dass sie in diesem Zustand das Haus verlassen hat?"

„Absolut. Sie hat mir einmal erzählt, dass sie die schlimmste Serie von Blackouts nach Eileens Unfall hatte. Damals lebte sie allein in dem gemeinsamen Apartment und war wegen des Feuers in einem ständigen inneren Aufruhr. Jeden Morgen wachte sie völlig desorientiert auf, ging im Haus herum und versuchte herauszufinden, wer sie war. Dann hatte sie den Einfall, überall Zettel anzubringen, auf denen alles stand. Das mit letzter Nacht ... sie hat noch nie im Gästezimmer geschlafen. Vielleicht ist sie aufgestanden und hat den Jogginganzug im Bad gefunden, ihn aus Gewohnheit angezogen und ist gegangen ... wer weiß, wo sie in ihrem verwirrten Zustand hin ist. Ich hätte nicht zulassen dürfen, dass sie im Gästezimmer schläft. Ich hätte daran denken müssen, wie sehr sie mich braucht."

„Bitte, steigern Sie sich nicht in Schuldgefühle hinein, Sir. Es ist nur eine Theorie."

Der Türgong schreckte Warner auf. Auch Rick fühlte ein erwartungsvolles Kribbeln. Vielleicht kam Jessica zurück.

Der Butler trat ein. „Detective, einer Ihrer Constables wünscht Sie zu sprechen."

„Danke. Mr Warner, bitte entschuldigen Sie mich einen Augenblick."

Brick füllte die Eingangstür aus. „Wir haben etwas gefunden. Im ersten Abfalleimer auf der rechten Seite, wenn man den Park an der Ecke der Primrose Hill Road betritt." Er bedeutete Rick, ihm zum Wagen zu folgen.

Stapplethorne wuchtete den Kofferraum auf. Darin, zwischen einer Drogentestausrüstung und einem Paar Arbeitsstiefel, lag ein halbtransparenter, gelber Plastiksack. Brick strahlte ihn mit seiner Taschenlampe an. Zwei Kleidungsstücke befanden darin. Rick zog den Sack auf und sah, dass die Teile grellrot waren.

Widerstand

8/19

Widerstand

Susans Schönheit litt aufs Bedauerlichste, wenn sie weinte, ihre Stirn in Kummerfalten gelegt war, unansehnliche rote Flecken auf ihrem hellen Teint leuchteten und Tränen vermischt mit Mascara rußig-grau ihre Wangen hinunterliefen. David hatte sie schon so oft weinen sehen, dass er diese unvorteilhaften Veränderungen gar nicht mehr bemerkte. Anstelle von Mitleid empfand er nur ein vertrautes Unwohlsein.

Gegen den Türpfosten des Umkleideraums gelehnt, sah er zu, wie Susan mit ihrem Reißverschluss kämpfte, an ihrem Kostüm herumzerrte, schluchzte und die Nase hochzog. Was hatte er denn getan? Susans Leistung beim ersten Auftritt war dürftig gewesen und er hatte sich eine Bemerkung darüber verkniffen - und trotzdem, kaum hatte die Musik geendet, war sie die Treppe hinuntergestürmt, und ihm war nichts anderes übrig geblieben, als ihr zu folgen. Es war mehr ein sozialer Reflex gewesen als echtes Interesse. Er konnte sie nicht einfach mitten in der Generalprobe ohne Entschuldigung gehen lassen.

Über das Treppenhaus konnte er die Musik für Lauras erstes Solo hören und ihre fieberhaften Bemühungen, den Part so schwungvoll und überzeugend zu tanzen wie Jessica. Er fühlte es bis in die Zehenspitzen, dass sie nicht ganz synchron mit dem Takt war. Jessica war immer eins mit dem Rhythmus, so als würde sie ihn funkensprühend aus den Bühnenbrettern schlagen.

Er wartete darauf, dass Susan endlich etwas sagte. Nicht, dass es einen Unterschied gemacht hätte. Wie Eisschollen waren sie langsam auseinandergedriftet und das kalte Nordmeer zwischen ihnen war unüberbrückbar.

„Du kommst also nicht zurück?", fragte David schließlich.

Susan zog am Ärmel, bis das Kleid zur Seite rutschte und eine Brust freigab.

„Du bist es doch, der nicht zurückkommt", sagte sie herausfordernd.

„Ich meinte zur Show."

„Die Show ist aus für mich. Lass mich in Ruhe und geh wieder hoch. Du könntest wenigstens einen Hauch von Interesse an der Probe zeigen."

Er erwiderte nichts. Sollte Susan ihren Ärger an ihm auslassen, dann konnte er sich verletzt fühlen und wäre dabei noch im Recht.

„Dir ist die Show doch längst total egal", fuhr Susan angriffslustig fort. Tränen flossen jetzt keine mehr. „Darum lässt du Victor deine Hauptrolle tanzen."

„Laura kann mein Niveau nicht mithalten."

Sie warf ihm einen wütenden Blick zu. „Du hast ihr ja nicht einmal eine Chance gegeben, sich der Herausforderung zu stellen. Es könnte die Show ruinieren, gleich beide Hauptrollen der zweiten Besetzung zu überlassen. Du hattest keinen plausiblen Grund, nicht mit Laura zu tanzen. Es ist unfair, besonders Alan gegenüber, denn es ist seine Inszenierung."

„Aha, um den lieben Alan geht es also. Ich habe mich schon oft gefragt, was zwischen dir und ihm läuft."

Ihr Kleid fiel auf den Boden. „Sei nicht albern. Er ist nur ein Freund." Susan bückte sich, um die Schnürsenkel aufzuziehen. David konnte die Tätowierung auf ihrem linken Schulterblatt sehen. Er selbst hatte das Motiv ausgesucht, eine kleine, pastellfarbene Seerose. Als er Jessica gefragt hatte, ob sie sich für ihn eine Rose aufs Fußgelenk tätowieren lassen würde, hatte sie sich über ihn lustig gemacht. Ja, sicher würde sie das, aber nur, wenn er sich ein Brandmal auf den Hintern setzen ließ.

„Ach ja, nur ein Freund? Mit jedem noch so persönlichen Problem rennst du gleich zu ihm. Oder redet ihr gar nicht? Ist das vielleicht nur ein Vorwand?"

„Das ist lächerlich und das weißt du ganz genau." Sie kickte die Schuhe weg und schleuderte sich die Locken aus dem Gesicht. Es hatte eine Zeit gegeben, bevor Susan ihr Kind verlor, wo solche Gesten ihn erregt hatten. Bis zu ihrer Fehlgeburt war sie für ihn die Verkörperung von Vollkommenheit gewesen. Er sehnte sich nach Perfektion, nach Zuverlässigkeit, Unfehlbarkeit.

Dann hatte Jessica all das für ihn repräsentiert, aber auch sie hatte ihn enttäuscht.

Er hob Susans Kostüm auf, um von seinem schlecht gespielten Misstrauen abzulenken. „Neulich erst bist du mitten in der Nacht bei ihm gewesen."

„Weil ich verzweifelt war. Wo hätte ich denn nach der Party sonst hingehen sollen? Du bist einfach ohne mich heimgefahren."

„Natürlich hast du dich an Alans Schulter ausgeweint", bohrte er weiter. „Wenn ich nicht angerufen und ihn veranlasst hätte, dich umgehend heimzuschicken, dann wärst du geblieben, er hätte dich getröstet, gestreichelt, geküsst."

„Hör sofort auf. Ich werde mir diesen Mist nicht länger anhören. Alan hatte eine Erkältung."

„Und du hattest sie am nächsten Tag auch. Du hast dich wohl zu intensiv seinem Virus ausgesetzt."

Susan griff nach dem kurzen Schraubenzieher, der auf dem Schminktisch lag, und stach ihn mit all ihrer Kraft ins Holz, wo er eine kreuzförmige Delle hinterließ. „Wie kannst du es wagen, mir eine Affäre mit Alan zu unterstellen? Du bist es doch, der fremdgegangen ist." Ihre Stimme überschlug sich fast, was es ihm leicht machte, nicht eine Spur Respekt für sie zu empfinden. „Was bildest du dir eigentlich ein? Schau dich doch mal an. Du hast deine besten Zeiten längst hinter dir. Ist das der Grund, warum du dich aus der Show zurückziehst? Spürst du, dass du mit der Jugend nicht mehr mithalten kannst?" Sie stieß ihre Beine in die Hose wie ein Soldat, der seine Kampfuniform anzieht.

Er trat einen Schritt zurück, merkte, dass ihm damit der Halt durch den Türpfosten fehlte, und stemmte ersatzhalber seine Arme in die Seiten.

Susan streifte sich einen Pullover über den Kopf. Als sie sah, dass er den Rückzug antrat, schoss sie ihren letzten Pfeil ab. „Du liebst sie immer noch."

„Wir müssen jetzt nicht wieder davon anfangen."

„Du weigerst dich, mit irgendjemandem außer ihr zu tanzen. Nur für Jessica möchtest du der Petruchio sein. Aber nicht für mich, nicht für Laura …"

„Um Himmels Willen, Susan."

„… noch für irgendeine andere Frau auf der Welt. Liegt es daran, dass Jessica widerspenstig ist und du sie zähmen willst? Oder hat sie dich zu ihrem Sklaven gemacht?"

Seine Hände verkrampften sich krallenartig. Wieder nahm er Lauras unregelmäßige Steppschritte wahr. Er sehnte sich danach, Jessica tanzen zu hören. Er konnte sie blind erkennen an der Genauigkeit, mit der sie arbeitete. Sie war eine Klasse für sich unter diesen Amateuren. Er hatte davon geträumt, sie von hier wegzubringen und ihr zu Weltruhm zu verhelfen. Erst das Londoner West End, dann die *Radio City Music Hall* in New York.

Unweigerlich drängte sich ihm ein Bild auf, die Erinnerung an Jessicas Füße, stark und wohlgeformt, zart unter seinen Lippen. Es stimmte, er war ihr Sklave gewesen von dem Augenblick an, als er sie traf. Und jetzt war er dabei, alles für sie zu opfern, seine Ehe, seine Karriere, seinen Stolz. Im Fegefeuer verschmähter Gefühle hatte er gelernt, dass Liebe tiefere Wunden schlägt als Hass.

Er drehte sich um. Von der Bühne erscholl andere Musik. Schweres Stampfen, glcich einem Eingeborenentanz, dröhnte auf den Brettern wie ein Echo seines klopfenden Phantomschmerzes.

„David."

Mit Abscheu fühlte er Susans Fingerspitzen seinen Rücken streifen.

„Ich weiß, es war für dich so demütigend wie für mich", lenkte sie ein.

Er hielt inne, gelähmt. Sie würde doch nicht wagen, es auszusprechen?

„Es ist dumm von mir anzunehmen, dass deine Gefühle für Jessica immer noch dieselben sind. Wahrscheinlich hasst du sie mehr als ich, seit sie dir gesagt hat, dass -"

„Nein!" David drehte sich um und packte Susans Oberarme. „Wage es nicht einmal zu denken."

Er ließ sie los, als er sein eigenes Entsetzen in ihren Augen gespiegelt sah. Sein amputiertes Ich, das einst Jessicas Liebhaber gewesen war, pochte und brannte schlimmer denn je.

Einen Pulsschlag später hatte er sich wieder unter Kontrolle. Er würde diese Krise so zivilisiert wie möglich durchstehen. Ruhig sagte er: „Es spielt keine Rolle mehr."

So einfach konnte die Wahrheit sein.

Man schicke Blockley in ein Theater und er wird sich freuen wie ein Einbrecher über einen neuen Satz Dietriche. Das war doch der Hintergedanke gewesen, oder?

Detective Sergeant Timothy Blockley war teils sauer, teils amüsiert, als er seinen alten *Opel* die Euston Road entlang chauffierte. Wieder einmal war er auf eine List von Inspector London hereingefallen. Bloß weil London mit seiner Arbeit im Dauerclinch lag und eine Ausrede brauchte, um dem Büro zu entfliehen, hieß das noch lange nicht, dass er Blockley in seine sinnlosen Ermittlungen hineinziehen konnte.

Was sollte er bloß in seinen Bericht schreiben? Generalprobe aufgesucht, Spaß gehabt, hinter der Bühne herumgestöbert, um vermisste Tänzerin zu finden? Jessica Warner war erst seit wenigen Stunden verschwunden. Blockley war sich absolut sicher, dass sie bald wieder auftauchen würde. Was ihn betraf, war Warners lautstarkes Auftreten reine Hysterie gewesen, sonst nichts. So gerne Blockley für London arbeitete, machte er sich doch langsam Sorgen, ob dessen exzentrische Arbeitsmethoden irgendwann auf ihn abfärben würden.

Für Zweifel war es jetzt zu spät, also würde er das Beste daraus machen. Er parkte rückwärts hinter einem roten *Renault* ein, nahm die Kopie der Vermisstenanzeige und verglich die Nummernschilder. Der Wagen gehörte Jessica Warner. Wenigstens etwas, das sich gut im Bericht machen würde. Durch die vereiste Scheibe sah er einen dunklen Umriss auf dem beigefarbenen Leder des Rücksitzes. Er kratze mit dem Daumennagel ein Loch frei und spähte hinein. Kein menschlicher Körper, nur eine dunkelblaue Wolldecke.

Blockley drehte sich zum Theater um, gerade als eine große, blonde Frau aus der Schwingtür stürmte. Ihr Blick schien nach innen gerichtet, ihre Lippen waren zusammengekniffen. Er blockierte ihr den Weg und hielt seinen Dienstausweis hoch.

„Kann ich Sie kurz sprechen?"

Sie wich bestürzt zurück, als wäre sie gegen eine unsichtbare Mauer gerannt.

„Wie heißen Sie?"

„Susan. Susan Powell."

„Es ist wegen Jessica Warner. Sie wurde als vermisst gemeldet."

„Oh nein!", entfuhr es ihr. „Ich möchte auf keinen Fall über Jessica reden. Ich will ihren Namen nie wieder hören. Für mich ist sie gestorben."

„Gestorben im Sinne von tot, verblichen?"

„Nein, gestorben im Sinne von ‚nicht mehr von Bedeutung'. Was kann ich dafür, dass Roger so überreagiert, bloß weil ..." Sie unterbrach sich. „Vergessen Sie's."

Bevor er nachhaken konnte, was sie damit gemeint hatte, drehte sie sich um und lief davon.

In der Vorhalle des *Caesar* lehnte sich Blockley gegen den geschlossenen Schalter der Abendkasse und studierte das Plakat auf der gegenüberliegenden Wand. Roger Warner hatte seine Frau als total tanzverrückt bezeichnet, und genau so sah sie auf dem Plakat aus - wie in einem Rausch.

Jessica Warner & David Powell, las er und schloss daraus, dass der männliche Hauptdarsteller Susan Powells Ehemann sein könnte. Gab es da irgendwelche Eifersüchteleien? Das würde erklären, warum die Blondine so schroff auf die Erwähnung von Jessicas Namen reagiert hatte.

Ein Ständer neben der Kasse enthielt eine Auswahl an Flyern. Er nahm sich einen von *Taming of the Shoe* und klappte ihn auf. Ein Bild von Jessica beherrschte die erste Seite. Ein weiteres Foto zeigte David Powell, der als bekannter Choreograph und Tänzer mit New York-Erfahrung gepriesen wurde. Die Show wurde von einer Truppe von Amateuren aufgeführt, zusammengesetzt aus Schülern der Fortgeschrittenenkurse und Tanzlehrern. Das jüngste Mitglied war vierzehn. Auf der Rückseite des Faltblatts prangte Werbung für eine CD mit dem Soundtrack der Show.

Blockley steckte den Flyer für seine Sammlung ein, dann schlenderte er zu der hohen, zweiflügeligen Tür, hinter der er einen dröhnenden Rhythmus hörte, der in seinen Ohren geradezu explodierte, als er einen Türflügel aufzog, um hineinzuschlüpfen.

Im Zuhörersaal reflektierten dunkle Reihen größtenteils leerer Stühle die roten und blauen Lichter, die die Bühne erleuchteten, auf der die Tänzer - drei Mädchen in Tops und Miniröcken und drei Jungs in schwarzen Lederhosen und knappen, nietenbesetzten Oberteilen - mit energischen Schritten zu einer mittelalterlichen Melodie mit Hardrock-Rhythmus steppten. Etwa ein Dutzend Menschen standen im Saal verteilt und beobachteten alles mit Kennermine. Ein Mann mit einem dunklen Zottelbart schlich hinter der letzten Reihe hin und her, als wolle er die Akustik testen.

Die Musik änderte sich, die Tänzer zogen sich zurück und eine junge Frau in einem Hauch aus weißer Seide glitt zum Bühnenrand, angestrahlt von einem milchig-weißen Spot. Ihre nackten Füße berührten federleicht den Boden. Blockley war sofort in ihrem Bann. Das musste die Bianca sein aus *Taming of the Shrew - Der Widerspenstigen Zähmung*, dem Shakespeare-Stück, auf dem die Show basierte. Bei jeder ihrer Bewegungen umwehte sie ihr langes, glattes, dunkelblondes Haar wie ein Vorhang im Wind. Als die Trommeln einsetzten, stürmte eine weitere Frau auf die Bühne. Ihre aggressiven Schritte in metallbeschlagenen Schuhen waren der vollkommene Kontrast zur Leichtfüßigkeit der Blonden. Das konnte nur Katharina sein, der Part, den eigentlich Jessica hätte tanzen sollen. Mit ihrem rabenschwarzen Haar sah Jessica in dem roten Kostüm sicher besser aus als die rotblonde Zweitbesetzung. Ein Mann gesellte sich zu den zwei Frauen. Musik, Beleuchtung und Choreographie änderten sich erneut. In rotes und gelbes Licht getaucht, umtanzten sie einander. Die Blonde verschwand allmählich im Hintergrund und überließ Katharina und - wie Blockley vermutete - Petruchio die Bühne. Allerdings hatte der muskulöse, dunkelhaarige Mann keinerlei Ähnlichkeit mit dem Foto von David Powell, das Blockley im Flyer gesehen hatte.

Blockley schlüpfte wieder in den Korridor, in der Hoffnung, jemanden zu finden, dem er ein paar Fragen stellen konnte. Er befand sich neben dem Treppenhaus, das um einen Aufzug herum angelegt war. Ein paar Schritte weiter war eine Tür, auf der das Schild *Büro* prangte. Er klopfte, öffnete und fand den Raum leer vor. Es war ein gemütliches Büro, mit Birkenholzmöbeln, Topfpflanzen und bunten Aktenordnern. Auch der Schreibtisch, auf dem sich Papiere und Zeitschriften stapelten, war aufgeräumt. Das müsste London mal sehen!

Blockley schloss die Tür wieder und wandte sich dem Aufzug zu, der neu aussah, wie alles in diesem Gebäude. Blockley beschloss, die Treppe nach unten zu nehmen, und landete in einem langen Flur mit Halogenlichtern und Kiefernholztäfelung, flankiert von Türen, von denen jede in einer anderen Farbe gestrichen war.

Er öffnete die rote Tür und nahm die Atmosphäre in sich auf. Wie aufregend es sein musste, sich für eine Aufführung vorzubereiten, während einem das Herz bis zum Hals klopfte. Zu seinem Bedauern war die Garderobe völlig unpersönlich. Ein von Glühbirnen umrahmter Spiegel und davor, sauber angeordnet, zwei Make-up-Tiegel und Pinsel, eine Schachtel Kosmetiktücher, eine Dose Schuhcreme - aber kein liebevoller Schnickschnack wie Fotos, Zeitungsausschnitte oder getrocknete Blumen. Blockley zog die Schubladen auf und fand einen Wattespender, einen Schraubenzieher mit rotem Griff, ein Maniküre-Set und einen Notizblock mit einem Bleistiftstummel.

Eine barsche Stimme unterbrach ihn beim Herumstöbern. „Was haben Sie in Jessicas Garderobe verloren und wer sind Sie überhaupt?"

„Detective Sergeant Blockley", sagte er wie aus der Pistole geschossen und fuhr herum. Eine ältere Dame beäugte ihn misstrauisch. Ihr graues Haar war so kurz geschoren, dass es borstig abstand.

„Haben Sie einen Durchsuchungsbefehl?", fragte sie scharf.

„Äh, nein."

Ein Lächeln breitete sich auf ihrem Gesicht aus. „Diese Frage wollte ich immer schon mal stellen. Sie sind wegen Jessica gekommen?"

„Ja, Ma'am."

Sie lud ein Bündel Kostüme auf dem Boden ab. „Ich bin Helen Blythe-Warren, das Mädchen für alles. Hier, schauen Sie." Er folgte mit dem Blick ihrem Zeigefinger, der auf ein leeres Schuhgestell wies. „Genau hier pflegt Jessica ihre schwarzen Steppschuhe aufzubewahren. Es sind ganz spezielle Schuhe, handgefertigt. Ein Talisman, sozusagen. Als ich letzte Nacht aufräumte, konnte ich sie nicht finden. Jessica war schon fort. Jetzt, wo sie verschwunden ist, frage ich mich, ob sie sie mitgenommen hat, weil sie wusste, dass sie nicht zurückkommen würde."

Sie nahm eine Rolle gelber, halbtransparenter Plastiktüten aus ihrer Schürzentasche, riss eine Tüte ab, schüttelte sie auf und stopfte die Kostüme hinein, die sie auf den Boden geworfen hatte. „Schmutzwäsche", erklärte sie.

Blockley folgte Mrs Blythe-Warren in die nächste Garderobe, wo sie von einem fahrbaren Kleiderständer ein graues Kostüm herunternahm, das kunstvoll zerrissen worden war.

„Vierter Akt", bemerkte er. „Petruchio bringt Katharina zu sich nach Hause, wo er sie zähmt."

„Genau, darum sollte ich das hier jetzt nach oben bringen, damit Laura sich umziehen kann. Haben Sie schon mit Alan gesprochen?"

„Alan Widmark? Nein, ich bin gerade erst gekommen."

„Ich sage ihm Bescheid, dass Sie da sind. Sie können im Büro auf ihn warten."

Blockley bedankte sich und ging nach oben.

Im Büro machte er es sich im gepolsterten Besucherstuhl gemütlich und notierte gewissenhaft, was er bisher erfahren hatte. Kurz darauf öffnete sich die Tür und ein etwa siebenjähriges Mädchen kam herein.

„Dad kommt gleich. Bist du von Scotland Yard?"

Blockley ließ sein Notizbuch zuklappen und lächelte sie an. Als er sah, dass sie das zu enttäuschen schien, guckte er etwas grimmiger und erwiderte: „Nein, ich bin von der Polizeiwache." Er zeigte ihr seinen Ausweis. „Und wer bist du?"

„Cindy Widmark. Suchst du nach Jessica? Alle suchen gerade nach ihr, weißt du. Dad regt sich auf, und Mami sagt, ich kann nicht bei ihm schlafen, obwohl seine Erkältung schon fast weg ist. Ist doch unfair, oder?" Sie schien zu erwarten, dass er das Problem für sie aus der Welt schaffte.

„Das ist wirklich skandalös", meinte er. „Deine Mami und dein Dad leben also nicht zusammen?"

„Natürlich nicht. Sie sind doch geschieden." Sie inspizierte ihn von oben bis unten. „Hast du Handschellen?"

„Ich habe sie im Wagen gelassen, weil ich nicht gekommen bin, um jemanden zu verhaften."

„Ich hab welche, aber sie sind aus Plastik und man braucht nicht mal einen Schlüssel, um sie aufzukriegen, weil da so ein Knopf ist, den man nur drücken muss, und dann ist man wieder frei. Die taugen nix." Sie lutschte an einer Haarspitze. „Da kommt Dad", verkündete sie.

Blockley drehte sich zur Tür und wollte aufstehen.

„Bleiben Sie bitte sitzen." Alan Widmark ließ sich in den Drehstuhl hinter dem Schreibtisch fallen. Cindy sprang augenblicklich auf seinen Schoß. Mit einem herzlichen Lächeln, das seine Besorgnis nur teilweise kaschierte, bot er Blockley Tee an. Blockley lehnte dankend ab.

„Cindy hat sich Ihnen sicher selbst vorgestellt." Widmark streichelte das Haar des Mädchens und fuhr fort. „Es überrascht mich, dass die Polizei jetzt schon jemanden vorbeischickt."

„Mr Warner hat uns davon überzeugt, dass seine Frau niemals freiwillig die Show im Stich lassen würde."

„Das ist allerdings wahr. Das Theater ist ihr Zuhause, ihr Leben. Wegzulaufen wäre für sie gleichbedeutend mit Selbstmord."

Blockley sah, wie die Bedeutung seiner eigenen Worte sich auf Widmarks Miene entfaltete. „Cindy, Schatz, geh und schau dir wieder die Probe an." Sanft stellte er sie auf die Füße.

„Simon sagt aber, es ist zu laut für mich."

„Und das hier ist zu heikel für dich."

Cindy seufzte ergeben und ging.

„Sie ist niedlich", befand Blockley. „Sie hat mich sehr resolut befragt."

Widmark grinste, was ihn jung genug aussehen ließ, um Cindys großer Bruder zu sein.

„Hätte Jessica denn einen Grund, Selbstmord zu begehen? Ist sie überhaupt der Typ dafür?", fragte Blockley.

„Das bezweifle ich. Jessica ist ... irgendwie selbstgenügsam." Widmark spielte mit der Computermaus herum. „Es würde nicht zu ihrer Persönlichkeit passen. Aber man weiß ja nie bei jemandem, der so introvertiert ist. Und da sie in letzter Zeit private Probleme hatte ..."

„Sie hat keinen Abschiedsbrief hinterlassen."

„Das würde sie auch nicht. Jessica schreibt keine Briefe. Sie hat mir einmal erzählt, dass sie in ihrem ganzen Leben keinen einzigen Brief geschrieben hat."

„Wirklich sehr introvertiert. Haben Sie eine Idee, was sonst passiert sein könnte?"

„Ich habe keinen Schimmer. Das macht es ja so unerträglich. Susan hat eine Theorie, aber es ist eine ziemlich willde, unbegründete Anschuldigung."

„Susan Powell? Ich bin ihr begegnet, als ich herkam. Sie schien aufgewühlt zu sein."

„Allerdings. Sie ist aus der Show ausgestiegen."

„Eheprobleme?", riet Blockley. „Hat es mit David zu tun? Ich habe einen Blick auf die Probe geworfen. Er tanzte nicht die Hauptrolle."

„Nein, er hat sich auch zurückgezogen." Widmark schüttelte den Kopf, mutlos, niedergeschlagen, fassungslos. Seine kleine, liebevoll aufgebaute Welt war dabei, in die Brüche zu gehen.

Blockley bedauerte ihn, doch er musste weiterbohren. „Hat das alles mit Jessicas Verschwinden zu tun?"

„Ja, irgendwie hängt es zusammen." Widmark rieb sich die Schläfen. „Es ist alles sehr verworren und ich kenne nur Bruchstücke. Halbwahrheiten können in die Irre führen. Ich kenne Jessica kaum, das ist mir heute klar geworden. Dabei arbeite ich seit vierzehn Jahren mit ihr. Doch ich weiß nicht, was sie beschäftigt oder was in ihr vorgeht. Es ist mir völlig schleierhaft, wie sie eine sexuelle Fixierung …" Widmark unterbrach sich abrupt und starrte gedankenverloren auf Blockleys Notizblock. „Sie ist wie eine Tochter für mich. Jessica und Cindy könnten ohne Weiteres als Schwestern durchgehen. Schwarzes Haar, blaue Augen, herzförmiges Gesicht." Er sah auf, sichtlich durcheinander. „Worauf wollte ich eigentlich hinaus? Ach ja, irgendetwas spielt sich da ab, aber da es sich um sehr persönliche Angelegenheiten handelt, reden Sie besser mit Susan darüber."

„Hat Jessica eine Affäre mit David?"

Widmark zögerte lange, bevor er antwortete. „Sie hatten eine, aber es ist aus. Ich habe erst heute davon erfahren, und es war ein ziemlicher Schock für mich."

„Weiß Mr Warner davon?"

„J-ja ... wegen eines Briefes, den Susan ihm vor zwei Tagen geschrieben hat. Bitte, fragen Sie sie selbst. Es steht mir nicht zu, anderer Leute Geheimnisse auszuplaudern."

Blockley fand das bereits sehr aufschlussreich. Susan hatte etwas gesagt wie: „Was kann ich dafür, wenn Roger überreagiert." Dabei hatte sie ausgesehen wie ein Werbeplakat für ‚Schlechtes Gewissen, schlechter geht's nicht'. Der Brief musste einiges ins Rollen gebracht haben, oder zumindest befürchtete Susan das.

„Hat Jessica Freunde?"

„Eileen, meine Sekretärin. Eileen Lanigan. Sie ist heute nicht hier."

„Als ihre Freundin hat Jessica vielleicht einen Schlüssel für Eileens Wohnung."

„Guter Gedanke." Widmark griff nach dem Telefonhörer. „Eileen lebt in einer Pension. Ich rufe die Wirtin an", sagte er über den Hörer weg. „Hallo, Mrs Horn. Alan hier. Könnten Sie mir einen Gefallen tun und nachsehen, ob jemand in Eileens Zimmer ist? Sicher, ich weiß, dass sie in Richmond ist. Ich suche auch nicht nach Eileen, sondern nach Jessica. Danke." Er wartete. „Ja? Aha, trotzdem, vielen Dank. Könnten Sie Eileen bitten, mich zurückzurufen, wenn Sie heimkommt? Danke." Er legte auf und zuckte niedergeschlagen mit den Schultern. „Jessica *muss* doch irgendwo sein. Ich habe jeden gefragt. Niemand hat sie seit letzter Nacht gesehen. Ist schon jemand losgeschickt worden, um Primrose Hill abzusuchen?"

Die Creme-de-la-Creme der Kriminalpolizei, dachte Blockley. „Sicher. Wir, äh, haben sozusagen die Untersuchung aufgeteilt. Ich bräuchte von Ihnen noch die Adressen Ihrer Angestellten."

Widmark wuschelte sich durchs Haar. „Gerne, da wäre nur ein kleines Problem. Na, ich kann's ja versuchen." Er schwang seinen Stuhl zum Computertisch herum und drückte eine Taste. Der Monitor leuchtete auf. „So, wo ist jetzt die Adress-Datei?", murmelte er vor sich hin. „Ah, da ist sie ja. Ha, er hat's getan! Guter Junge. Jetzt ausdrucken. Hey, ich sagte ausdrucken. Oh, zu dumm." Er schaltete den Drucker an und grinste verlegen. „Was ist denn nun schon wieder? Kein Papier? Was heißt hier kein Papier, ich habe doch vorhin erst welches nachgefüllt. Ups, falscher Einzug."

Blockley wartete erst geduldig, fing dann an, mit dem Bleistift auf sein Notizbuch zu klopfen und fragte schließlich: „Kann ich Ihnen vielleicht helfen?"

„Wäre besser. Diese Kiste mag mich nicht."

Anstatt wieder zur Generalprobe zu gehen, beschloss Cindy, in Jessicas Garderobe zu spielen. Sie würde in Jessicas Schuhe schlüpfen und so tun, als wäre sie der Star der Show. Und schminken würde sie sich auch.

In Jessicas Garderobe traf Cindy auf David, der auf dem Schminktisch saß. Mist! Er würde bestimmt mit ihr reden wollen und ihr wieder so seltsame Fragen stellen. Und dann umarmte er sie auch immer. Sie konnte es nicht leiden, wenn er das tat. Mami hatte gesagt, niemand dürfe sie anfassen, wenn sie es nicht wollte. David würde natürlich fragen, warum Simon und Martin sie umarmen durften. Dann würde sie ihm sagen, das wäre deswegen, weil Martins Bart so lustig kitzelte. Aber das mit Simon würde sie ihm nicht verraten. Von Simon ließ sie sich genauso gern umarmen wie von Dad und wenn sie groß war, würde sie ihn heiraten. Das war ihr Geheimnis und ging David überhaupt nichts an.

„Cindy? Was hast du hier unten verloren?"

„Ich spiele, ich wäre eine Tänzerin." Cindy nahm Jessicas Lippenstift und schraubte ihn auf. Jessica hatte ihr das erlaubt.

„Wenn du eine Blume wärst, welche würdest du gerne sein?"

„Ich will überhaupt keine Blume sein", sagte sie trotzig. „Ich will lieber ein Vogel sein. Ein Falke."

David seufzte. „Ja, aber wenn jetzt ein Zauberer käme und dich in eine Blume verwandeln wollte und du dir aussuchen dürftest in welche, wie würdest du dich entscheiden?"

„Überhaupt nicht. Ich würde dem doofen Zauberer einfach davonfliegen. Weil ich ja ein Falke bin." Warum fragte er so bescheuertes Zeug?

„Du bist wie Jessica", sagte er verdrießlich und streckte die Arme nach ihr aus. Cindy wich zurück.

„Warum willst du mich dauernd umarmen?"

Er sah sie traurig an. „Weil ich ein Kind verloren habe."

Das war das Dümmste, was sie je gehört hatte. „Man kann ein Kind nicht verlieren. Das ist ja keine Puppe, die man irgendwo liegen lässt." Um ihn zu beeindrucken, fügte sie hinzu: „In Eileens Büro ist ein Polizist."

Leben kam in Davids regloses Gesicht. Seine Augenbrauen bewegten sich aufeinander zu. „Und was wollte er?"

„Top Secret." Den Ausdruck hatte sie von Helen. Das klang super und war auch ein guter Satz für einen Abgang. Sie legte den Lippenstift weg und ging nachsehen, ob der Polizist noch da war.

Kriminaltechniker Andrew Sedgewick stand vor Ricks Schreibtisch und sah ihn über den Rand seiner Brille, die er immer wieder hochschieben musste, aus Glupschaugen an. Die Brille rutschte jedes Mal sofort wieder zurück. Rick hatte Andrew noch nie durch die Gläser gucken sehen, sie schienen mehr einen Unterbau für seinen Blick darzustellen.

„Auf Polyäthylen kann ich mit meiner Ausrüstung keine Fingerabdrücke entnehmen", erklärte Andrew. „Ich nehme an, die Tüte war unbenutzt, denn es wurden keine Rückstände anderer Stoffe gefunden. Auf dem Jogginganzug fanden sich weder Blut noch Samen oder Schmutz."

„Gibt es Anzeichen, dass der Anzug Jessica mit Gewalt ausgezogen wurde?", wollte Rick wissen.

„Nein, die Nähte sind intakt, nicht einmal gedehnt. Der Stoff ist homogen. Ich fand ein Haar auf der Innenseite und es entspricht der Probe, die Sie von Jessicas Haarbürste entnommen haben. Morgen habe ich Zeit, nach Fremdfasern zu suchen."

„Es geht um Jessicas Jogginganzug", informierte Rick Blockley, der gleichzeitig mit Andrew in Ricks Büro gekommen war. „Er wurde in einem Abfalleimer auf Primrose Hill gefunden, verpackt in diesem Plastiksack. Auf dem Anzug sind Jessicas Initialen. Roger und seine beiden Hausangestellten haben ihn identifiziert. Wir wissen bloß noch nicht, wo der Sack herstammt. Nurit, die Haushälterin, hat mir wortreich versichert, dass sie keine gelben Plastiksäcke hat, welcher Größe auch immer und für welchen Zweck auch immer."

„Im *Caesar* habe ich solche Dinger gesehen", sagte Blockley. „Sie sind für Schmutzwäsche und werden von einer Rolle abgerissen."

„Passt. An beiden Seiten sind Perforationen." Andrew schob seine Brille hoch. „Dann haben wir noch Scherben, die die Haushälterin im Müll fand. Sie gehören zu einem kleinen Ballonglas und enthalten eingetrocknete Cognacspuren. Aus der Größe und Form der Scherben lässt sich schließen, dass das Glas nicht auf den Boden fiel und auch nicht gegen eine Wand geschleudert wurde, sondern zusammengedrückt wurde. Die Fingerabdrücke stimmen mit denen von Roger Warner überein."

„Zusammengedrückt? Mit der Hand? Dann müsste doch Blut dran sein."

„Die Handfläche eines Mannes ist dick genug, um ein dünnes Glas zu zerquetschen, ohne dass die Haut zerschnitten wird."

Andrew sammelte die in Folie eingeschweißten Beweismittel wieder ein und ging. Blockley setzte sich. Er hatte zwei Tassen Tee und zwei Sandwiches mitgebracht. „Thunfisch oder Lachs?", fragte er Rick.

„Weder noch, danke." Rick schob die Papiere auf seinem Schreibtisch hin und her, bis er einen Schokoriegel gefunden hatte. Er wickelte ihn aus und tunkte ihn in den Tee. „Ich weiß, ich bestehe nur aus schlechten Angewohnheiten." Er leckte genüsslich die halbgeschmolzene Masse. „Tauschen wir unsere Notizen aus." Er überreicht Blockley sein Notizbuch. Sobald der es geöffnet hatte, begann ein Grinsen an dessen Mundwinkeln zu zucken.

Rick beugte sich vor. Bluttriefende Dolche und Blumen, die aus Ziegelwänden wucherten, waren um seine krakelige Handschrift herumgekritzelt. Rick schüttelte den Kopf. „Ich war mir nicht einmal bewusst, dass ich es wieder getan habe. Es war leichter, das Rauchen aufzugeben. Ich hoffe, Sie können es trotzdem lesen."

„Kein Problem, Sir."

Beschämt begutachtete Rick Blockleys saubere Kurzschrift.

„Nun", sagte Rick nach einer Weile, schloss das Buch und gab es Blockley zurück. „Sie haben da ein paar aufschlussreiche Fakten zusammengetragen. Jessica hatte also eine Affäre mit David Powell. Und zwei Tage vor Jessicas Verschwinden schrieb Susan Powell an Roger und klärte ihn über die Untreue seiner Frau auf. Jessicas Lieblingsschuhe fehlen seit gestern. Was auch immer passiert ist, es war kein Unfall und geschah nicht im Affekt. Es sieht so aus, als wäre es geplant worden."

Blockley überkreuzte die Beine. „Ich frage mich, ob man jeden beliebigen Personenkreis mit einem Verbrechen konfrontieren kann und schon fangen alle an, sich schuldbewusst zu benehmen und sich gegenseitig zu verdächtigen. Ich hatte den Eindruck, dass Susan drauf und dran war mir zu erzählen, Roger hätte Jessica auf dem Gewissen."

„Es wäre genauso gutdenkbar, dass Jessica vor ihren Problemen weggelaufen ist. Auch eine Flucht kann schließlich geplant werden. Es würde zu ihr passen. Sie ist als Kind mehrmals aus dem Internat abgehauen." Er aß das letzte Stück von seinem Schokoriegel und begann, den nächsten auszupacken. „Als ich ein Junge war, bin ich auch einmal ausgebüxt. Meine Mutter ließ mich immer auf dem Klavier vorspielen, wenn irgendwelche streng dreinblickende Damen oder furchteinflößende alte Männer aus der Nachbarschaft zum Tee kamen. Ich musste einen Anzug anziehen, in dem ich richtig erwachsen aussah, und ein gestärktes Hemd mit Manschettenknöpfen und einer Fliege. Wenn ich dann vorgespielt hatte, grapschten alle nach mir und küssten mich ab, während meine Mutter sich vor Stolz fast überschlug." Ein Schaudern durchfuhr ihn, als er daran zurückdachte. „Ich tat alles, was ich konnte, um der Tortur zu entgehen. Ich gab vor, Krämpfe zu haben, ich hustete mir die Seele aus dem Leib. Meine Mutter war unnachgiebig. Einmal schloss ich das Klavier ab und ließ den Schlüssel verschwinden. Wie sich herausstellte, hatte sie einen Ersatzschlüssel. In meinem Elend sah ich nur einen Ausweg. Ich packte eine Tasche, die ich unter meinem Bett versteckte, um für den Ernstfall gerüstet zu sein. Als meine Mutter wieder Gäste hatte und meinen Anzug rauslegte, machte ich mich durch die Hintertür aus dem Staub. Das würde sie lehren, mich nicht mehr vorzuführen wie einen Zirkusaffen."

„Und Sie denken, das tut Jessica gerade? Sich irgendwo verstecken, in der Hoffnung, dass alles vergeben und vergessen ist, wenn sie pünktlich zur Premiere wieder zurück ist? Das wäre sehr kindisch."

„Sie hat ein paar kindische Charakterzüge. Warner hat mir erzählt, wie sie sich während ihres Urlaubs aufgeführt hat, nur um ihn dafür zu bestrafen, dass er sie aus London verschleppt hat, gewissermaßen."

„Eine Flucht, ich weiß nicht." Blockley deutete auf Ricks Notizblock. „Sie hat überhaupt nichts mitgenommen."

„Vielleicht hatte sie neue Sachen gekauft und irgendwo deponiert. Wir werden ihre Bankkonten überprüfen lassen, um zu sehen, ob sie in letzter Zeit größere Ausgaben hatte." Rick beäugte den dritten Schokoriegel. Zum Einstippen war der Tee schon zu kalt.

„Soll ich Ihnen eine neue Tasse bringen?"

Rick errötete. „Oh, danke, aber ... äh, nicht nötig. Was denken Sie?"

Blockley machte ein unglückliches Gesicht. „Alle Fakten würden passen, wenn wir annehmen, dass Jessica Selbstmord begangen hat. Sie hat aus dem Theater ihre Schuhe und einen

Plastiksack mitgenommen, weil sie plante, sich umzubringen. Alan Widmark erzählte mir, sie wäre zu einer Pub-Tour mitgekommen, sei aber nicht gut drauf gewesen und hätte Alkohol getrunken, was sie sonst nicht tut, da es sich nicht mit ihrer gesunden Lebensweise vereinbaren lässt. Die Schuhe hatte sie dabei, in ihrer Handtasche, falls die groß genug ist."

„Es ist ein roter Lederrucksack." Rick deutete die Größe mit den Händen an.

„Dann, irgendwann in der Nacht", fuhr Blockley fort, „verließ sie das Haus und warf den Sack mit ihrem Jogginganzug fort - was einem Abschiedsbrief gleichkommt. Ausgerüstet mit den Steppschuhen, dem einzigen weltlichen Besitz, der ihr etwas bedeutete, suchte sie sich einen Platz, wo sie sich verstecken und sterben konnte. Die Kälte hätte schon ausgereicht. Sie hätte es mit Schlaftabletten oder Alkohol beschleunigen können."

„Warum sollte sie sich umbringen? Weil ihre Affäre ans Licht gekommen ist? So wie Roger sie beschrieb, würde ich sie als eine Frau einschätzen, der es egal ist, was andere von ihr denken."

Blockley drehte seine leere Tasse hin und her. „Ich werde morgen mit Susan Powell reden. Ich halte es für wichtig, zu wissen, was genau sie Roger geschrieben hat."

„Ironie des Schicksals. Roger war so damit beschäftigt, seine krankhafte Eifersucht zu unterdrücken, dass er gar nicht mitbekam, dass seine Frau ihn tatsächlich betrog."

„Oder er wusste davon und ließ es sich nicht anmerken."

Rick trank den inzwischen kalt gewordenen Tee. „Ich kann ihn mir gut vorstellen, wie er Jessica im Affekt tötet, rasend vor Eifersucht. Nurit Berman, die Haushälterin, hat die beiden gestern streiten gehört. Susan Powells anonymer Brief muss in der Morgenpost gewesen sein. Als Jessica abends nicht pünktlich heimkam, hatte Roger viele Stunden Zeit, Wut aufzustauen. Eine unpassende Bemerkung von

Jessica hätte dann gereicht, um ihn zum Explodieren zu bringen."

„Erst zerdrückte er das Glas, aus dem er gerade trank - dann ging er Jessica an die Gurgel", vervollständigte Blockley das Bild. „Hinterher hatte er die ganze Nacht Zeit, um die Spuren der Tat zu beseitigen."

„Der einzige Haken bei der Sache ist, dass er zu klug ist, um nur die Leiche zu verstecken. Er hätte auch Sachen von ihr verschwinden lassen, damit es aussieht, als wäre Jessica abgehauen."

„Und die aus dem Theater verschwundenen Schuhe ergeben bei diesem Szenario auch keinen Sinn." Aus der Innentasche seines blauen Jacketts fischte Blockley einen Flyer heraus. „Ich habe die Zweitbesetzung tanzen sehen. Beeindruckend. Die Show wird sehr professionell vermarktet. Es gibt eine CD mit dem Soundtrack und bald auch einen Videoclip."

Rick sah sich das Faltblatt an. „Und alles das steht auf dem Spiel, weil Jessica verschwunden ist."

„David wird zur Premiere ebenfalls nicht tanzen. Auch Susan hat die Truppe verlassen. Alan Widmark kann einem leidtun."

„Susan", überlegte Rick. „Könnte sie Jessica aus Eifersucht getötet haben? Falls Jessica bis morgen nicht aufgetaucht ist, fahre ich zum *Caesar* und rede mit Alan Widmark und vor allem mit dieser Eileen Lanigan. Sie weiß sicher mehr über Jessicas Liebschaften und ihre Blackouts." Rick streifte das Schokoladenpapier an der Schreibtischkante glatt. „Ist Ihnen schon mal aufgefallen, dass Menschen, die nach außen hin schwach wirken, innerlich oft viel stärker sind als die, die sich immer groß aufspielen? So wie Jessica, die gesund und selbstbewusst wirkt, aber einige Stufen der Charakterentwicklung ausgelassen haben muss. Oder Roger, der vor Autorität nur so trieft und dann einer so selbstsüchtigen Frau verfällt. Ich frage mich, was David für ein Mensch ist. Erfolg zu haben erfordert ein gewisses Maß an Stärke und Rücksichtslosigkeit. Wir wirkte er auf Sie?"

„Ich konnte nach der Probe leider nicht mit ihm reden", entschuldigte sich Blockley. „Er war bereits gegangen, aber die Tänzer hatten wenig Nettes über ihn zu sagen. Er hat den Ruf, arrogant und schikanös zu sein."

„Womöglich auch ein Fall von überspielter Schwäche. Und Alan? Was macht er für einen Eindruck?"

„Er ist Mitte Dreißig, wirkt jünger und sieht gut aus. Aufrichtig, aber nicht sehr gesprächig. Ein netter Kerl. Sie werden ihn mögen."

War da ein anzüglicher Unterton in Blockleys Stimme? Rick war sich nie ganz sicher, wie viel andere über seine Homosexualität wussten. Er räusperte sich und gab Blockley den Flyer zurück.

„Es bleibt noch eine Theorie", sagte Blockley. „Ein völlig Unbeteiligter hat Jessica als Zufallsopfer ausgesucht. Er hat sie überfallen, womöglich vergewaltigt, ermordet und anschließend die Leiche gut versteckt."

„Jessica ist kein Opfertyp", meinte Rick. „Sie hätte sich gewehrt, getreten, geschrien, zurückgeschlagen. Lassen wir das mal so im Raum stehen. Wenn Sie morgen bei Susan Powell waren, könnten wir uns vor Rogers Haus treffen und über Primrose Hill gehen. Ich möchte ein Gespür für den Ort bekommen."

Blockley stand auf. „Fast hätte ich's vergessen. Alan gab mir zwei Tickets für die Premiere. Möchten Sie mitkommen?"

Rick grinste gezwungen. Neulich hatte er eine Aufführung des *Royal Ballet* gesehen. Das stellte er sich unter einem gelungenen Abend vor, nicht so ein wildes, lautes Herumgehopse. „Nun, ich ..."

Mit Unschuldsmiene fügte Blockley hinzu: „Nur, um ein Gespür für das *Caesar* zu bekommen, Sir."

Verführung

9/19

Verführung

Durch das hohe Fenster schaute Eileen auf den von einer Mauer eingefassten Garten des Richmond Gate Hotels hinab. Nichts regte sich. Da Eileen kurzsichtig war, sahen die kahlen Bäume in der Dunkelheit für sie aus wie verkohlte, verschwommene Skelette. Sie lehnte ihre Krücken gegen das Fensterbrett, stützte sich mit den Händen auf dem Vorsprung ab und drückte ihre Stirn gegen das kalte Glas. Sie konnte ein Gespenst erkennen. Es war ihr zweites Ich, die andere Eileen, die keinen verhängnisvollen Fehler gemacht hatte, die gesund und hübsch war. Sie huschte über den Rasen, mit nackten Füßen und wehendem Haar. Als sie in das Rechteck aus Licht trat, das aus einem Erdgeschossfenster auf das Gras fiel, drehte sie sich so wild, dass es aussah, als wäre sie einem von Alans Bildern entsprungen.

Normalerweise hätte Eileen das Trugbild verscheucht, aber an diesem Nachmittag hatte Professor Johnson in seinem Vortrag ausdrücklich auf die heilungsfördernde Kraft positiver Visualisierungen hingewiesen. Diese und andere Bemerkungen hatten ihr Vertrauen eingeflößt.

Nachdem er ihre Kernspinaufnahmen und die von Simon mitgebrachten Unterlagen durchgesehen hatte, war Johnson zuversichtlich gewesen, dass seine neue Methode ihr helfen könnte. Dazu wären drei Eingriffe nötig, an ihrem Knie, der Hüfte und dem Rücken, in dieser Reihenfolge. Danach würde sie einen langen, schmerzvollen Heilungsprozess durchmachen, was einen mindestens viermonatigen Aufenthalt im *Johnson Institute* bedeutete. Und es würde sie keinen Penny kosten. Das hatte sie misstrauisch gemacht. Brauchte er nur ein Versuchskaninchen?

„Alle meine Patienten sind Versuchskaninchen", hatte Johnson eingeräumt. „Ob sie für das Privileg bezahlen oder nicht. Das liegt in der Natur der experimentellen Chirurgie. Denken Sie nur an die ersten Herzverpflanzungen."

Stattdessen dachte Eileen an die *Titanic*. Die Glasscheibe war kalt wie ein Eisberg. Die gesunde Eileen tanzte immer noch ihren lautlosen Tanz auf dem frostigen Gras. Sie hinterließ keine Fußspuren, aber sie erweckte eine vage Hoffnung in Eileen. Die Magie der Leichtigkeit. Aber die Risiken ...

„Ich weiß einfach nicht, was ich tun soll", sagte sie in die Dunkelheit. Es waren ihre ersten Worte seit dem Abendessen. Sie war den ganzen Abend still gewesen und Simon hatte ihr Schweigen akzeptiert. Diese entspannte Art, mit der er mit sich und der Welt im Reinen war, war eine der vielen Eigenschaften, die sie an ihm liebte. In seiner Gegenwart fühlte sie sich dem Leben besser gewachsen, so als würde ein Teil seines Seelenfriedens in sie überfließen.

Er hatte ein Doppelzimmer reserviert, damit sie über Nacht bleiben konnten. Simon hatte ihr ein Bad eingelassen, ihr in die Wanne hinein und wieder heraus geholfen und sie massiert. Und die ganze Zeit war sie so in Gedanken versunken gewesen, dass sie sich kaum seiner zärtlichen Fürsorge bewusst geworden war. Echos scheußlicher Worte hallten durch ihren Geist - Operationen, Gipsbett, Immunsuppression - und noch schlimmere Bilder - Skalpelle, die ihre Haut aufschnitten, chirurgische Sägen, die ihre Knochen teilten. Gefoltert von diesen schrecklichen Vorstellungen, hatte sie es nicht geschafft, sich auf Professor Johnsons Version ihrer Zukunft einzustimmen: eine neue Eileen, die sich behände fortbewegte, nur mit Hilfe eines eleganten Stocks, befreit von Schmerzen und Muskelkrämpfen.

Nach ihr ging Simon ins Bad. Sie suchte sich eine Seite des King-Size-Doppelbetts aus und tat so, als würde sie schlafen. Ein paar Minuten später kroch Simon auf der anderen Seite unter die Decke und löschte das Licht. Doch sie konnte nicht einschlafen. Sobald Simon gleichmäßig atmete, wagte es Eileen, aufzustehen und zum Fenster zu gehen.

Dort lehnte sie und starrte auf die lautlose Phantomtänzerin, bis sie sich in den fernen Schatten aufgelöst hatte. Eileen kehrte zum Bett zurück.

„Ich weiß wirklich nicht, was ich tun soll", gestand sie ihrem Kissen und ließ sich hineinsinken.

„Mach dir keine Sorgen", sagte Simon, den sie in tiefem Schlaf geglaubt hatte. „Es gibt da ein sehr weises und erfahrenes Bewertungssystem in deinem Kopf. Man nennt es Unterbewusstsein. Es ist bereits zu einem Entschluss gelangt. Wenn du aufhörst, die Chancen und Risiken abzuwägen, dann wird die Antwort in dein Bewusstsein hochgespült. Und es wird die richtige Entscheidung sein." Er rückte näher.

„Weise Worte, du großer Zampano", lachte sie und wärmte ihre Stirn an seiner Wange. Überrascht stellte sie fest, dass seine Bartstoppeln weich wie Flaum waren. „Jetzt weiß ich, warum alle Frauen nach dir verrückt sind. Du wirst nicht kratzig, wenn du unrasiert bist."

„Das war Nummer siebzehn."

Sie fühlte die Bewegung seiner Backe, während er redete. „Siebzehn was?"

„Gründe, die du gefunden hast, warum alle Frauen nach mir verrückt sind."

„Quatsch."

„Ich habe mitgezählt. Nummer eins war, dass ich so weiße Zähne habe. Nummer zwei –"

„Okay, stimmt ja." Es war ihr peinlich, vor allem, weil sie diese Nacht im gleichen Bett schliefen. Sie wollte seine körperlichen Vorzüge jetzt lieber nicht weiter erörtern.

Simon stützte sich auf den Ellenbogen und sah auf sie herunter. Alles, was sie in der Dunkelheit ausmachen konnte, waren seine Umrisse.

„Ich weiß auch, warum du immer solche Behauptungen aufstellst. Weil du in mich verliebt bist, Eileen", sagte er mit sanfter, warmer Stimme.

Ein heißes, hilfloses Gefühl strahlte von ihrem Solarplexus aus. Sie drückte ihren Kopf tiefer ins Kissen, weg von seinen Lippen, nach deren Berührung sie sich so sehnte. Als sein Mund ihrem ganz nah war, drehte sie das Gesicht zur Seite. Zärtlich aber bestimmt brachte er ihren Kopf nach vorn. Sie fühlte einen Anflug von Panik, als ihr klar wurde, dass er sie küssen würde. Er schmeckte wundervoll, frisch, fast zu gut, um wirklich zu sein. Als Simon anfing, ihr Pyjamaoberteil aufzuknöpfen, griff sie ein.

„Nein, Simon. Das geht nicht. Wir sind Freunde."

„Würdest du es lieber mit einem Feind machen?" Seine Lippen streiften ihre.

„Ich will *es* überhaupt nicht machen." Sie drückte die Bettdecke fest gegen ihre Brust. Es war eine Lüge. Sie wollte es so sehr, aber es war unmöglich.

Er zog ihr die Decke weg. Seine Hand glitt über ihren Bauch und schob das Oberteil hoch. Eileen versuchte, willig zu sein. Sie hob ihr Kinn und schloss ihre Augen, aber ihr Körper reagierte nicht, selbst als er ihren Hals küsste. Sie fühlte sich so tot wie die Baumskelette im Garten. Sie war zu besorgt um ihre Zukunft, um die Gegenwart genießen zu können. „Bitte hör auf."

„Wir könnten es andersherum versuchen", schlug er vor. „Du verführst mich. Was hältst du davon?"

„Gar nichts." Eileen setzte sich auf und zog ihr Oberteil zurecht. Sie war wütend. Jetzt, wo sie endlich am Ziel ihrer Träume angelangt war, musste sie erkennen, dass sie die Hoffnung, je Simons Geliebte zu werden, so weit von sich gewiesen hatte, dass sie nicht mehr greifbar war.

Sie konnte sein Gesicht nicht erkennen. War er niedergeschlagen? Amüsiert? Sie versuchte, ihm zu erklären, warum sie sein großzügiges Angebot nicht annehmen konnte. „Warum solltest du so eine alte Klapperkiste fahren, wenn du Porsches und Ferraris im Stall hast, wie Jessica und Laura?"

„Sammlerstolz vielleicht."

Wie sie die Wärme seiner Stimme liebte! Sie streckte eine Hand aus und legte sie auf seine Lippen. Es gab nichts, was sie sagen konnte, um die Situation zu retten, aber sie versuchte es trotzdem. „Das letzte Mal, dass ich Sex hatte, war vor über fünf Jahren. Ich bin quasi eine Jungfrau."

„Ausgezeichnet. Ich hatte noch nie eine Jungfrau."

Ihre Augen weiteten sich vor Staunen. „Du machst Witze."

„Ich habe um Jungfrauen immer einen großen Bogen gemacht. Frauen neigen dazu, ihrem ersten Liebhaber eine besondere Bedeutung beizumessen, und ich wollte nicht das Ziel solch heftiger Gefühle sein."

„Stimmt. Ich hatte heftige Gefühle für Colin." Sie sah aus dem Fenster, ihr mattes Lächeln dem ebenso matten Nachthimmel zugewandt. „Drei Monate nach dem Feuer trennte er sich von mir. Er konnte es nicht ertragen, mich leiden zu sehen."

Nachdem Colin sie verlassen hatte, hatte sie eine traurige Erleichterung empfunden, weil sie sich nicht mehr durch seine Augen sehen musste. In seiner Gegenwart hatte ihre Kraft immer nur für den Wunsch gereicht, in seinen Armen zu sterben.

„Du hast Colin noch nie erwähnt." Simon legte seine Hand auf die empfindsame Haut zwischen ihren Schulterblättern und küsste ihre Halsbeuge. Sie hätte fast gesagt, dass der Grund, warum alle Frauen verrückt nach ihm waren, womöglich seine Sturheit war. Das wäre dann Nummer achtzehn.

„Ich habe die Erinnerung wohl unterdrückt. Die Zeit mit ihm fand in einem anderen Universum statt." Als Simons

Hand ihre Wirbelsäule entlang hinunterglitt, versuchte Eileen, ihn abzulenken. „Es war keine gute Idee, über Nacht zu bleiben", sagte sie. „Wir kommen morgen beide zu spät zur Arbeit."

Sein Mund wanderte zu ihrem Ohrläppchen. „Versuch, dich zu entspannen. Es gibt nichts, wovor du Angst haben müsstest."

Sie fühlte sich erschöpft. Fünf Jahre Hoffen - zerstört in wenigen Sekunden. Wie ein Langstreckenläufer, der wenige Zentimeter vor dem Zielband schlappmachte. Wie die Besatzung von Apollo 13, die den Mond nur umrunden, aber nicht auf ihm landen konnte. Ihre Gedanken waren immer nur in der Umlaufbahn gewesen, ohne an die Existenz des Mondes zu glauben.

Sie senkte ihre Stimme, denn die Wahrheit tat entsetzlich weh. „Ich kann die Vorstellung nicht ertragen, dass du aus Mitleid mit mir schläfst."

„Ich habe noch nie aus Mitleid mit einer Frau geschlafen. Immer nur aus Lust."

„Du kannst unmöglich Lust auf mich haben."

Simon knipste die Nachttischlampe an. Reflexartig kniff sie die Augen zusammen. Er nahm sie bei den Schultern. „Ich weiß, dein Selbstbild ist vor fünf Jahren zerschmettert worden und du versuchst immer noch, die Scherben zu kitten. Ich glaube, was du brauchst, ist ein völlig neues Gefühl für deinen Körper."

„Hast du diese Rede spontan gehalten oder war sie einstudiert?"

„Beides. Ich habe zehn verschiedene Varianten einstudiert und dann spontan entschieden, welche am besten passt."

Sie konnte ein Lächeln nicht unterdrücken. „Und indem du mit mir schläfst, denkst du, du könntest mein Selbstbild aufpolieren, ja?"

„Ich dachte, Liebe wäre die ideale Therapie, aber es sieht aus, als müssten wir zu effektiveren Maßnahmen greifen. Es nützt wenig, wenn ich dich liebe, solange du dich selbst nicht lieben kannst."

Ihre Augen brannten, als Tränen unter ihren halbgeschlossenen Liedern hervorquollen. „Du - du tust was?"

„Ich liebe dich, Eileen." Er schloss sie in die Arme.

Sie wollte ganz in ihn hineinkriechen, sich in seinem vertrauten Geruch auflösen und ihn nie wieder loslassen. „Simon." Sein Schlafanzug war bereits völlig durchnässt von ihren Tränen. „Was meinst du mit effektiveren Maßnahmen?"

Anstelle einer Antwort trug er sie ins Badezimmer, schnickte mit dem Ellbogen das Licht an und ließ Eileen auf einem Hocker vor dem hohen Wandspiegel nieder. Der plötzliche Szenenwechsel verwirrte sie dermaßen, dass sie sich wie eine Puppe ausziehen ließ.

„Ich möchte, dass du dir eine Liebeserklärung machst", sagte er. „Und zwar jedem einzelnen Teil deines Körpers. Du fängst mit den Füßen an und arbeitest dich hoch. Dann nimmst du dir dein Innenleben vor. Lass nichts aus. Leber, Niere, Blut - einfach alles. Wichtig ist dabei, dass es bedingungslos sein muss. Sag nicht, ‚Linke Backe, ich liebe dich trotz deiner Narbe', oder, ‚Mund, ich liebe dich, weil du so ein schönes Lächeln hast.' Mache weder positive noch negative Anmerkungen. Das meine ich mit bedingungsloser Liebe."

Sie starrte ihr Spiegelbild an. Ohne ihre Brille konnte sie sich nicht einmal richtig erkennen. „Das ist idiotisch."

„Ich bestehe darauf. Ich lasse dich erst aus dem Bad, wenn du fertig bist. Und du musst laut sprechen. Am Anfang wirst du nicht meinen, was du sagst. Lass es seine eigene Dynamik entwickeln."

„Wozu soll das gut sein?"

„Das wirst du schon sehen." Er ging und schloss die Tür.

Für einen kurzen Augenblick hasste sie ihn. Ihre Krücken waren im Schlafzimmer. Hätte sie geahnt, dass es mit dieser Farce enden würde, dann hätte sie sich lieber von ihm verführen lassen.

Nun, wenn Simon so übergeschnappt war, diese Therapie vorzuschlagen, dann konnte sie sich nicht allzu lächerlich machen, indem sie mitspielte. Sie wollte es einfach nur schnellstmöglich hinter sich bringen.

„Heda, Füße, ich liebe euch", rief sie so laut, dass Simon sie auch bestimmt hören konnte. „Meine Zehen, ich liebe euch." Sie machte weiter mit Knöcheln und Schienbeinen. Ihre Stimme wurde leiser und weicher. Sie stellte fest, dass man nicht „Ich liebe dich" sagen konnte, ohne dabei wenigstens einen Hauch von Zärtlichkeit zu empfinden. Als sie bei ihrem Bauch angelangt war, erfüllte sie ein nie gekanntes Gefühl: Dankbarkeit dafür, am Leben zu sein. Sie berührte jetzt die Körperteile, während sie sie ihrer Liebe versicherte, und arbeitete sich so bis zu ihrer Kopfhaut und ihren Haaren vor.

Als sie sich auf ihre Innereien konzentrierte, schloss sie die Augen, um sich Herz, Lungen und ihre rechte Niere zu vergegenwärtigen. Sie schickte sogar einen liebenden Gedanken an die linke Niere, die sie verloren hatte. Es war unglaublich, wie viel es da zu lieben gab. Drüsen, Sehnen, Nerven, Muskelzellen, Hormone - ein ganzer Kosmos an Strukturen, wie durch Zauberei zum Leben erweckt. Und dann war da noch etwas, feinstofflicher als Blut, eine Quelle der Lebensenergie, die sie unter der Haut pulsieren fühlte. Ihre Fingerspitzen berührten ihr Schamhaar. „Ich liebe dich, du verrücktes Ding", sagte sie und legte schützend die Hand über ihren Schoß.

Die Übung war beendet. Sie lächelte ihrem verschwommenen Spiegelbild zu. Das bin ich, dachte sie, wirklich ich, befreit aus meinem inneren Exil. Und dann ist da noch Simon, eine Supernova in einem sternenleeren Himmel.

Simon, der sie so bedingungslos liebte, wie nur er lieben konnte.

Sie musste nur daran denken, wie seine Augen glänzten, wenn sie alle zwei Wochen seinen Bruder in Sevenoaks besuchten und Simon sich hinunterbeugte, um Peter aus dem Rollstuhl zu heben und den schlaksigen Körper des Jungen innig an sich zu drücken. Oder wie er vor Stolz strahlte, wenn Barbara Jenkinson, die Frau seines Bruders, ihn anrief, weil Peter ein neues Wort zu sagen gelernt hatte.

Sie stand auf mit zittrigen Beinen. Wenige Sekunden später kam Simon herein, wiegte sie in seinen Armen und trug sie ins Schlafzimmer. Ihre Sinnlichkeit war erwacht. Sie fühlte eine süße Mattigkeit, als er sie behutsam aufs Bett niederließ.

„Ich werde die Operationen machen lassen", sagte sie, noch bevor ihr bewusst wurde, dass sie die Entscheidung getroffen hatte.

Draußen, in der kalten Winternacht, erhob sich die andere Eileen und wirbelte durch die Luft wie eine Elfe auf einer Schneeflocke.

Mittwoch, 16. Januar
Marter

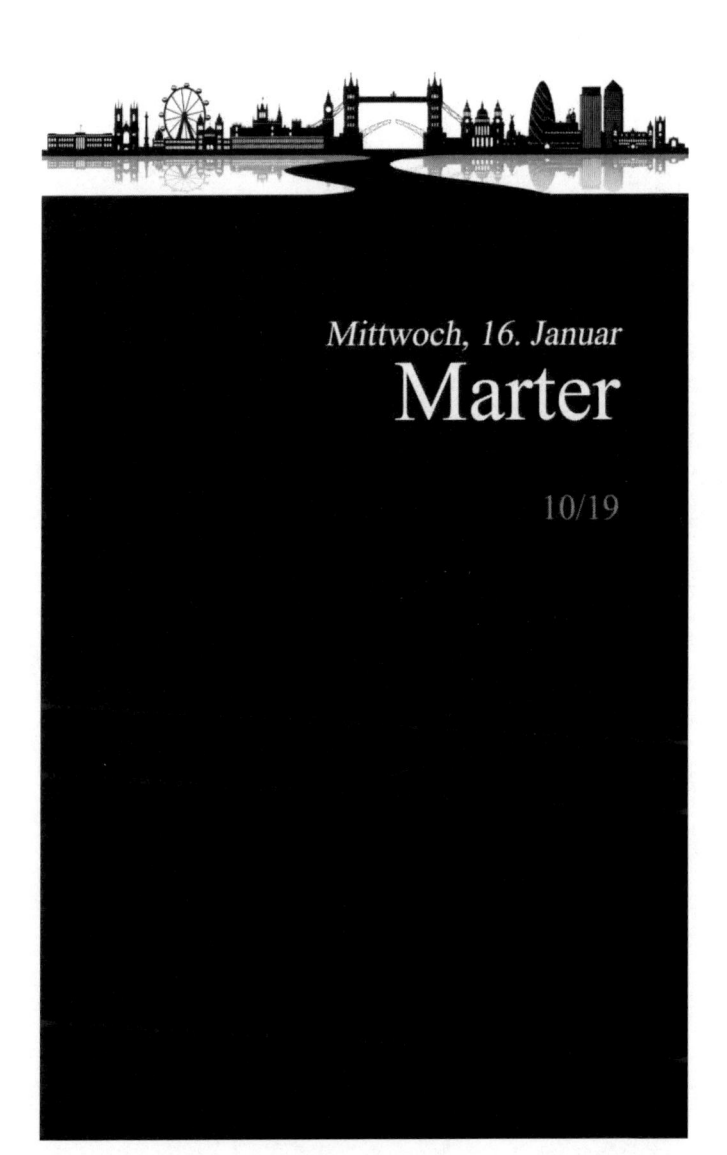

10/19

Marter

Ihre Gedanken trieben ziellos umher, ihr Körper hatte keine Form. Sie wusste nur, dass sie aufwachte, auch wenn es Stunden zu dauern schien.

Lange starrte sie in die Dämmerung, während jeder Atemzug ihr mehr Luft zu nehmen als zu geben schien. Wer bin ich? Wo bin ich? Ihr Geist war ein langer Korridor mit geschlossenen Türen, in dem namenlose Schatten vorbeihuschten und im Nichts verschwanden.

Sie versuchte, um Hilfe zu rufen, aber ihre Stimme gehorchte ihr nicht. Sie lag wie in einer Zwangsjacke, die sie innerlich und äußerlich fesselte.

Langsam drehte sie den Kopf, der auf einem Kissen lag, nach links zur einzigen Lichtquelle, einem rechteckigen, nackten Fenster mit einem trostlosen Ausblick auf Flachdächer und Schornsteine. Enttäuscht ließ sie den Blick durch das kleine Zimmer schweifen, in der Hoffnung, etwas Vertrautes auszumachen. Außer dem Bett, auf dem sie lag, gab es noch einen Kleiderschrank und ein leeres Bücherregal, beides aus altem, verblichenem Holz. Neben dem Bett stand ein Stuhl.

Eine schwere Stille erfüllte den Raum zwischen den Wänden mit den sich ablösenden Tapetenbahnen. Der Lack der geschlossenen Tür war vergilbt und rissig. Es roch nach Schimmel.

Wieso lag sie in diesem faulig riechenden Raum, in dem nichts darauf hinwies, dass er überhaupt bewohnt war?

Als sie ihren Kopf noch weiter nach rechts drehte, sah sie ringförmige Flecken auf dem Nachttisch, als hätte hier ein Glas gestanden, das mehrmals aufgenommen und etwas versetzt wieder abgestellt worden war.

Nein, das war kein Zimmer, in dem man an einem normalen Morgen erwachte. Irgendetwas war hier schrecklich verkehrt.

Am schlimmsten war nicht die unheimliche Atmosphäre, die in diesem Zimmer herrschte, sondern der Umstand, dass ihr alles auf beklemmende Weise bekannt vorkam. Ihr Geist war so vernebelt von dem muffigen Gestank, dass sie keinen klaren Gedanken fassen konnte.

Die Bettdecke passte nicht dazu. Zum einen, weil sie überhaupt da war, und zum anderen, weil sie nicht, wie alles hier, alt und abgenutzt war. Es war eine Daunensteppdecke mit einem frisch duftenden Bezug. Sie drückte ihre Nase tief hinein, um den widerlichen Modergeruch der Luft herauszufiltern.

Sie konzentrierte sich auf ihre Hände, die langsam zum Leben erwachten, zog sie unter der Decke hervor und hob sie an. Sie waren bleischwer, sahen aber schlank und gepflegt aus. Sie versuchte, mit den tauben, kribbelnden Fingern zu wackeln. Wem gehörten diese Finger? Sie ließ die Hände zurücksinken und fühlte jetzt erst, wie kalt die Oberseite der Bettdecke war. Auch die Luft war eisig.

Wieder sah sie aus dem Fenster über die flachen Dächer mit ihren Schornsteinen, und es war, als würde sie nicht zum ersten Mal in dieser Umgebung erwachen. Sie senkte den Blick zur Zentralheizung unter dem Fensterbrett. Davor stand ein Gasofen, nicht größer als Dads Aktentasche.

Dad! Ihr Herz schlug schneller. Sie war daheim. Dieser schreckliche Raum war ihr eigenes Zimmer. Ein erleichtertes Aufschluchzen mischte sich in ihre mühsamen Atemzüge. Auch ihren Namen fand sie wieder. *Jessica Gresham.*

Natürlich sah ihr Zimmer leer aus, es war ihr letzter Tag daheim. Und dass sie wieder einen Blackout gehabt hatte, war nicht verwunderlich, wenn man bedachte, dass sie sich heute für lange Zeit von ihren Eltern verabschieden musste. Noch an diesem Nachmittag würden Dad und Mum nach Neuseeland fliegen. Alle ihre Sachen waren schon vor Wochen in einem Container per Schiff vorausgeschickt worden. Nach dem Frühstück würde Dad sie nach Islington fahren, wo sie bei Eileen Lanigan wohnen würde. Er würde sie zurückhaltend küssen und Mum würde ihm vorwerfen, zu sentimental zu sein. Schließlich verließen sie ja nicht das verdammte Sonnensystem, würde sie sagen und Jessica kurz in ihre starken Arme schließen.

Jessica stutzte. Wenn alles das erst noch passieren würde, wieso erinnerte sie sich dann daran?

Sie packte die Bettdecke mit festem Griff und zwang sich, an etwas Praktisches zu denken. Wie würde es sein, mit Eileen zusammenzuleben, die zehn Jahre älter war als sie? Würde sie viele Kompromisse eingehen müssen? Wie würde es sein, wenn Eileens Freund - Colin oder Calvin - zu Besuch kam? Jessica war ihm ein- oder zweimal begegnet, ein durchschnittlich aussehender, schüchterner Kerl. Er passte ganz gut zu Eileen, die zwar nett war, aber nicht übermäßig hübsch.

Jessica runzelte die Stirn, während sich etwas in ihr verkrampfte. Ihr Bild von Eileen stimmte nicht. Vor ihrem geistigen Auge sah sie eine Narbe auf Eileens Backe. Wo kam die her?

Vergangenheit und Gegenwart drifteten auseinander, überlappten sich nicht länger. Die Zeitlinie entwirrte sich. Jetzt erinnerte sie sich an alles, rasend schnell kam es wieder: ihr Einzug bei Eileen, das Feuer im *Caesar*, ihre Heirat mit Roger, die Affäre mit David.

Jessica fiel mit einem Ruck auf das Kissen zurück und presste ihre Hände auf den Mund. Es war Jahre her, dass ihre Eltern England verlassen hatten. Sie konnte unmöglich hier sein, in dem alten Haus, in dem Zimmer, in dem sie sich heimlich mit David getroffen hatte, in dem Bett, in dem sie sich geliebt hatten, unter der Bettdecke, die David gekauft hatte.

Sie setzte sich wieder auf und schleuderte die Decke zur Seite. Adrenalin pumpte durch ihre Adern. Sie musste hier weg, zurück in die Wirklichkeit. Aber etwas hielt sie fest. Sie konnte nicht aufstehen. Ihre Beine bewegten sich nicht, schienen nicht einmal zu ihr zu gehören.

Sie zwang sich zur Ruhe. Genau wie ihre Arme würden auch die Beine wieder aufwachen. Das war oft so, wenn sie einen Blackout gehabt hatte. Wütend klappte sie die Decke ganz zurück - und da sah sie, dass sie hier nicht wegkommen würde.

Zehn Sekunden vergingen, während sie schaudernd einatmete, bis sie zu explodieren schien. Dann begann sie zu schreien.

Police Constable Stapplethorne schätzte, dass die Temperatur um drei Grad gefallen war. Mit spitzen Lippen versuchte er, Ringe aus seinem gefrierenden Atem zu formen. Es waren kaum Menschen unterwegs in diesem feindlichen Wetter. Seine Kollegen, die in den Straßen von Primrose Village unterwegs waren, hatten sicher mehr zu tun.

Eine junge Frau eilte in seine Richtung. Zum siebten Mal an diesem Morgen präsentierte Stapplethorne Jessica Warners Foto, stellte seine Fragen.

Er knipste die dünne Taschenlampe aus und ging hin und her, um nicht festzufrieren.

„Guten Morgen, Officer. Sie haben wohl gerade das Rauchen aufgegeben."

Stapplethorne schaute sich um und sah einen älteren Herrn, der den Park betrat und seinen Hund von der Leine losmachte. „Bitte?"

„Sie haben am Ende der Taschenlampe gezogen." Der Alte rollte die Leine auf und schob sie in die Manteltasche. „Ziemlich kalt, hm? Wenn ich heimkomme, brauche ich mindestens zwei Tassen dampfenden Tee, um wieder aufzutauen."

„So ist das, wenn man einen Hund hat", meinte Stapplethorne mitfühlend. „Man kann sich vor schlechtem Wetter nicht drücken. Ich habe auch einen Hund, einen Mastiff. Ihrer ist ein Labrador, nicht wahr?" Er bückte sich und tätschelte den Hund, der an seinen Hosenbeinen schnupperte.

„Sie gehört nicht mir, sondern meiner Tochter." Der Alte rückte den Schal über sein Kinn. „In der Rothwell Street habe ich auch einen Polizisten gesehen. Ist etwas passiert?"

„Wir suchen nach jemandem, der diese Frau gesehen hat." Stapplethorne richtete die Taschenlampe auf Jessicas Foto.

Der Alte zog die Augen zusammen und neigte den Kopf zur Seite. „Irgendwie kommt sie mir bekannt vor."

„Sie läuft jeden Morgen durch den Park. Ihr Name ist Jessica Warner."

Der Mann hob seine buschigen Augenbrauen. „Warten Sie mal. Jessica. Genau, jetzt erinnere ich mich wieder. Ich bin ihr am Montagmorgen begegnet. Eine nette, junge Frau in einem roten Trainingsanzug. Wir haben uns kurz unterhalten. Ich habe sie auf dem Foto nicht gleich erkannt, weil sei eine Wollmütze anhatte, als ich sie traf."

„Und gestern, Dienstagmorgen? Haben Sie sie wieder getroffen?"

Das Lächeln in dem faltigen Gesicht des Alten brachte zwei Reihen unregelmäßiger, verfärbter Zähne zum Vorschein. „Ja, natürlich sah ich sie." Das Lächeln verblasste. „Gute Güte. Ist ihr etwas passiert?"

„Sie wird vermisst. Wann und wo haben Sie sie gestern getroffen?"

„Getroffen ist das falsche Wort. Ich sah sie nur aus der Ferne. Um die gleiche Zeit wie heute, würde ich sagen, viertel vor Acht. Ich war etwa dort drüben." Sie spazierten zur schmiedeeisernen Umfassung des Parks.

Der Alte wies die Straße hinunter. „Ich wollte gerade den Park verlassen, als ich sie die Regent's Park Road hochkommen sah."

„Sind Sie sicher, dass es Jessica Warner war? Um die Zeit was es noch dunkel."

„Sie trug wieder diesen grellen Jogginganzug. Sie hatte mich noch nicht gesehen, darum dachte ich, ich warte einen Moment, bis sie mich erreicht hat. Ich bückte mich, um Jessica - mein Hund heißt auch Jessica, darum kamen Mrs Warner und ich am Montag überhaupt erst ins Gespräch - wo war ich stehen geblieben? Ach ja, ich nahm Jessica an die Leine und sie verhedderte sich. Als ich wieder aufsah, war die junge Frau schon verschwunden."

„Sie meinen, wirklich verschwunden?"

„Erst dachte ich, sie hätte die Straße überquert, aber dann sah ich, dass ein Wagen angehalten hatte, um sie mitzunehmen."

„Sie sahen sie einsteigen?"

„Nicht direkt. Alles was ich sah, waren ihre Beine, als sie im Auto verschwanden. Die Tür wurde zugezogen und der Wagen fuhr davon. Sie ist doch nicht etwa entführt worden?"

Alan betrachtete seinen Besucher. Detective Inspector London war Mitte Vierzig. Sein blondes Haar war mit grauen Strähnen durchzogen. Feine Falten liefen über seine Nase. Seine tief liegenden Augen waren dunkel, umrahmt von Lachfältchen. Ihm gefiel die ruhige, unaufdringliche Art, mit der London seine Fragen vorbrachte. Obwohl es ihm widerstrebte, Geheimnisse zu offenbaren, ertappte Alan sich dabei, wie er ihm alles erzählte, was er über Susans anonymen Brief wusste.

„Wie ich Ihrem Sergeant schon sagte", schloss er den Bericht ab, „verbreite ich nicht gerne Gerüchte. Ich weiß nicht, ob ich glauben soll, dass Jessica tatsächlich ein Verhältnis mit David hatte. Bei Simon kann ich es mir schon eher vorstellen. Der ist ein alter Schwerenöter."

London nickte verstehend. „Diese Situation ist nicht leicht für Sie. Ich hoffe, Ihre Sekretärin kann etwas Licht in die Angelegenheit bringen. Mr Warner sagte, dass Eileen Lanigan der einzige Mensch sei, dem Jessica vertraut."

„Sie ist ihre beste Freundin. Leider ist sie noch nicht da. Ich hatte schon befürchtet, dass sie auch verschwunden ist, weil sie mich gestern Abend nicht zurückrief. Aber heute Früh rief sie an, um zu sagen, dass sie immer noch in Richmond sei und gegen neun hier sein würde." Alan sah London heftig in sein Notizbuch kritzeln. Hatte er etwas Wichtiges gesagt? „Allerdings ist es mir ganz recht, dass ich zuerst mit Ihnen reden kann, bevor Sie sie treffen. Jessicas Verschwinden wird Eileen sehr mitnehmen. Sie ist ein Mensch, dem man nicht gerne schlechte Nachrichten überbringt."

„Ich hörte, dass sie behindert ist."

„Genau, und ich würde Ihnen gerne erzählen, wie es dazu kam."

London sah ihn mit unverhohlenem Interesse an. Dadurch ermutigt, fuhr Alan fort: „Vor fünf Jahre gab es ein Feuer in diesem Gebäude. Als es ausbrach, war ich mit meiner Familie gerade auf dem Rückflug von einem Skiurlaub in Aspen. Das Feuer selbst habe ich nicht miterlebt, aber die Ruine, in die es mein altes Theater verwandelt hat, die habe ich gesehen. Damals befanden sich im Erdgeschoss und im ersten Stockwerk die Studios, die wir mit zwei anderen Tanzschulen teilten. Das Büro lag im zweiten Stock, wo ich jetzt wohne."

„Mit ihrer Familie?"

„Nein, ich bin seit Kurzem geschieden."

„Sie kamen also am Flughafen an ..."

„Ich stand gerade am Gepäckkarussell, als mein Name über die Lautsprecher kam. ‚Mr Alan Widmark, bitte kommen Sie zum Informationsschalter.' Dort teilte man mir mit, dass es in meinem Studio gebrannt hatte. Eine Stunde später war ich hier und sah alles in Ruß gehüllt. Aber der Anblick des zerstörten Gebäudes tat nicht wirklich weh. Dinge sind ersetzlich, auch wenn Erinnerungen damit verbunden sind. Dazu sind Erinnerungen schließlich da."

„Um das Vergängliche zu bewahren", sinnierte London.

„Aber Eileen ... sie war an diesem Tag im Büro und bereitete den Unterricht nach den Ferien vor. Sie war allein im Gebäude und bemerkte das Feuer erst, als der Rauch durch die Türritzen kroch. Als sie die Tür öffnete, sah sie, dass das Treppenhaus in Flammen stand. Sie rannte zum Fenster, um dem beißenden Rauch zu entkommen. Es war nur eine Frage von Sekunden und Hilfe wäre da gewesen. Die Feuerwache ist ja nur um die Ecke in der Euston Road und war von Nachbarn bereits alarmiert worden. Aber Eileen geriet in Panik, weil sich das Feuer durch der Luftzug schnell über den ganzen Teppich ausbreitete. Sie kletterte aus dem Fenster, verlor den Halt und stürzte, drei Stockwerke tief. Sie knallte mit der linken Körperseite auf den Asphalt." Alan glättete ein Blatt Papier, das der Drucker zerknittert hatte, als er versucht hatte, ein Bestellformular auszudrucken. „Als ich

Eileen am nächsten Tag im Krankenhaus besuchte, bestand sie nur aus Gips und Verbänden. Sie lag im Koma und blieb für mehrere Wochen bewusstlos. Ich war zufällig da, als sie wieder zu sich kam. Sie sah mich aus ihren dunklen Augen an und sagte: ‚Ich falle, Alan, ich kann nicht aufhören, zu fallen.' Das werde ich nie vergessen."

Ein verständnisvolles Lächeln vertiefte die Falten um Londons Augen. „Was Sie mir eigentlich damit sagen wollen ist, dass ich Eileen mit Samthandschuhen anfassen soll?"

„Ja, vor allem, weil sie und Jessica sich so nahe stehen. Sehen Sie, als klar wurde, wie schwer Eileen behindert war und wie wenig Hoffnung für sie bestand, wieder ein normales Leben zu führen, hat Jessica einen Feldzug gestartet. Sie ließ nicht zu, dass Eileen sich aufgab. Sie fand Mittel und Wege, sie während des ersten, besonders schmerzvollen Rehabilitationsjahrs zu motivieren. Jessica war jung und energisch und manchmal schraubte sie ihre Erwartungen etwas zu hoch, aber Eileen hat es verkraftet. Ich ließ bei der Renovierung des Gebäudes einen Aufzug und Rampen für Eileens Rollstuhl einbauen, sodass sie wieder arbeiten konnte."

„Es war nobel von Ihnen, sie nicht aufzugeben."

„Sie ist nicht nur eine Angestellte, sondern eine Freundin. Und das Arrangement klappte perfekt. Ihr Vater fuhr sie morgens hierher und ich brachte sie heim, sobald sie Anzeichen von Erschöpfung zeigte. Der große Augenblick kam drei Jahre nach dem Feuer, als sie ihre ersten wackeligen Schritte machen konnte. Seit letztem Jahr kann sie auf den Rollstuhl verzichten und geht auf Krücken. Sie lebt nicht mehr bei ihren Eltern, sondern in einer Pension ganz in der Nähe. Auf emotionaler Ebene hat Jessica ihr geholfen, all das zu erreichen. Ich war für die praktischen Dinge zuständig und Simon für ihr körperliches Wohlbefinden."

„Er ist Physiotherapeut, nicht wahr?"

„Richtig. Einige Monate nach dem Unfall wurde Eileen in die *London Clinic* verlegt, wo Simon ihr persönlicher Betreuer wurde. Nach Eileens Entlassung gab er ihr weiterhin jeden Abend Massagen. Dadurch wurde er allmählich zu einem festen Bestandteil meiner Truppe."

Alan hörte die Eingangstür zuschlagen, dann Eileens Krücken den Flur entlang poltern.

„Da kommt sie", verkündete er. Die Schritte hielten vor der Tür an. Eine längere Stille folgte. London sah in sein Notizbuch, runzelte die Stirn, schlug es zu.

„Was macht sie da draußen?", wunderte sich Alan.

Schließlich humpelte Eileen herein, gefolgt von Simon. Sie trug ein mohnrotes Kleid und sah so überhaupt nicht aus wie das arme Opfer, das er London gerade beschrieben hatte. Sie wirkte sinnlich, ungewohnt feminin. Ihr Haar hatte Volumen, ihre Lippen waren voller und glänzten, als hätte sie sich gerade erst aus einem leidenschaftlichen Kuss gelöst. Simon hatte ihre beiden Mäntel über den Arm gelegt. Mit der freien Hand liebkoste er Eileens Nacken. Alan verstand und war entsetzt. Jetzt war Simon endgültig zu weit gegangen.

Inspector London erhob sich, stellte sich vor und bot Eileen seinen Stuhl an. Sie setzte sich, sichtlich perplex, in ihrem eigenen Büro wie eine Besucherin behandelt zu werden, und lehnte die Krücken gegen den Schreibtisch.

„Ich bin hier, um mit Ihnen zu sprechen, weil Jessica Warner von ihrem Ehemann als vermisst gemeldet wurde", teilte London ihr mit. Offensichtlich bevorzugte er eine direkte Vorgehensweise, was vielleicht besser war als die klassischen Einleitungssätze wie: „Leider habe ich schlechte Nachrichten für Sie."

Alan beobachtete Eileens Gesichtsausdruck, der erst völlig leer war, dann unvereinbare Gefühle zeigte. Ihre Pupillen weiteten sich und verengten sich in schnellem Wechsel. Hilfesuchend sah sie Alan an. „Aber ..."

Simon, der die Mäntel aufgehängt hatte, hockte sich auf die Schreibtischecke. „Aber sie würde niemals wegrennen", führte er Eileens Gedanken fort. „Jessica könnte das nicht tun. Sie weiß, dass sie der Mittelpunkt der Show ist."

„Seit wann ist sie verschwunden?", fragte Eileen. Simon legte seine Hände über ihre, die zitterten.

„Gestern zwischen ein Uhr und acht Uhr morgens."

„Du musst einen entsetzlichen Tag gehabt haben", sagte Eileen zu Alan. „Was ist nach eurer Zechtour passiert?"

„Jessica ist bis Mitternacht dabeigeblieben und mit einem Taxi heimgefahren."

„Und als sie heimkam", setzte London fort, „hatte sie eine kurze Auseinandersetzung mit ihrem Ehemann und schlief im Gästezimmer. Darum konnte Roger uns nicht sagen, wann sie morgens das Haus verlassen hat. Da Sie Jessicas beste Freundin sind, würde ich mit Ihnen gerne unter vier Augen über die Probleme reden, die Jessica in jüngster Zeit hatte."

„Selbstverständlich", sagte Eileen.

„Sie können in mein Apartment gehen, wo Sie nicht gestört werden", bot Alan an.

Eileen griff nach ihren Krücken, erhob sich und sah für einen Augenblick so verloren aus, als wäre Simons ermutigendes Lächeln das Einzige, was sie aufrecht hielt. Dann öffnete London die Tür und sie verließen gemeinsam das Büro.

„Ich kann nicht glauben, dass das wirklich passiert sein soll." Simon schielte auf seine Uhr. „Ich müsste eigentlich gehen, weil meine erste Massage in einer halben Stunde angesetzt ist." Er zögerte. „Alan, was wirst du jetzt tun, mit der Show, meine ich?"

„Laura und Victor tanzen die Hauptrollen."

„Victor wird eine Kniebandage brauchen. Hatte er bei der Generalprobe Probleme?"

„Er hat die Zähne zusammengebissen."

„Ich komme morgen Abend." Er nahm seinen Mantel vom Haken.

„Simon, da ist noch etwas."

„Bitte keine Moralpredigt. Eileen ist alt genug, um –"

„Darauf wollte ich gar nicht hinaus. Ich dachte, ich sollte dich besser warnen, dass Roger über deine Affäre mit Jessica Bescheid weiß."

Simon, schon auf dem Weg zur Tür, drehte sich um. „Ich dachte, ich könne mich auf Jessicas Diskretion verlassen."

„Susan war diejenige, die es ausgeplaudert hat."

„Susan? Jetzt ist das Chaos komplett. Ich werde Roger lieber aus dem Weg gehen, bis Jessica wieder da ist." Ihre Blicke trafen sich. „Du denkst doch nicht etwa, dass Roger ihr etwas angetan hat?"

„Er ist nicht gerade das, was ich als ausgeglichenen Charakter bezeichnen würde."

Simon legte seinen Mantel auf dem Schreibtisch ab. „Was für ein grauenvoller Gedanke. Ich hätte nie gedacht, dass eine Affäre solche entsetzlichen Konsequenzen nach sich ziehen kann."

Alan konnte seinen Ärger nicht länger zurückhalten. „Du verdammter Vollidiot. Ausgerechnet Jessica! Man könnte meinen, du hast weniger Verstand als eine Türklingel."

„Ich bin wohl manchmal etwas leichtsinnig."

„Leichtsinnig? Du bist total verkommen."

„Wenn ich dich nicht besser kennen würde, könnte ich fast denken, dass du mir gerade eine Strafpredigt hältst, die sich gewaschen hat." Simon legte den Kopf schief und Alan war sich schmerzlich seines guten Aussehens und des Zederndufts seines Rasierwassers bewusst. Zu allem Überfluss legte Simon auch noch sanft eine Hand auf Alans Schulter. Man konnte ihm einfach nicht böse sein, weil er nicht die Spur von Machogehabe an den Tag legte.

„Ich verspreche, deine Mädels in Zukunft in Ruhe zu lassen."

„Und was ist mit Eileen?", fragte Alan, als Simon um seinen Stuhl herumging und beide Daumen rechts und links neben die Wirbelsäule presste. Ein heißes, erregendes Gefühl breitete sich unter seiner Haut aus. Musste Simon denn immer so viel Sinnlichkeit ausstrahlen? „Das lässt du lieber bleiben."

„Eileen zu treffen?"

„Nein, was du gerade mit mir machst."

„Es ist nur eine Massage. Du bist unheimlich verspannt." Simon nahm seine Hände wieder weg und lehnte sich vor Alan gegen den Schreibtisch.

Bevor er eine anzügliche Bemerkung machen konnte, sagte Alan: „Ich möchte dich nicht bevormunden, aber wenn du Eileens Gefühle verletzt -"

„Eileens Gefühle sind bei mir in den besten Händen. Ich kann sehr zuverlässig sein."

„Allerdings auf ausgesprochen unvorhersehbare Art."

Simon tätschelte Alans Schulter, sagte, er habe es jetzt wirklich eilig, schnappte seinen Mantel und ging.

Wieder allein, ließ Alan seine ganzen Sorgen einfach von sich abgleiten und überließ sich einer erotischen Fantasie, die damit anfing, dass Inspector London ihm Handschellen anlegte.

Sie fuhren mit dem Aufzug hoch. Eileens dunkler Blick ging Rick unter die Haut.

„Gibt es bereits Verdachtsmomente, die rechtfertigen, dass ein Detective sich des Falls annimmt?"

Die Aufzugtüren glitten zur Seite. Rick trat in den kurzen Korridor hinaus und antwortete ausweichend: „Reine Routine."

Die Wohnungstür war nicht abgeschlossen. Das erste, was Rick auffiel, als sie ins Wohnzimmer kamen, war eine vom Boden bis zur Decke reichende Voliere mit einem Gewirr aus Zweigen, auf denen zwei rot-grüne Papageien saßen.

„Ginger und Fred", stellte Eileen die Tiere vor. „Sie wurden illegal importiert. Alans Onkel, der beim Zoll arbeitet, hat sie halbverdurstet aus einer Kiste befreit."

„Sie passen gut hierher. Ich habe noch nie ein so buntes Durcheinander gesehen." Die Sofas waren mit so vielen roten und grünen Kissen übersät, dass von der Polsterung nichts mehr durchschimmerte. Auf dem Couchtisch stand eine Schale mit Pistazien. Ein süßlich-scharfer Geruch wie von frischer Farbe lag in der Luft. Rick nahm an, dass die ausdrucksvollen Gemälde an der Wand von Alan Widmark stammten.

Eileen setzte sich und lehnte sich gegen die weichen Kissen. Die Muskeln unter ihren Augen begannen zu zucken. Rick hatte das schon einmal gesehen, bei Michael, während der letzten qualvollen Tage seines langen Sterbens.

„Leiden Sie an chronischen Schmerzen?", erkundigte er sich.

„Hat Alan Ihnen von dem Feuer erzählt?", fragte sie zurück.

„Er wollte sichergehen, dass ich Ihnen nicht die Daumenschrauben anlege."

Ein Lächeln flackerte auf und ließ sie unerwartet hübsch aussehen. Es lag an ihren Augen, die groß und dunkel unter ihren schön geschwungenen Brauen lagen. „Es ist unfassbar für mich, dass Jessica einfach verschwunden sein soll."

„Jessicas Jogginganzug wurde in einem Abfalleimer auf Primrose Hill gefunden, in einem Plastiksack. Ich habe den

Sack mit denen verglichen, die in den Umkleideräumen verwendet werden. Die gleiche Marke."

Eileen rang nach Luft. „Das macht mir Angst. Haben Sie Helen getroffen?"

„Sergeant Blockley sprach gestern mit ihr."

„Erwähnte sie Jessicas Steppschuhe? Sie fehlen seit Montagabend - oder sind sie wieder aufgetaucht?"

„Nein, sie fehlen immer noch."

Eileen begann, so ruckartig an ihrer Perlenkette zu ziehen, dass Rick fürchtete, sie könnte reißen.

„Wenn Jessica ihre Schuhe mitgenommen hat, wenn sie selbst ihren Anzug in einen Sack gesteckt hat und ihn weggeworfen hat, dann könnte es sein, dass ... aber wozu der ganze Aufwand? Fehlt sonst noch etwas?"

„Nichts, nicht einmal ihr Ausweis, ihr Führerschein oder ihre Schlüssel - nur die Kleidungsstücke, die sie zum Joggen anhatte. Halten Sie Selbstmord für eine Möglichkeit?"

„N-nein."

„Sie kennen Jessica wohl recht gut."

„Besser als jeder andere, sie selbst eingeschlossen."

Es verwirrte ihn, wie ihre Augen seine fixierten, so als wolle sie ihn daran hindern, ihre Narbe anzustarren.

„Ich war zwanzig, als Alan mich einstellte", fuhr sie fort. „Jessica hat damals schon hier getanzt. Sie war noch ein Kind, eine von vielen Schülerinnen. Wir lernten uns erst ein paar Jahre später richtig kennen, als Alan mich bat, am schwarzen Brett eine Notiz anzubringen, dass Jessica eine Wohngemeinschaft suchte. Ich bot ihr an, bei mir einzuziehen. Das war ein Fehler, wie mir schnell klar wurde."

„In welcher Hinsicht?"

„Jessica war unordentlich und rücksichtslos. Ich konnte sie nicht ausstehen. Und das beruhte auf Gegenseitigkeit. Nein, das trifft es nicht ganz. Jessica war viel zu sehr mit ihrer eigenen höchst wichtigen Person beschäftigt, um anderen Menschen irgendwelche Gefühle entgegenzubringen."

„Das klingt nicht wie der Beginn einer Freundschaft."

Eileen lachte trocken. „Ich wollte sie wieder rauswerfen, aber dann passierte die Sache mit dem Feuer. Ich war monatelang im Krankenhaus, und Jessica wohnte inzwischen alleine in unserem Apartment. Sie kam mich lange Zeit nicht besuchen. Als sie schließlich doch auftauchte, war es, um zu fragen, wie die ‚vertrackte Waschmaschine' funktioniert. Sie sah mich kaum an und ich fühlte mich wie eine Aussätzige. Ich war froh, als sie wieder ging. Damals waren meine Eltern und Alan die einzigen Menschen, die zu mir hielten. Alan war fantastisch. Er bot keinen billigen Trost an, was das Letzte war, was ich in meiner Situation hören wollte. Er sagte, ich hätte fast alles verloren, was das Leben lebenswert macht, und dass ich darum trauern solle, als wäre ein Freund gestorben."

„Alan zufolge war es aber Jessica, die Ihnen half."

„Das kam später, an einem sonnigen Morgen im Mai. Die Krankenschwester hatte mich zum Fenster geschoben, damit ich die Bäume in voller Blüte bewundern konnte. Ich konnte nicht einmal den Rollstuhl selber fahren. Ich war ein Wrack. Ich wollte eigentlich nur in Frieden sterben. Ich wusste, dass Alan alles für meine Rückkehr ins Büro vorbereitete, aber das erschien mir wie in einer anderen Welt, absolut unerreichbar. An diesem speziellen Morgen kam Jessica mich zum zweiten Mal besuchen. Es schien sie sehr mitzunehmen, dass die Ärzte gesagt hatten, dass ich nie wieder gehen würde. Sie sagte, dieses *Urteil* - so nannte sie es - könne sie nicht akzeptieren, und sie versprach, mir wieder auf die Beine zu helfen, im wahrsten Sinne des Wortes. Von da an kam sie jeden Morgen für zwei bis drei Stunden und versuchte, mich aufzumuntern. Sie bestand darauf, dass ich in die *London Clinic* verlegt werde, wo man physiotherapeutisch auf dem neuesten Stand war. Dort traf ich Simon." Eileen grinste Rick an. „Es war kein Fest. Jessica und Simon waren ein schönes Team von Folterknechten. Eileen tu dies, Eileen tu jenes. Heb das Gewicht, schwimm durch die ganze Länge des Pools, trink den Proteinshake. Sie können sich nicht vorstellen, wie das Menschen zusammenschweißt."

Rick fingerte ein paar Pistazien aus der Schale und dachte an das Ausmaß an Intimität, das sich da entwickelt hatte. Jessica und Simon hatten eine Affäre gehabt. Dann war da noch diese besondere Intensität zwischen Simon und Eileen gewesen, als sie in Widmarks Büro kamen, eine fühlbare Vertrautheit, die den Rest der Welt auszuschließen schien.

„Hat es die Freundschaft gestört, als Jessica Roger heiratete? Hatte Jessica danach weniger Zeit für Sie?"

„Im Gegenteil. Erst da wurden wir wirklich Freundinnen. Vor der Hochzeit war Jessica völlig mit sich und der Welt im Reinen und brauchte niemanden. Aber der emotionale Stress in der Ehe hat sie aus dem Gleichgewicht gebracht."

„Roger machte ihr Stress?"

„Jede Menge. Er liebt sie so sehr, und Jessica kann es nicht ertragen, geliebt zu werden."

Rick war von Eileen beeindruckt. *Sie kann es nicht ertragen, geliebt zu werden.* In einem Satz hatte Eileen zusammengefasst, was Jessica so gefühlskalt wirken ließ.

„Solange Roger von Jessica nicht erwartete, dass sie seine Gefühle erwiderte, waren sie einigermaßen glücklich miteinander", führte Eileen aus. „Als er nicht länger Erfüllung darin fand, ihr alles durchgehen zu lassen und sie dabei anzubeten, ging die Beziehung langsam aber sicher den Bach runter."

„Roger erzählte mir von ihrem Winterurlaub auf Teneriffa und dem Streit an seinem Geburtstag."

„Dann sind Sie ja bestens im Bild. Roger tut mir aufrichtig leid. Er ist nicht der selbstlose Mensch, der in einer unsymmetrischen Beziehung aufblüht, in der ein Partner alles gibt und nichts dafür bekommt. Als ihm dann auch noch klar wurde, dass Jessica es nicht einmal zu schätzen wusste, immer die Nehmende zu sein, muss er sich doppelt zurückgewiesen gefühlt haben. Wissen Sie, Jessica ist ein bisschen autistisch. Ich meine das nicht als psychologische Diagnose, sondern als die beste Art zu beschreiben, wie jede Veränderung ihrer täglichen Routine sie verunsichert. Der Urlaub auf Teneriffa wurde für sie zu einer nicht enden wollenden Krise, aber das gab ihr noch lange nicht das Recht, Rogers Gefühle mit Füßen zu treten."

„Sie haben eine ziemlich kritische Einstellung ihrer Freundin gegenüber."

„Ich liebe sie wegen ihrer Stärke und trotz ihrer Schwächen. Tief im Innern ist sie immer noch ein kleines Mädchen, allein und unsicher. Und dann leidet sie auch noch an diesen schrecklichen Blackouts. Es kann Minuten bis Stunden dauern, bis sie sich wieder zurechtfindet."

„Kann sie sich in dem Zustand anziehen? Könnte sie auf die Straße gehen?"

„Oh, verstehe, Sie denken, so könnte sie verschwunden sein. Aber Roger hätte es doch sicher bemerkt." Sie runzelte die Stirn. „Augenblick, Sie sagten, sie hätte im Gästezimmer geschlafen."

„Was hätte Jessica getan, wenn sie am Dienstag im Gästezimmer mit einem Blackout aufgewacht wäre? Hätte sie nach jemandem gerufen, wäre sie Roger suchen gegangen?"

„Sie hätte Roger nicht suchen können, denn während eines Blackouts weiß sie nicht, nach wem sie suchen soll. Sie leidet an totaler temporärer Amnesie - aber sie hätte eher nach jemandem gesucht, als das Haus zu verlassen und umherzuirren."

Rick sah sich die drei Gemälde auf der gegenüberliegenden Wand näher an: ein Schneesturm, ein Kreisel, sowie fünf Kinder, die Ringelreihe tanzten. Ihm wurde schwindelig.

„Rogers Geburtstagsparty war ein Wendepunkt", sagte Eileen. „Jessica hat mir am Sonntag erzählt, was vorgefallen ist. Ich frage mich, ob Roger etwas erwähnt hat."

„Dass er sie schlug? Ja, er gab es zu."

„Jessica sagte, sie schämte sich so, weil sie wusste, dass sie es verdient hatte. Ich glaube, sie mag Roger mehr, als sie selber ahnt. Das eigentliche Problem an dem Abend war David." Sie drehte die Perlen ihrer Kette zwischen den Fingerspitzen. „Ich weiß nicht so recht, ob ich es Ihnen erzählen kann."

„Ich weiß, dass Jessica eine Affäre mit David hatte - und mit Simon ebenfalls."

„Wie können Sie davon wissen?", fragte sie scharf. „David würde niemals darüber reden, und Roger hatte keinen Schimmer."

„Ich weiß es von Alan."

„Aber woher weiß er es?" Der Groschen fiel. „Susan."

„Ja, sie war gestern Früh bei Alan."

„Und schüttete ihm wie üblich ihr Herz aus", murmelte Eileen.

„Ich würde gerne mehr über die Powells wissen."

„David kam vor zwei Jahren zur Truppe, und er fing sofort an, sich an Jessica heranzumachen, wann immer die beiden allein waren. Da er der Choreograph der Show ist und Jessica die Hauptrolle tanzt, war das ziemlich oft der Fall. Es ist mir schleierhaft, warum sie sich mit ihm einließ, wo es für sie doch bedeutete, dass noch ein Mann in ihr Leben trat und von ihr erwartete, was sie einfach nicht geben konnte - Leidenschaft, Hingabe, Liebe. Es machte alles unheimlich kompliziert. Aber als sie sich erst einmal daran gewöhnt hatte, David heimlich zu treffen, konnte sie nicht ohne Weiteres damit aufhören."

„Wie lange ging das so?"

„Fast ein Jahr. Sie beendete die Beziehung letzten April. Und Simon –"

„Nicht so schnell." Er spürte, dass Eileen einen wichtigen Teil der Geschichte ausgelassen hatte. „Warum beendete sie die Beziehung?"

Eileen wandte den Blick ab. Für eine Minute erfüllte nur das Krächzen der Papageien den Raum. „Es gibt bestimmt keinen Zusammenhang mit Jessicas Verschwinden. Ich bin die Einzige, der sie es erzählt hat."

„Ich werde es für mich behalten."

„Sie sind zu neugierig."

„Das ist meine Aufgabe."

„Ihre Aufgabe ist es, Jessica zu finden, nicht über ihre Lebensweise zu urteilen."

Wenn sie gekonnt hätte, wäre sie sicher aufgesprungen und hätte wie Roger den Raum abgeschritten.

„Ich urteile nicht, ich sammle nur Fakten. Je mehr desto besser."

„Irgendein notorischer Irrer könnte Jessica vergewaltigt haben, ein Psychopath könnte sie getötet haben. Ich meine, woher wissen wir, dass sie nicht längst tot ist?"

„Dann würde es keinen Unterschied mehr machen, wenn Sie es mir erzählen."

Eileen atmete tief durch.

Rick wartete, eine Taktik, mit der er Menschen oft zum Reden brachte. Bei Eileen aber biss er auf Granit. Er versuchte es mit einem Schuss ins Blaue. „War sie schwanger?"

Sie zuckte zusammen, dann schenkte sie ihm ein trauriges Lächeln. „Gut geraten. Sie wusste, dass nur David als Vater in Frage kam, weil Roger sterilisiert ist. Jessica wollte auf keinen Fall, dass David davon erfuhr, weil sie Angst hatte, er würde sie zwingen, das Kind zu bekommen."

„Sie wollte also abtreiben?"

„Sie hat mit sich gerungen. Sie sagte, sie könnte kein Kind haben, es wäre das Ende ihrer gerade erst beginnenden Karriere - also das Ende von allem, was ihr wichtig ist. Ganz zu schweigen davon, was Roger mit David anstellen würde. Sie hatte ernsthaft Angst, Roger könnte David umbringen, oder sie, oder beide. Sie schob die Entscheidung vor sich her. Nur wenige Tage darauf hatte sie einen Abgang. Zwei Tage Krämpfe und schwere Blutungen, dann hatte sie es hinter sich. Roger erzählte sie etwas von einem Darmvirus. Und mit David machte sie Schluss. Er erfuhr nie, dass er sie geschwängert hatte."

„Wie reagierte er auf das Ende der Beziehung?"

„Er hat sie belagert. Sie ignorierte ihn, weil sie sicher war, dass er zur Vernunft kommen würde. Leider lag sie damit falsch. Auf Rogers Geburtstagsparty sah David dann seine Stunde des Triumphs gekommen, als Roger Jessica ohrfeigte. Er ging Jessica trösten, kniete vor ihr nieder und flehte sie an, ihm eine zweite Chance zu geben. Er nannte sie seine rote Rose, seine vollkommene Blume, die er nicht länger in den groben Händen dieses brutalen Menschen verblühen lassen könne. Dieser ganze romantische Kram traf bei Jessica auf taube Ohren. Sie wollte ihn kurz abfertigen, aber er ließ einfach nicht locker. Schließlich wusste sie sich nicht anders zu helfen, als ihn zu beleidigen mit Bemerkungen wie: ‚Ich habe dich nie geliebt.' Oder, ‚Du bist nicht so ein toller Liebhaber wie du denkst, Simon musste ich nie einen Orgasmus vorspielen.' Dumm, oder? Denn so erfuhr David von Jessicas Affäre mit Simon. Er umklammerte Jessicas Beine, wollte sie überhaupt nicht mehr loslassen. Jessica hat sich so aufgeregt, dass sie ihn anschrie: ‚Ich wollte dein Kind nicht und dich will ich erst recht nicht.'"

Rick fragte sich, ob David nicht Rogers Beispiel gefolgt war und ihr eine geknallt hatte. Er versuchte, sich vorzustellen, wie David sich gefühlt haben musste. Nicht nur, dass Jessica seine aufrichtigen Gefühle mit Füßen trat, sie vernichtete auch alle schönen Erinnerungen, die David geblieben waren und ließ ihn unmissverständlich wissen, dass sie von ihm schwanger gewesen war.

Eileen erzählte weiter. „Manchmal bereut man etwas, noch bevor man es tut, und man tut es trotzdem. Jessica hatte ihr bestgehütetes Geheimnis verraten. Und nicht nur David wusste es jetzt. Als Jessica aufsah, stand Susan im Türrahmen, bleich wie ein Gespenst. David sprang auf die Füße und ging rückwärts aus dem Raum. Jessica verschloss die Tür und hoffte, dass sie alle einfach verschwinden und sie in Ruhe lassen würden."

„Und das alles wenige Tage vor der Premiere."

Eileen lächelte traurig. „Als Jessica mir alles erzählte und Angst hatte, dass sie Alans Show ruiniert haben könnte, beruhigte ich sie damit, dass David ein Perfektionist ist mit einer sehr professionellen Einstellung."

„Und Susan?"

„Ich weiß nicht, wie sehr es sie mitgenommen hat, denn ich habe sie inzwischen nicht gesehen. Sie war krank. Ich wollte, dass Jessica die Sache mit ihr klärt, aber es ging hier drunter und drüber, weil ein Video gedreht wurde. Ich hatte gehofft, heute in Ruhe mit Jessica reden zu können."

„Sie hatte ihr neuestes Problem also noch nicht mit Ihnen besprochen", vermutete Rick.

Eileen sah ihn entsetzt an. „Welches neue Problem?"

„Susan schrieb Roger am Sonntag einen Brief, den er Montag erhalten haben muss. Dadurch erfuhr er von Jessicas Affären."

Diese Enthüllung ließ Eileen so heftig an ihrer Kette ziehen, dass der Verschluss sich löste. „Was? Aber ... das ist entsetzlich! Wie hat er reagiert?"

„Rogers Hausangestellte erzählten mir, dass Roger am Montag beim Frühstück eine sehr lautstarke Auseinandersetzung mit Jessica hatte." Vor allem Nurit hatte viele Details beigesteuert - umgeworfene Möbel, Drohungen.

Fast unhörbar fragte Eileen: „Sie verdächtigen Roger doch nicht ... Sie wissen schon."

„Wir haben Indizien, ein Motiv und die perfekte Gelegenheit. Ja, wir verdächtigen ihn."

„Ich möchte nicht unbedingt sagen, dass ich Roger für unfähig halte, so etwas zu tun, aber - wie soll ich es formulieren? Er ist überkorrekt. Wenn er Jessica etwas angetan hätte, hätte er sich anschließend selbst gestellt. Da er das nicht getan hat, bin ich sicher, dass er unschuldig ist."

Eileen würde eine interessante Zeugin für ein Kreuzverhör abgeben. „Wann war Jessica mit Simon zusammen?", fragte Rick, um alles vollständig einordnen zu können.

Eileen machte eine wegwerfende Handbewegung. „Ach das, das ging nur ein paar Wochen, letzten Oktober. Simon nimmt alles sehr locker."

Rick bemerkte eine Veränderung in ihrer Stimme, als sie seinen Namen nannte. Sie klang wie fließender Honig.

„Ist das dann alles?"

„Für den Augenblick, ja." Er erhob sich, doch es widerstrebte ihm, sie allein zu lassen. „Danke für Ihre Offenheit."

„Ich danke Ihnen, dass sie nicht dauernd auf meine Narbe gestarrt haben. Ich weiß, es sieht schlimm aus, aber ich hatte von Operationen so genug, dass ich nicht auch noch eine Hauttransplantation über mich ergehen lassen wollte."

„Ehrlich gesagt hatte ich die Narbe ganz vergessen. Sie haben ein bildschönes Lächeln."

„Etwas schief, fürchte ich. Auf Wiedersehen." Sie stand auf, stützte sich auf eine Krücke und hielt ihm die rechte Hand hin. Ihre Finger waren kalt.

Auf seinem Weg nach draußen drehte er sich noch einmal um. Eileen war zu einem der Gaubenfenster gegangen. Er sah sie im Profil. Sie bewegte die Schultern nicht, schluchzte oder zitterte auch nicht. Da waren nur diese Tränen, die ihr Gesicht hinunterrannen. Er ging zu ihr zurück, tupfte ihre Backen mit einem Taschentuch ab.

„Ist das hier das Fenster, aus dem sie gefallen sind?"

„Nein, das andere, das jetzt von den Papageien bewacht wird. Das ist nicht der Grund, warum ich weine. Ich mache mir so entsetzliche Sorgen um Jessica."

Rick umarmte sie behutsam. Seine Hände lagen sanft auf ihrem Rücken. Seine Lippen berührten ihr Haar, das nach Vanille roch. Es war das erste Mal in seinem Leben, dass er fast so etwas wie Begierde für eine Frau verspürte.

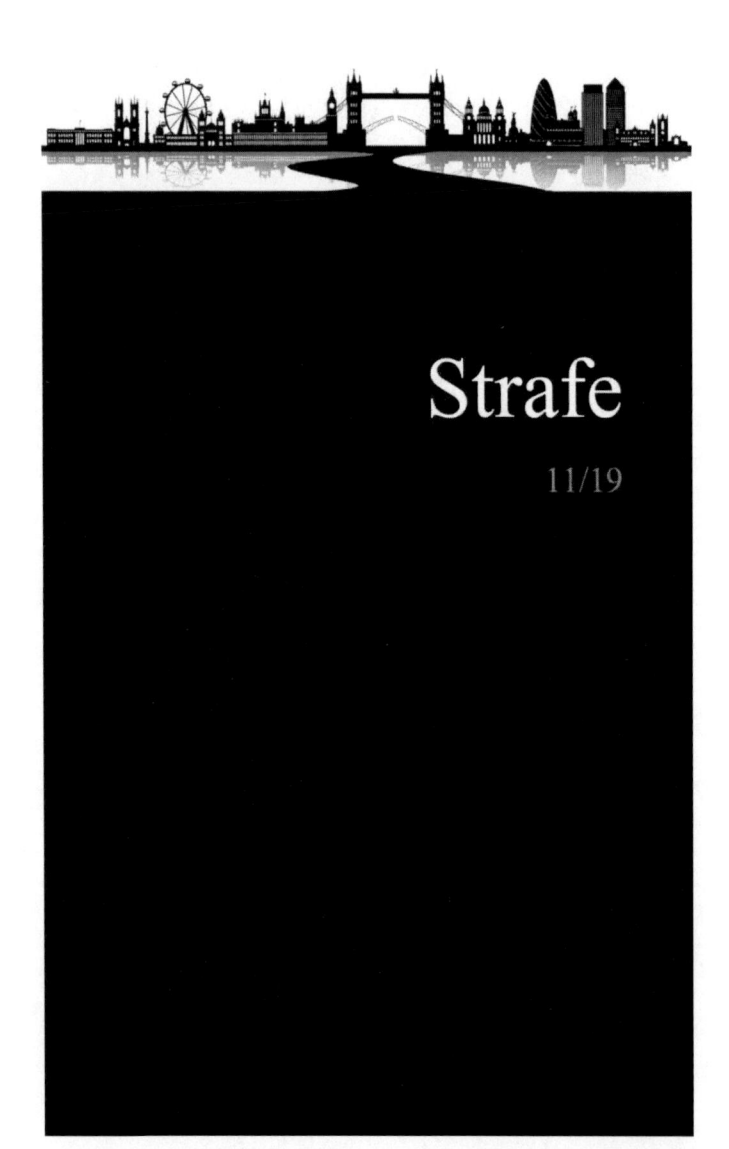

Strafe

11/19

Strafe

Erfüllt von unaussprechlichem Entsetzen zerrte Jessica an den Handschellen, die ihre Fußgelenke an die Messingstäbe des Bettes ketteten. Sie strampelte, zog, kämpfte mit aller Kraft. Als sie erschöpft aufgab, klebte ihre Unterwäsche schweißnass an ihrer Haut. Ihre Knöchel pochten vor Schmerzen.

Jessica dachte an Eileen. Schmerzen wie Dolchstiche, so beschrieb sie ihre Qualen, Dolchstiche ihre ganze linke Seite entlang. Jessica begann zu weinen. Es war ihre Schuld. Sie hatte nicht nur ihr eigenes Leben verpfuscht, sondern auch das vieler anderer. Sie brachte nur Verderben und bekam jetzt, was sie verdiente.

Aber was genau verdiente sie eigentlich? Ihre Erinnerung an die vergangenen Stunden - oder Tage? - war blockiert, in sicherer Verwahrung tief in ihrem Unterbewusstsein. Sie wusste noch, dass sie in den Wintermorgen hinausgegangen war, um ihre Joggingrunde zu drehen, erinnerte sich deutlich an das gute, gesunde Gefühl - lebendig, fit, in der Lage hinzugehen, wohin immer sie wollte. Wie kam es, dass sie jetzt im Haus ihrer Eltern war? Sie lief jeden Morgen daran vorbei, war aber nicht mehr hineingegangen, seit sie mit David Schluss gemacht hatte.

Wer hatte sie ans Bett gekettet? Verschwommen glaubte sie sich zu erinnern, dass jemand gesagt hatte, sie müsse bestraft werden. Warum hatte derjenige ihr die Turnschuhe ausgezogen und ihr stattdessen ihre Stepptanzschuhe angezogen?

Jessica wickelte sich fest in die Bettdecke, legte sich auf das eiskalte Kissen und schloss die Augen. Sie hatte Angst, einzunicken und dann wieder mit einem Blackout zu erwachen. Sie musste sich daran erinnern, was passiert war, musste ruhiger werden, musste einen Ausweg aus diesem Albtraum finden.

Sie atmete kontrolliert, aber die Luft war zu eisig, um tiefe, entspannende Atemzüge zuzulassen. Die Kälte des Raumes drang in sie ein. Ihr Magen krampfte sich vor Hunger zusammen, ihre Kehle war rau vor Durst. Hatte jemand sie hierher gebracht, damit sie einen einsamen, elenden Tod starb?

Sie könnte einen Schuh ausziehen und gegen das Fenster werfen. Falls das Glas zerbrach, könnte es jemand in einem Nachbarhaus bemerken. Aber das war nicht sehr wahrscheinlich. Dafür würde die Kälte gnadenlos eindringen.

Sie könnte versuchen zu schreien. Aber hatte sie nicht schon geschrien, was ihre Lungen hergaben? Wenn sie da keiner gehört hatte, war es sowieso sinnlos.

Und wenn sie beides miteinander kombinierte? Erst das Fenster einschmiss und dann aus Leibeskräften schrie? Es war einen Versuch wert.

Er musste zwei Stunden lang warten, bis die Luft rein war. Zunächst befürchtete er, dass sie gekommen waren, um das leere Haus zu durchsuchen, denn sie standen die ganze Zeit an der Gartenpforte, ein alter Mann mit einem Hund und zwei Polizisten. Was taten sie hier? Hatte der Alte etwas beobachtet? Wenn Jessica um Hilfe rief, würden sie sie dann hören? Nein, das war unwahrscheinlich, denn das Zimmer befand sich im obersten Stockwerk auf der Rückseite des Hauses.

Er wollte endlich nachsehen, ob es Jessica gut ging. Sie war jetzt schon seit über vierundzwanzig Stunden allein. Der kleine Ofen war sicher nur wenige Stunden gelaufen, bis das Gas ausging. Er hatte am Montag sechs Ersatzflaschen mitgebracht, und jetzt wurde es höchste Zeit, den Raum wieder zu heizen.

Nachdem die Polizisten gegangen waren, wartete er noch fünf Minuten, nahm die Tasche mit der Thermoskanne, stieg aus dem Wagen und überquerte schnell die Straße. Als er sich sicher war, nicht beobachtet zu werden, ging er zur Haustür, schloss hastig auf und eilte die Treppen hoch.

Jessica setzte sich auf, als sie ihn hereinkommen sah. Ihr Gesicht und ihre Hände waren bleich, sie zitterte. „Ein Glück, du bist es", sagte sie mit bebender Stimme. „Wie hast du mich gefunden?"

Sie schien zu glauben, dass er gekommen war, um sie zu befreien. Anscheinend hatte er sie zu sehr mit Drogen vollgestopft. „Hast du vergessen, dass ich derjenige war, der dich ins Haus gelockt hat? Es wird dir wieder einfallen. Zuerst muss ich die nächste Gasflasche anschließen."

Sie starrte ihn entgeistert an. „Du. Du?"

„Ja, ich - und es war auch höchste Zeit, dass sich jemand deiner verlorenen kleinen Seele annimmt."

„Was soll das heißen?" Als er nichts erwiderte, fuhr sie fort: „Oh nein, bitte, tu das nicht, tu mir das nicht an. Mach mich los."

Er ignorierte ihr Flehen, bückte sich unter den Fenstersims, tauschte die Gasflasche aus und entzündete die Flamme. Dabei sah er ihre Steppschuhe auf dem Boden liegen.

„Hey, wozu sollte das denn gut sein? Dachtest du, du könntest die Fußschellen abstreifen, wenn du die Schuhe auszieht? Glaub mir, da kommst du nur raus, wenn du etwas findest, womit du dir die Füße amputieren kannst."

„Bitte, schließ sie auf. Ich sterbe hier. Ich verdurste."

„Keine Sorge, ich habe dir Tee mitgebracht. Versuch lieber nicht, mich anzugreifen, wenn ich dir nahe komme. Ich habe die Schlüssel für die Schellen nicht bei mir. Du würdest deine Situation nur verschlimmern. Niemand außer mir kann dir helfen. Also sei ein braves Mädchen."

Er schraubte die Thermoskanne auf, füllte die Plastikkappe mit Tee und reichte sie ihr. Er musste sie ihr an den Mund führen, weil ihre Hände so stark zitterten. Er füllte zweimal nach und die Wärme, die sich in ihr ausbreitete, schien Jessica zu beruhigen. Ihre Augen waren allerdings immer noch unnatürlich geweitet.

„Du hast deine Rache gehabt", sagte sie kläglich. „Bitte lass mich frei."

Langsam schraubte er den Verschluss wieder auf die Kanne. „Rache? Es geht mir nicht um Rache, mein Herz. Gibt es noch etwas, was du im Augenblick brauchst, außer Tee?

„Ich müsste mal ... aufs Klo."

„Es ist ein Nachttopf unter dem Bett. Du kannst ihn benutzen, wenn ich fort bin.

Er sah Demütigung in ihren Augen aufflackern.

„Was hast du mit meinem Jogginganzug gemacht?"

„Rot ist so eine aggressive Farbe. Du solltest sie nicht mehr tragen."

„Und warum hast du meine Turnschuhe gegen meine Steppschuhe ausgetauscht?"

„Ich dachte, sie wären dir ein Trost in deiner Einsamkeit."

„Was für ein Tag ist heute? Wie lange willst du mich noch hier behalten? Willst du mich umbringen? Willst du das?" Sie schluchzte auf.

„Es ist Donnerstag, der Tag der Premiere. Du bist zu deinem eigenen Besten hier. Dinge werden passieren, dunkle, grauenvolle Dinge, mein Herz. Ich will dich sicher aus dem Weg wissen. Außerdem geht es um deine Erziehung. Dein Charakter lässt in vieler Hinsicht zu wünschen übrig."

„Dinge werden passieren? Was für Dinge?"

„Du weißt doch, dass du verdienst, bestraft zu werden, oder?"

Tränen traten ihr in die Augen. „Lass mich hier nicht sterben."

Er stand vom Bett auf, holte den Nachttopf hervor, entfernte den Deckel und stellte den Topf neben Jessica auf das Bett. „Du wirst den längsten Tod sterben, den du dir vorstellen kannst." Er ging zur Tür, drehte sich noch einmal um. „Du wirst nie wieder tanzen."

Wortlos vor Entsetzen starrte sie ihn an. Wie bezaubernd sie war, wenn sie Angst hatte. Er liebte sie mehr als je zuvor.

Als Susan aus ihrem tiefen, traumlosen Valiumschlaf erwachte, trieb sie halb betäubt an der Oberfläche ihres Bewusstseins. Sie drückte ihr Gesicht in Davids Kissen. Zwei Nächte lang hatte er nicht in seinem Bett geschlafen und sein Geruch war schon verflogen. Sie wusste, dass er nie wiederkommen würde. Mit beiden Armen presste sie das weiche Kissen gegen ihr Gesicht, bis sie keine Luft mehr bekam. Um Atem ringend ließ sie es los. Wozu war der Überlebensinstinkt eigentlich gut, wenn es nichts gab, wofür es sich zu leben lohnte? Wie würde sie den Tag verbringen? Die Premiere würde ohne sie stattfinden. Und morgen? Würde sie in der Lage sein, ihre Kurse zu unterrichten?

Sie hatte es so satt. Ihr Körper war ausgelaugt. Tanzen lag ihr nicht. Sie hatte nur wegen David damit angefangen. Alles, was sie je in ihrem Leben getan hatte, war nur von seinen Wünschen und Bedürfnissen diktiert gewesen. Sie wäre lieber in New York geblieben, bei ihren Freunden, ihrer Familie. Sie hasste das Reihenhaus, in dem sie lebten, hasste die ganze Gegend mit ihrer einförmigen Architektur. Jetzt, da David sie verlassen hatte, sollte sie wieder nach New York gehen, zurück zu ihren Wurzeln.

Sie begann zu verstehen, dass sie versäumt hatte, ihr Leben selbst zu gestalten. Immer hatte sie sich David angepasst und war dadurch für ihn immer bedeutungsloser und nebensächlicher geworden. Indem sie ständig zu ihm aufsah, hatte sie lediglich erreicht, dass er auf sie herabblickte.

Wie konnte er so undankbar sein, sie zu verlassen, wo sie sich immer bemüht hatte, alles richtig zu machen, ihm immer zu Willen zu sein? Ein einziges Mal nur hatte sie ihn enttäuscht - tragisch enttäuscht. Sie hätte ihrem Leben damals, nach der Fehlgeburt, ein Ende setzen, ihrer Todessehnsucht nachgeben sollen. Der Frauenarzt hatte ihr geraten, sie solle sich auf die Zukunft konzentrieren, an die nächste Schwangerschaft denken. Aber sie war nie wieder schwanger geworden und der Arzt vermutete Fertilitätsprobleme bei David, der aber eine Untersuchung verweigerte.

Ich wollte dein Kind nicht und dich will ich erst recht nicht. Dieser Satz, von Jessica so gedankenlos dahingesprochen, war das Todesurteil für Susans Hoffnungen gewesen. David war fruchtbar, sonst hätte er Jessica nicht schwängern können. Also lag es an Susan selbst, dass sie kein Kind mehr bekam. Es war so unfassbar grausam. Jessica hätte ein Kind von David bekommen können. Sie hatte das zurückgewiesen, was Susan sich so sehnsüchtig wünschte. In ihrer Fassungslosigkeit hatte Susan kaum realisiert, dass Jessica ihr außerdem David genommen hatte.

Als Susan sah, wie David aus Jessicas Schlafzimmer flüchtete, leichenblass, zutiefst verletzt, hätte sie am liebsten Jessicas Puppengesicht zerschlagen und ihr die unschuldsblauen Augen ausgekratzt. Wie konnte sie es wagen, wegzuwerfen, was Susan alles bedeutete!

Später in der verhängnisvollen Nacht, als sie von Alan zurückgekommen war, hatte David die Affäre mit Jessica zugegeben, sich aber standhaft geweigert, über Jessicas Schwangerschaft zu sprechen. Susan konnte schwerlich glauben, dass David einer Abtreibung zugestimmt hätte. Was also war passiert? Sie würde es nie erfahren, denn sie würde jetzt allem ein Ende machen.

Susan knipste die Lampe an und öffnete die Nachttischschublade, in der sich die Pistole befand, die David in New York für sie besorgt hatte, damit sie sich vor Einbrechern schützen konnte. Nun, jetzt würde sie sie vor den Qualen des Alleinseins schützen.

Aber so leicht war es nicht. Lange Zeit saß Susan da, während das Metall in ihrer Hand warm wurde und ihre Zehen sich in den Teppich gruben. Eine innere Stimme der Vernunft gebot ihr, nicht vorschnell zu handeln. Das Leben ändert sich oft zum Guten. Sie würde einen anderen Mann finden, vielleicht Kinder adoptieren. Es gab so viele Möglichkeiten. Was für eine Verschwendung, ihre ganze Zukunft auszulöschen in einem kurzen Augenblick der Verzweiflung!

Sie musste nur an Eileen denken, deren Situation tausendmal schlimmer gewesen war. Ihr Freund hatte sie verlassen, als es ihr richtig dreckig ging. Was würde Eileen darum geben, einen vollkommenen Körper wie Susan zu haben! Susan hatte Schuldgefühle wegen ihrer trivialen Depressionen. Sie war zu hübsch, um sich für einen einzigen Mann aufzuopfern. Es fragte sich nur, ob sie stark genug war, ohne David zu leben. Sie konnte es nicht absolut bejahen, aber auch nicht vehement genug verneinen, um einen endgültigen Schritt zu tun.

Susan ließ das Magazin aus der Waffe gleiten und entfernte die Patronen, ließ sie eine nach der anderen in die Schublade fallen. Sie hielt inne, als sie ein Geräusch an der Tür hörte. Ein Schlüssel wurde umgedreht.

Hastig schloss Susan die Schublade und ließ das Magazin wieder einrasten. Mit dem Zeigefinger am Abzug zielte sie auf ihre Schläfe. David sollte sehen, was er ihr angetan hatte. Der Schock könnte ihn zur Vernunft bringen.

„Susan? Bist du noch im Bett?" Die Tür schwang auf.

Sie tat so, als würde sie über sein plötzliches Erscheinen erschrecken. Mit zwei schnellen Schritten war David bei ihr und riss ihr die Waffe aus der Hand.

„Drehst du jetzt völlig durch?"

So hatte sie sich das nicht vorgestellt. „Ohne dich ist alles so sinnlos."

David sicherte die Pistole und ließ sie in seine Hosentasche gleiten.

Wenn sie abgedrückt hätte, dann wäre sie in seinen Armen gestorben. Das wäre mehr gewesen, als sie jetzt bekam.

„David, ich brauche dich mehr als Jessica oder jede andere Frau." Es tat weh, dass David Jessica den Vorzug gab, die nicht nur im Aussehen, sondern auch charakterlich das völlige Gegenteil von ihr war. Susan war nachgiebig und gefügig, Jessica eigenwillig und aufsässig.

David sah weg. Sein Atem kam stoßweise. „Es ist entwürdigend, wie du um meine Liebe bettelst."

„Das musst gerade du sagen, nachdem du Jessica so angefleht hast." Sie hatte noch nie gewagt, ihn so zu provozieren. Voller Angst wartete sie darauf, dass er wütend wurde. Aber was er dann sagte, leise und ohne jede Regung, ließ es ihr kalt den Rücken runterlaufen, noch Stunden danach.

„Ihr Frauen seid alle selbstsüchtig, jede auf ihre eigene Art. Was bedeutet mir dein Tod? Unser kleiner Junge hatte nicht einmal eine Beerdigung. Ich trage sein Grab in meinem Herzen."

Eileen stand immer noch am Fenster, als Alan ihr Gesellschaft leisten kam, wenige Minuten nachdem Inspector London gegangen war.

Hatte sie dem Detective zu viel oder zu wenig erzählt? Hatte sie ein zu negatives Bild von Jessica vermittelt? Hätte sie Jessicas Verschwinden verhindern können, wenn sie gleich reagiert hätte, als Helen ihr sagte, dass Jessicas Schuhe fehlten?

„Wie fühlst du dich?", fragte Alan.

Sie betrachtete das Taschentuch, das der Detective ihr in die Hand gedrückt hatte. „Mutlos und erschüttert."

„Soll ich dich heimbringen?"

„Ich kann dich doch jetzt nicht alleine lassen. Schlimm genug, dass ich gestern den ganzen Tag weg war. Ist heute wirklich die Premiere? Es kommt mir so unwirklich vor. Solltest du sie nicht besser absagen?"

„Nichts würde ich lieber tun, aber was ist mit der Truppe? Glaubst du, die hätten Verständnis dafür? Schließlich ist es durchaus möglich, dass Jessica aus freien Stücken weggelaufen ist? Jessica ist zwar die Zugnummer der Show, aber es geht auch ohne sie. Das *Caesar* ist das Zentrum *ihrer* Welt, nicht umgekehrt."

„Schon, aber es ist so pietätlos, wenn man bedenkt, dass sie vielleicht tot ist."

„Komm und setz dich für einen Moment. Es gibt da etwas, das ich dich fragen muss."

Sie sank in die Tiefen von Alans Sofa und er nahm neben ihr Platz.

„Es geht um Jessica", fing Alan an. Es schien ihm nicht leicht zu fallen. „Stimmt es, dass sie in mich verliebt ist?"

Eileen seufzte. War denn kein Geheimnis mehr sicher? Hatte Jessica gemerkt, dass es höchste Zeit für sie wurde abzuhauen, bevor ihr sorgfältig konstruiertes Bauwerk aus Lügen über ihr zusammenstürzte? Oder hatte erst ihr Verschwinden alles losgerüttelt wie ein Erdbeben?

„Stimmt es?", beharrte Alan.

„Ja, aber –"

„Ich wünschte, ich hätte früher davon gewusst, dann hätte ich ihr die Illusion nehmen können."

Wie naiv er war, er dachte immer so geradlinig. „Jessica hat keine Illusionen. Sie weiß, dass du für sie immer nur väterliche Gefühle hegen wirst. Und darum wollte sie auch nicht, dass du erfährst, was sie für dich empfindet. Am besten vergisst du es schnellstens wieder. Alan", fuhr sie sanfter fort, „du darfst da nicht zu viel hineinlesen. Jessica liebt dich auf eine andere Art."

„Du glaubst doch nicht, dass sie sich meinetwegen etwas angetan hat?"

„Warum sollte sie sich nach all den Jahren plötzlich zu Herzen nehmen, dass du ihre Liebe nicht erwiderst? Ich glaube sogar, genau das hat sie immer besonders glücklich gemacht. Es ist für sie sicher, dich zu lieben, weil sie weiß, dass du nicht die Frau in ihr siehst. Sie hatte ernste Probleme mit ihren Gefühlen, oder vielmehr ihrem Mangel an Gefühlen für das andere Geschlecht."

„Das hat mit ihrer Mutter zu tun, oder?"

„Ja, mal wieder." Es war ein Thema, das Eileen und Alan schon zur Genüge diskutiert hatten. „Weißt du noch, wie froh wir waren, als Jessica beschloss, nicht mit ihren Eltern nach Auckland zu ziehen? Wir dachten, das würde ihr Trauma heilen. Ich bin sicher, ich war nahe daran, zu ihr durchzudringen. In unserer gemeinsamen Wohnung in Islington hat sie mich oft an sich herangelassen, vor allem morgens, wenn sie einen Blackout gehabt hatte. Da war sie für eine Weile sehr offen und gesprächig. Aber dann, nach dem Feuer, hatte ich andere Probleme. Und als Jessica und ich wieder zusammenkamen, waren unsere Rollen vertauscht und sie fing an, mich zu bemuttern. Wenn ich versuchte, mit ihr über ihre Eltern zu reden, stellte sie sich einfach taub."

Alan sagte: „Ich bin überzeugt, dass sie die Erinnerung völlig unterdrückt hat. Darum habe ich mich auch verpflichtet gefühlt, Roger wenigstens ansatzweise davon zu erzählen. Gerade so viel, dass er verstand, dass Jessica Liebe nie als sicheren Hafen betrachten würde. Für sie bedeutet Liebe, auf dem offenen Meer zu treiben, während sich am Horizont ein Tornado zusammenbraut."

„Aber ihre Liebe zu dir ist ein Schatz, den sie in einer Höhle auf einer einsamen Insel versteckt hält. Du hättest nie davon erfahren dürfen." Eileen runzelte die Stirn. „Woher weißt du es überhaupt?"

Alan blickte sie abwesend an und gab keine Antwort. Stattdessen sagte er: „Liebe bedeutet immer Sehnsucht, selbst wenn es nicht um sexuelle Erfüllung geht. Was will Jessica von mir? Was kann ich für sie tun, wenn sie wiederkommt?"

„Falls sie wiederkommt", murmelte Eileen bedrückt. Als der Detective über Selbstmord gesprochen hatte, war Eileen plötzlich bewusst geworden, dass Jessica ihr trotz ihrer ruppigen Art immer sehr zerbrechlich vorgekommen war.

„Es muss doch etwas geben, was Jessica braucht, sonst hätte sie keinen Grund, so viel für mich zu empfinden."

„Sie würde wahnsinnig gerne mit dir auftreten. Das ist ihre Vorstellung von Glückseligkeit."

„Ich bin nicht gut genug, um mit ihr zu tanzen. Und zu alt bin ich auch. Dann ist da noch mein Lampenfieber."

Das brachte Eileen in Rage. „Du mit deinen lahmen Ausreden. Du bist viel besser, als du zugibst. Sogar besser als

David, soweit ich das beurteilen kann. Warum spielst du dein Talent immer herunter?"

Alan rieb sich den Nasenflügel. „Du hast mich durchschaut. Wusstest du, dass ich sämtliche Parts der Choreographie für die Show beherrsche, sogar die der Mädels, einschließlich Jessicas?" Er machte eine feminine Handbewegung.

„Warum hast du dich zurückgezogen, als David die Truppe übernahm? Du bist der Boss. Du brauchst vor ihm nicht zu kuschen."

„Ich wollte nicht, dass David und ich zu Konkurrenten werden. Du weißt, wie er ist. Ich konnte nicht riskieren, ihn zu vergraulen. Er ist der beste Choreograph, den ich für Jessica finden konnte."

„Ganz schön vertrackt. Jessica wollte hier nicht weg, weil sie dich liebt. Du hast David für sie gefunden, weil sie das *Caesar* nicht verlassen wollte, als sie ein Angebot von einer Profitruppe hatte. Und jetzt willst du nicht mit ihr tanzen, weil du Angst hast, in Davids Revier zu wildern, was wiederum Jessica unglücklich macht. Eine total neurotische Situation. Ich bin froh, dass ich da nicht mit drinhänge."

„Tust du sehr wohl." Alan berührte sachte ihre Hand. „Simon. Er war mit Jessica zusammen. Und jetzt mit dir, wenn ich mich nicht täusche."

Darauf lächelte sie nur, während ein wohliges Gefühl sich in ihr ausbreitete.

„Wie war die Konferenz?", hakte Alan nach.

Obwohl sie wusste, dass sie ihn in seiner schwierigen Lage nicht noch mehr belasten sollte, erzählte sie Alan, dass sie London bald für längere Zeit verlassen würde, um alles aufs Spiel zu setzen, was sie dank seiner, Jessicas und Simons Hilfe erreicht hatte.

Er reagierte weitaus heftiger, als sie erwartet hatte. „Eileen, wie kannst du nur so leichtgläubig sein? Dieser ach-soberühmte Chirurg braucht dich doch nur als Versuchsobjekt. Er riskiert dabei überhaupt nichts. Er gewinnt immer. Wenn es klappt, kann er sich mit seinem Erfolg brüsten. Wenn es schief geht, kann er aus seinen Fehlern lernen, und du kannst ihn nicht mal verklagen, weil es dich keinen Penny gekostet hat. Es ist mir unbegreiflich, wie du dieser Propaganda verfallen konntest. Oder hat Simon dich beschwatzt? Hat er deswegen mit dir geschlafen?"

Ehe Eileen überhaupt Zeit hatte, herauszufinden, dass es nicht Tränen waren, die sie unterdrücken musste, sondern der Wunsch, Alan eine zu knallen, hatte er sie bereits in den Arm genommen. „Verzeih mir, was habe ich da gesagt? Wie konnte ich nur? Vor lauter Sorge um Jessica muss ich den Verstand verloren haben."

Sie lehnte den Kopf an seine Schulter. Das war genau der soziale Schmierstoff, der Jessica fehlte - sie würde noch lernen müssen, sich zu entschuldigen, wenn sie jemandem wehgetan hatte.

Roger, David und Susan waren alle von Jessica verletzt worden. Konnte es sein, dass einer von den dreien Jessica umgebracht hatte?

„Der Brief. Nun ja." Roger rieb seine Hände, wärmte sie am Kaminfeuer, rieb sie erneut. Er war gerade aus der Kälte hereingekommen. Edgar hatte Rick zuvor ins Wohnzimmer geführt, wo er auf Rogers Rückkehr gewartet hatte.

„Es war dumm von mir, ihn nicht zu erwähnen", sagte Roger mit dem Rücken zu Rick. „Das wirft ein schlechtes Licht auf mich." Er drehte sich um, ging zum Sofa, blieb aber stehen. „Ich denke nicht, dass es eine Verbindung zwischen dem Brief und Jessicas Verschwinden gibt. Ich habe lange darüber nachgedacht."

„Können Sie mir den Brief zeigen?"

„Nein. Jessica muss ihn behalten haben. Ich habe ihn gesucht und Edgar und Nurit befragt. Der Umschlag ist noch da. Aber ist das wirklich von Bedeutung? Sie sagten, Sie wüssten, wer ihn geschrieben hat, und ich kann Ihnen sagen, was drinstand. Die Worte sind in mein Gedächtnis eingebrannt. *Jessica hatte zwei Liebhaber. Einer war David Powell, der andere Simon Jenkinson.*"

„Als Sie den Brief lasen, wie reagierten Sie darauf? Glaubten Sie der Anschuldigung, noch bevor Sie Jessica danach fragten?"

Roger ging hinter dem Sofa auf und ab und ließ seine Faust rhythmisch auf die Lehne heruntersausen. „Ja. Nein. Vielleicht. Es war ein ziemlicher Schlag für mich. Aber ich war letztendlich bereit, ihr zu vergeben."

„Als sie dann am Abend so spät nach Hause kam, waren Sie sicher nicht mehr so nachsichtig."

„Ich kochte vor Wut."

Rick sah Roger lange an.

„War ich wütend genug, um Jessica zu töten?", sprach Roger die offensichtliche Frage aus. „Die Antwort ist Nein. Ich habe nichts dagegen, dass Sie mein Haus und meinen Wagen durchsuchen. Sie werden keine Blutspuren finden."

„Nicht jede Mordmethode hinterlässt Blutspuren."

Roger faltete seine Hände wie zum Gebet. „Herr im Himmel. Ich gebe anscheinend den perfekten Verdächtigen ab. Ich war der Letzte, der Jessica lebend gesehen hat, ich war krankhaft eifersüchtig, ich hatte stundenlang Zeit, ihre Leiche zu beseitigen und alle Spuren zu verwischen. Habe ich etwas ausgelassen?"

„Ihr aufbrausendes Temperament."

Roger lachte unglücklich. „Dann können Sie mich ja eigentlich gleich verhaften."

„Ich bin schon zufrieden, wenn Sie mir erst einmal die Wahrheit sagen."

Roger hob entschlossen das Kinn. „Ich habe meine Frau nicht getötet."

„Haben Sie ihr etwas anderes angetan?"

„Was zum Beispiel? Habe ich sie wegen schlechten Benehmens im Keller eingeschlossen? Oder sie mitten in der Nacht nur mit ihrem Jogginganzug bekleidet aus dem Haus geworfen?"

„Oder haben Sie sie wieder geschlagen, weswegen sie aus Angst weglief?" Rick konnte die Frage nicht weiterverfolgen, weil der Butler Blockley hereinführte.

„Morgen, Sir. Guten Morgen, Mr Warner. Etwas Neues hat sich ergeben. Wir haben einen Zeugen, der Jessica gesehen hat. Sie stieg in einen Wagen, nur wenige Häuser entfernt, an der Ecke Chalcot Crescent."

„Damit wäre ich ja wohl entlastet", rief Roger.

„Es war dunkel. Wie konnten Sie die Farbe von Jessicas Jogginganzug auf eine Entfernung von hundert Metern erkennen?"

Raymond Aldridge, der aufrecht in einem Lehnstuhl saß, knetete seine knochigen Finger. „Nun, Detective, der Anzug hätte natürlich auch orange oder rosa sein können. Aber ich bin mir ziemlich sicher, dass er rot war. Jessica ging gerade an einer Straßenlampe vorbei, als ich sie sah."

Sie waren in Aldridges überheiztem Wohnzimmer in seinem Haus am Chalcot Square. Blockley, der am Fenster stand, machte Notizen. Die Hündin, Jessicas Namensvetterin, lag mit der Schnauze auf den schlanken Pfoten zu Aldridges Füßen. Rick, der sich hinuntergebeugt hatte, um das weiche Fell zwischen ihren Ohren zu kraulen, richtete sich auf und sah sich in dem vollgestopften Zimmer nach einer Sitzgelegenheit um.

„Und Sie sind sich absolut sicher, dass es Jessica Warner selbst war und nicht jemand anderes, der ihren Anzug trug?", fragte er, während er sich auf einen wackeligen Stuhl setzte.

„Zu neunzig Prozent sicher, würde ich sagen. Es lag an der Art, wie sie ging, mit schwingenden Schritten, als würde sie auf den Fußballen hüpfen. Aber ich hatte sie davor erst einmal gesehen, deswegen könnte ich mich auch irren."

„Wie viel Zeit verging, bis sie den Hund angeleint hatten?"

„Höchstens eine halbe Minute."

„Wenn Jessica im gleichen Tempo weitergelaufen wäre, wo wäre sie inzwischen gewesen?"

„Am Eingang zum Park. Ich schaute beide Seiten die Straße hinunter, und dann sah ich sie in den Wagen steigen."

„Hatten Sie den Eindruck, sie würde freiwillig einsteigen, oder schien sie jemand zu zwingen?"

„Im letzteren Fall hätte ich sicher sofort die Polizei verständigt."

„Ich meine, jetzt, wo Sie wissen, dass Jessica verschwunden ist, sehen Sie es vielleicht in einem anderen Licht."

„Ich kann es wirklich nicht sagen."

„Können Sie den Wagen beschreiben?"

„Er war schwarz."

„Vielleicht ein Taxi?"

„Nein, ich bin mir sicher, dass es kein Taxi war. Einfach ein ganz normales Auto. Und ich sah dieses Paar Beine, das hineingezogen wurde."

„Wieso nahmen Sie an, es seien Jessicas Beine?"

„Um genau zu sein, schirmte die Autotür das Licht von der Straßenlaterne ab. Alles was ich sah, waren schlanke Beine in weißen Schuhen."

„Sportschuhe?"

„Ja."

„Und der Fahrer? Ein Mann oder eine Frau?"

„Ich weiß es nicht. Ich hätte besser aufgepasst, wenn ich geahnt hätte, was auf dem Spiel steht."

„Es ist in Ordnung, vage Aussagen zu machen. Viele Zeugen erfinden einfach etwas, und das hilft uns auch nicht weiter. Sie konnten nicht wissen, dass sie die letzte Person sind, die Jessica sieht. Waren noch andere Leute auf der Straße?"

„Nicht viele. Niemand, den ich kannte."

„Fällt Ihnen sonst noch etwas ein? Ein Detail, das Ihnen zunächst nicht von Bedeutung schien?"

Aldridge rieb sich abwechselnd die Handrücken. „Der Wagen fuhr in ganz normalem Tempo weiter." Mit spitzbübischem Grinsen fügte er hinzu: „In Filmen machen sich Kidnapper immer mit quietschenden Reifen aus dem Staub."

Trotz des grauen Winterwetters wirkte Chalcot Square nicht allzu bedrückend, dank der weißen, blauen, gelben und rosafarbenen Fronten der Reihenhäuser, die einen kleinen Park mit Bänken und einem Spielplatz umschlossen. Viele der Häuser wurden gerade renoviert, noch mehr waren unbewohnt, erkennbar an den Schildern, auf denen sie von Maklern zum Verkauf oder zur Miete angeboten wurden. Rick und Blockley gingen den Chalcot Crescent entlang zu der Stelle, wo Aldridge Jessica gesehen hatte.

„Wie sind Sie mit Susan vorangekommen?", fragte Rick.

„Ich hatte keine Gelegenheit, sie zu sprechen. David war an der Tür."

„David? Wohnt er nicht bei einem Freund?"

„Ja, aber er war trotzdem da und versperrte mir den Weg und ließ mich nicht mit seiner Frau sprechen. Er sagte sie, sei noch im Bett."

„Um wie viel Uhr waren Sie dort?"

„Fünf nach zehn. Ich habe versucht, David ein paar Fragen zu stellen, aber er sagte nur etwas Seltsames von Unglück, das nicht einzeln kommt wie Kundschafter, sondern haufenweis."

Rick grinste. „Da hat er Hamlet falsch zitiert. Es heißt scharenweis, nicht haufenweis. Wie ist er denn?"

„Blond, gepierct, viril", fasste Blockley zusammen. „Ich konnte ihn auf Anhieb nicht ausstehen. Ich würde sagen, er ist emotional unausgeglichen."

„Was unter den Umständen durchaus zu verstehen wäre - die Premiere, Jessicas Verschwinden, seine Eheprobleme."

Sie kamen an der Ecke Chalcot Crescent und Regent's Park Road an, dem Ort, an dem Jessica zum letzten Mal gesehen worden war. Zu ihrer Linken stand ein verlassenes, dreistöckiges Haus, umgeben von einer Mauer. Rick notierte sich die Hausnummer.

„Noch so eine schwer verkäufliche Immobilie", bemerkte Rick mit Blick auf die dunklen Fenster. „Da wohnt leider niemand, den wir fragen könnten, ob er Jessica oder das Auto gesehen hat. Wir klingeln nebenan, aber zuerst testen wir die Lage. Ich gehe zum Parkeingang und schaue, ob ich Sie über die Entfernung erkennen kann. Wenn Sie mich auf die Uhr gucken sehen, kommen Sie auf mich zu."

„Mit schwingenden Schritten, Sir?"

Rick verdrehte die Augen und spazierte zum Park. Als er sein Ziel erreicht hatte, sah er die Straße hinunter. In seinem braunen Mantel hätte Blockley jeder sein können. Sein Gesicht unter dem dichten braunen Haar ließ sich nicht erkennen. Rick sah auf seine Armbanduhr und wartete, bis der Sekundenzeiger einmal halb herum war. Als er wieder aufsah, war Blockley nur noch wenige Schritte entfernt. In der gleichen Zeit hätte Jessica beispielsweise in den Chalcot Crescent abbiegen und aus der Sicht des alten Mannes verschwinden können - falls es wirklich Jessica war, die er gesehen hatte. Auch über das Auto wussten sie zu wenig, um die Spur zu verfolgen.

„Das bringt uns auch nicht weiter", sagte Rick. „Ich habe jetzt noch eine Anhörung vor Gericht. Wir treffen uns heute Abend im *Caesar*."

Blockleys Augen leuchteten. „Da gönnen wir uns wirklich einmal etwas."

Rick zwang sich zu einem Lächeln, merkte dann, wie sich sein Gesicht entspannte und einen Ausdruck aufrichtiger Freude annahm. Bei näherer Betrachtung stellte er überrascht fest, dass es die Vorstellung war, Eileen wiederzusehen, die ihn so aufmunterte.

Kreuzschlitz

12/19

Kreuzschlitz

Victor, ein schlaksiger junger Russe, saß auf der Massageliege und stöhnte. „Es muss das Lampenfieber sein. Meine Muskeln spannen sich an und dann tut es weh."

Simon machte die Bandage fest, die er um Victors Knie gewickelt hatte. „Wenn du erst mal auf der Bühne stehst, wirst du alles um dich herum vergessen, auch die Schmerzen. Sollte es doch schlimmer werden, kann David dich jederzeit ablösen."

„Oh, nein. Lasst mich aus allem raus", sagte David und zupfte an seinem Ohrring. „Gib ihm doch eine Spritze."

„Schmerz ist ein Warnsignal, das man nicht unterdrücken sollte", erwiderte Simon.

Alan wollte gerade etwas zu David sagen, als Victor ihm versicherte, dass er schon zurechtkommen würde. „Ich falle in Ohnmacht, wenn ich nur eine Spritze sehe."

„Ich bin den ganzen Abend hier und kann dir jederzeit eine Massage geben."

„Danke, Simon." Victor sprang auf die Füße, beugte ein paar Mal die Knie und ging.

Simon rollte die restliche Bandage auf. „Ich denke, jetzt bin ich mit allen durch. Du hast eine Truppe von Invaliden, Alan."

Alan grinste. „Jeder will eben von deinen magischen Händen berührt werden."

Er ging ebenfalls und ließ Simon und David allein in dem engen Raum zurück.

„Was denkt Alan eigentlich, was er da macht?", giftete David. „Wie kann er so kaltherzig sein und die Show ohne Jessica aufführen?"

Simon antwortete mit einem Schulterzucken.

„Dich scheint es ja nicht weiter zu belasten, dass sie verschwunden ist", fuhr David fort. „Du hast sie genauso leichtfertig benutzt wie jede andere Frau. Für dich war sie nur ein Sexobjekt. Für mich ist sie eine Rose, die sich in ihren eigenen Dornen verfangen hat."

„Was für Dornen? Dass ich nicht in sie verliebt war, heißt nicht, dass ich mir keine Sorgen mache. Die Situation ist der reinste Horror."

„Simon, hast du jemals geliebt? Hast du jemals den Wunsch verspürt, den Rest deiner Tage mit einem ganz speziellen Menschen zu verbringen, Verantwortung zu übernehmen, Kinder zu haben?"

Simon hätte David erzählen können, dass er in der Tat ein Kind hatte: Peter, seinen sechzehnjährigen Sohn, der aufgrund von Sauerstoffmangel bei der Geburt schwer behindert war und bei Simons älterem Bruder und dessen Familie lebte. Er hätte ihm erzählen können, dass Geena, Peters Mutter, bei der Geburt gestorben war und ihn als jungen Witwer zurückgelassen hatte, der weder mit seinen Gefühlen noch mit seinen Finanzen klarkam und sein Medizinstudium aufgeben musste.

All das hätte er ihm erzählen können, und für einen Augenblick war er versucht, es zu tun. Man beurteilt Menschen oft falsch, wenn man nur ihr Verhalten berücksichtigt. Bei David spürte er Unterströmungen hoher Sensibilität. Sicher hatte auch er seine Traumata zu bewältigen. Wenn Simon offen mit ihm darüber sprach, konnten sie sich vielleicht besser anfreunden. Er versuchte, das Gespräch in eine persönliche Richtung zu lenken, indem er sagte: „Es tut mir leid, dass du und Susan euch getrennt habt."

David ging nicht darauf ein. Er meinte nur schnippisch: „Du kannst sie ja trösten."

Dann ging er und ließ Simon betreten zurück. Susan zu erwähnen, war wohl doch etwas taktlos gewesen. Er war erleichtert, als Eileen hereinkam, auch wenn ihre betont aufrechte Haltung zeigte, dass sie sich nicht anmerken lassen wollte, wie müde sie war.

„Es geht zu wie in einem Bienenstock", sagte sie und schloss die Tür hinter sich. „Ein gewisser Sergeant Blockley versucht, mit Claudia zu flirten, und bringt sie völlig durcheinander."

„Ich bin ihm begegnet. Netter Kerl. Sagt, er sei elektrisiert von der Atmosphäre." Simon grinste und half ihr, sich auf die Massageliege zu setzen. Er stand vor ihr, mit den Händen auf ihren Hüften. „Wie war dein Tag?"

„Ich wurde so mit Arbeit zugeknallt, dass ich zwischendurch ein Nickerchen machen musste, um es durchzustehen."

„Und dein Training?"

„Du kennst keine Gnade."

Er ließ seine Hände an ihren Seiten hochgleiten, bis er mit den Daumen ihre Brustwarzen erreichen konnte. Sie versteiften sich unter seiner Berührung.

„Nicht hier, Simon, wo jeden Augenblick jemand hereinkommen kann."

„Das stört mich nicht." Er küsste sie hingebungsvoll. Eine wundervolle Wärme breitete sich in ihm aus. „Ich frage mich, warum ich so lange gebraucht habe. Drei Jahre, bis mir klar wurde, dass ich dich liebe. Ein Jahr, um die Gefühle zu akzeptieren, denen ich seit Geenas Tod aus dem Weg gegangen bin. Und dann noch ein Jahr, um den Mut aufzubringen, dich zu verführen."

„Wahrscheinlich musstest du erst die Liste deiner geplanten Eroberungen abarbeiten."

Er lachte. „Touché. Wie war deine Begegnung mit der Polizei?"

„Du meinst Inspector London? Ich hoffe, es macht dir nichts aus, dass ich ihm von dir und Jessica erzählt habe."

„Das hat sich mittlerweile sowieso verbreitet wie ein –" Er hüstelte.

„Ein Buschfeuer? Hey, seit wann passt du so auf, wie du mit mir redest?"

„Seit mir klar geworden ist, wie gedankenlos es von mir war, eine Affäre mit Jessica anzufangen. Ich bin sicher, du hast gelitten, als sie dir die heißen Details erzählt hat."

„Damit hat sie nur meine Fantasien weiter angeheizt. Ich neige nicht zur Eifersucht."

„Von jetzt an wirst du auch keinen Grund mehr dazu haben", sagte er feierlich.

Sie zog ungläubig die Brauen zusammen. „Du willst nicht mehr in jedes Bett hüpfen? Selbst dann nicht, wenn ich mehrere Monate in den Staaten bin?"

„Ich komme sowieso nach, um sicherzugehen, dass du meinen Ansprüchen gemäß behandelt wirst. Und anschliessend machen wir gemeinsam Urlaub. Was meinst du? Schau doch nicht so traurig."

Sie lehnte ihre Stirn an seine. „Alan sagte, ich würde ein zu großes Risiko eingehen."

„Lass dich nicht von Alans Pessimismus anstecken. Meine Meinung zählt mehr als seine. Ich bin älter und erfahrener."

„Erfahrung heißt manchmal nur, dass man die gleichen Fehler sehr gekonnt wiederholt", sagte Eileen schwermütig.

„Ich liebe deine rätselhaften Äußerungen, Kleines, aber was hat das mit deiner Operation zu tun?"

„Natürlich nichts. Ich rede dummes Zeug." Sie küsste ihn zärtlich. „Ich würde gerne bei dir in deinem romantischen Separee bleiben, aber ich habe Laura versprochen, die Show anzusehen. Sie findet, dass ich auf sie ermutigend wirke."

„Ich bin hinter der Bühne und schaue von dort aus zu, damit ich immer einsatzbereit bin, wenn jemand mich braucht."

Wenige Minuten vor Beginn der Vorstellung zwängte sich Rick durch den Mittelgang.

„Sir?"

Rick drehte sich um und sah Blockley, der ihn begrüßte. „Ich war hinter der Bühne. Ich dachte, wir würden uns dort treffen."

„Der Gerichtstermin wollte einfach kein Ende nehmen." Rick folgte Blockley zu ihren Plätzen in der zweiten Reihe und war entzückt, als er sah, dass er neben Eileen saß. Er beugte sich zu ihr hinüber. „Hallo, Mrs Lanigan."

„Hallo, Detective." Sie schien sich über ihn zu freuen. „Ich habe immer noch Ihr Taschentuch. Ich habe heute Nachmittag so viel geweint, dass es Tage dauern wird, bis es getrocknet ist."

Er war von ihr so angetan, dass er wünschte, er hätte genug Zeit gehabt heimzufahren, sich umzuziehen und zu rasieren. Kurz darauf wünschte er außerdem, er hätte Ohrstöpsel mitgebracht. Die Musik hämmerte und dröhnte. Blockley war wie in Trance, Eileen sehr konzentriert. Es war eine inspirierte und außergewöhnliche Inszenierung, aber nicht Ricks Fall. Er stand nicht auf Erdbeben. Wäre nicht zwischendurch immer wieder ein ruhigerer Titel gespielt worden, hätte er eine Kriegsneurose entwickelt. Während der Pause ging Blockley wieder irgendwelchen Aktivitäten hinter der Bühne nach. Rick blieb auf seinem Platz, denn wenn er erst einmal draußen und damit in Sicherheit wäre, hätten ihn keine zehn Pferde mehr hinein gekriegt. Eileen erzählte ihm, wie viel Spaß sie beim Aussuchen der Kostüme in einem Lack- & Leder-Geschäft in Soho gehabt hatten.

„Der Inhaber wollte uns immer seine Peitschen zeigen, weil er dachte, wir planten eine Sadomaso-Fete. Er wollte wissen, ob Jessica unsere Domina sei. David regte sich ziemlich auf, wahrscheinlich, weil er sich getroffen fühlte. Jessica hat ihn sehr stark beherrscht. Simon erklärte dann mit todernster Miene, dass wir eine Pornoversion von *Der Widerspenstigen Zähmung* aufführen. Es war zu komisch." Sie errötete. „Ich weiß auch nicht, was heute mit mir los ist. Ich rede lauter Unfug."

Die zweite Hälfte der Vorstellung war erträglicher, aber Rick war trotzdem froh, als das Finale vorbei war. Pflichtschuldig fiel er in den donnernden Applaus ein.

„Sir", hauchte Blockley in sein Ohr.

„Ja?"

„Alan ist hier. Er sagt, er braucht unsere Hilfe."

Sie verließen ihre Plätze und folgten Alan in den Vorraum.

„Ich glaube, er ist tot", sagte er. „Ich habe sofort den Notarzt verständigt, gleich als ich ihn gefunden habe, aber es ist vielleicht schon zu spät. Ich konnte mich nicht dazu überwinden, nach seinem Puls zu suchen."

„Bringen Sie uns hin", bat Rick, ohne nachzuhaken, wer tot war. Alan Widmark machte nicht den Eindruck, als könnte er irgendwelche Fragen verkraften.

Er führte sie hastig die Haupttreppe hinunter und dann in den letzten Raum am Ende des Korridors, in der Nähe der Wendeltreppe zur Bühne. „Hier drin."

Der leblose Körper eines Mannes lag über eine Massageliege gekrümmt. Aus seinem Rücken ragte grotesk ein runder Griff, der vermutlich zu einem Werkzeug gehörte. Rick legte zwei Finger auf die Halsschlagader und bemerkte den blutigen Schaum im Mundwinkel des Opfers. „Er lebt noch."

„Das da gehört Jessica", sagte Alan mit schwacher, tonloser Stimme. „Der rote Griff ... es ist ihr Schraubenzieher.

Jemand hat Simon mit Jessicas Schraubenzieher niedergestochen." Alan klickte ungeduldig mit den Absätzen. „Der Arzt müsste jeden Moment hier sein. Ich sagte, der Krankenwagen soll zum Bühnenausgang kommen - so sind sie am schnellsten drin."

„Wie lang ist das Werkzeug?"

„Etwa zwölf Zentimeter. Ein - wie heißt das noch - ein ... Kreuzschlitzschraubenzieher!"

Endlich war die Sirene zu hören.

„Passen Sie auf, dass niemand herunterkommt", sagte Rick zu Blockley und ging den Bühnenausgang am anderen Ende des Korridors öffnen. Ein junger Arzt, der ein Beatmungsgerät trug, sowie zwei Sanitäter mit einer Trage folgten Rick.

„Ich bin Detective Inspector London."

Der Arzt sah sich den Winkel an, mit dem der Griff aus dem Rücken ragte. „Weiß jemand, was das ist und wie lang?"

„Ein Schraubenzieher", antwortete Alan. „Etwa zwölf Zentimeter."

„Das ist schlecht", sagte der Arzt. „Es hat wahrscheinlich Lunge und Herz erwischt. Es dürfte vor wenigen Minuten passiert sein, sonst könnten wir ihn gleich in einen Leichensack stecken." Er wandte sich an die Sanitäter. „Sein Oberkörper darf nicht erschüttert werden." Behutsam hoben sie Simon bäuchlings auf die Trage. Das Beatmungsgerät wurde angeschlossen. Rick ging mit ihnen, als sie die Trage den Gang hinunterfuhren. „Wo bringen Sie ihn hin?"

„Ins *Middlesex Hospital*."

„Bitte versuchen Sie, keine Fingerabdrücke zu hinterlassen, wenn Sie die Waffe entfernen."

Er sah zu, wie die Rollen hochgeklappt und die Trage in den Krankenwagen geschoben wurde. Rick schloss die Tür, um die Kälte und die rotierenden Lichter auszusperren. Die Sirene begann wieder zu heulen.

Eine halbe Stunde später hatte Rick die Situation weitgehend unter Kontrolle. Die Zuschauer waren beim Verlassen des Theaters überprüft worden, die Tänzer und Bühnentechniker saßen jetzt auf den gepolsterten Stühlen, tranken Kaffee aus Plastikbechern und beschwerten sich, dass sie nicht in ihre Umkleideräume durften. Zwei Journalisten, die eigentlich eine Premierenbesprechung schreiben sollten, hatten weitere Pressefritzen angerufen, und Rick hatte sie gekonnt abgewimmelt. Im Keller wurde der Tatort bereits erkennungsdienstlich untersucht. Blockley und drei Constables sorgten dafür, dass alles seinen ordentlichen Ablauf nahm.

Rick belegte vorübergehend Eileens Büro. Auf dem Schreibtisch hatte er den Bauplan des *Caesar* ausgebreitet und darauf den Tatort und die drei Zugangswege markiert: den Bühneneingang, die Wendeltreppe und das Haupttreppenhaus. Zehn Minuten hatte er damit zugebracht, diverse Telefonate zu erledigen. Roger Warner hatte er nicht ausfindig machen können, darum hatte er jemanden von der Polizeiwache angefordert, der ihn daheim und in seinem Büro suchen sollte.

„Fangen wir mit den Befragungen an. Blockley, Sie übernehmen die Techniker. Jede noch so kleine Beobachtung kann uns weiterhelfen. Fragen Sie jeden, ob er bemerkt hat, dass ein Unbefugter sich hinter der Bühne herumtrieb." Rick nahm einen Schluck dampfenden Kaffees. Es würde eine lange Nacht werden.

Alan Widmark war sein erster Gesprächspartner. Er schien sich weit genug erholt zu haben, um eine Aussage zu machen, aber Rick wusste, dass ein Teil von ihm nie darüber hinwegkommen würde. Gewalt schlägt unheilbare Wunden in der Seele. Jedes Verbrechen ist eine Form von Vergewaltigung.

„Wie geht es Simon?", fragte Alan.

„Er wird gerade operiert."

„Warum durfte ich den anderen nicht erzählen, was passiert ist? Sie denken doch nicht etwa, dass es einer von uns war?"

„Halten wir uns nur an die Fakten. Was genau ist passiert? Versuchen Sie bitte, sich an jede Kleinigkeit zu erinnern."

Alan sah an die Decke. „Ich sah Simon das letzte Mal hinter der Bühne, etwa fünfzehn Minuten vor dem Ende der Show. Victor brauchte eine Spritze vor seinem Solo, und die beiden gingen zusammen hinunter. Ich erinnere mich daran, weil Victor ein ziemlicher Feigling ist, was Spritzen anbetrifft. Zehn Minuten danach ging ich selbst hinunter, um Simon zu holen, damit er auch etwas vom Applaus hatte. Und da fand ich ihn. Sie haben gehört, was der Arzt sagte - wenn ich eine oder zwei Minuten früher da gewesen wäre, hätte ich es verhindern können."

„Wer war noch im Untergeschoss?"

„Niemand. Zum Finale waren alle auf der Bühne."

„Und kurz davor?"

„Hinter der Bühne ist ein Umkleideraum, damit die Tänzer nicht ständig die Wendeltreppe hinuntergehen müssen."

„Und die Techniker?"

„Werden auch alle oben gebraucht."

„Sahen Sie jemanden hinuntergehen?"

„Nein, ich habe mir die Show angesehen. Die Wendeltreppe ist um die Ecke hinter den Toiletten. Ich habe wirklich lange nachgedacht, aber mir ist sonst nichts eingefallen. Man sieht nicht viel, weil es recht dunkel ist hinter der Bühne."

„Sie gingen also direkt in Simons Zimmer?"

Alan nickte. „Es passierte alles so schnell. Ich sah ihn daliegen, rannte ins Büro, um den Notarzt zu rufen, und ging Sie holen."

„Und Sie sahen oder hörten niemanden?"

„Nein, wirklich nicht. Gott, ich kam nur eine Minute zu spät." Alan runzelte die Stirn. So langsam schien ihm zu dämmern, was das bedeutete. „Sie glauben, der Täter war noch in der Nähe und versteckte sich irgendwo?"

„Das ist wahrscheinlich", bestätigte Rick.

„Und als ich wieder weg war, hat er die Gelegenheit genutzt, um abzuhauen. Oh, verdammter Mist!" Alan presste die Lippen zusammen.

„Besser, als wenn er Sie auch noch angegriffen hätte. Wo bewahrt Jessica ihren Schraubenzieher normalerweise auf?"

„In ihrer Garderobe, entweder auf dem Schminktisch oder in einer Schublade. Wir haben jede Menge Schraubenzieher. Wir brauchen sie, um die Metallplatten an den Schuhen festzuziehen."

Rick schraubte seinen Füller auf. „Sehen wir uns einmal die möglichen Motive an. Simon war sehr beliebt. Wer könnte ihn so sehr hassen, dass er ihn töten wollte?"

Alan machte eine hilflose Geste. „Na, Roger. Er könnte mit Jessicas Schlüssel zum Bühnenausgang hereingekommen sein. Niemand hätte ihn bemerkt."

Rick begann, unregelmäßige Muster auf ein Blatt Papier zu kritzeln. „Der Täter benutzte Jessicas Schraubenzieher, um ihren Ex-Lover zu erstechen."

„Wie ist es mit David? Sollte er nicht gewarnt werden?"

Rick schrieb „David" und umrahmte den Namen mit Tränen. „David hat auch ein Motiv. Er war immer noch in Jessica verliebt, als sie mit Simon zusammen war." Rick zeichnete ein Herz, durchbohrt von Amors Pfeil. Wie aggressiv dieses Symbol für Liebe aussah.

„Wenn es um Eifersucht geht, sollten Sie sich Luigi, Lauras Freund, näher ansehen. Er ist ein sehr leidenschaftlicher Italiener."

Rick runzelte die Stirn. „Jetzt habe ich den Faden verloren. Wer ist Laura?"

„Jessicas Zweitbesetzung. Sie und Simon hatten einen One-Night-Stand."

„Ich werde mit Laura darüber reden." Rick zerknüllte das Blatt und zielte damit auf den Papierkorb neben dem Computertisch. Es prallte am Rand ab. „Aber was könnte Luigi mit Jessicas Verschwinden zu tun haben?"

„Da Jessica aus dem Weg ist, kann Laura die Hauptrolle tanzen", erwog Alan, änderte dann aber seine Meinung. „Ich sollte so was nicht sagen. Es ist bereits ein Verbrechen, jemanden dieser schrecklichen Tat zu beschuldigen. Ich mag Luigi nur deswegen nicht, weil er so ein Weiberheld ist."

„Genau wie Simon."

„Aber es ist nicht das Gleiche. Simon würde nie einer Frau einen Heiratsantrag machen, weil er weiß, dass er nicht treu sein kann. Luigi machte Laura vor aller Augen während unserer Weihnachtsfeier einen Antrag. Laura wusste nicht, wie sie reagieren sollte. Man kann Luigi und Simon nicht in einen Hut werfen."

Nachdem er nichts mehr zum Bekritzeln, Zerknüllen und Zielen hatte, lehnte sich Rick zurück und versuchte, sich zu entspannen. Er spürte, dass er nicht auf der richtigen Spur war. Wann hatte er die Weichen falsch gestellt? „Wie kommen die anderen mit Luigi zurecht?"

„Schwer zu sagen, er ist nicht oft hier. Die Mädels finden ihn entweder göttlich oder unausstehlich. David behandelt ihn wie eine Schmeißfliege. Einmal, als Luigi David kritisierte, weil er die Art, wie David Laura behandelte, nicht mochte - und da hatte er gar nicht mal unrecht - also, da hat David ihn in nachgemachtem Italienisch beleidigt. Das war in Luigis

Restaurant, eine ganz noble Angelegenheit, wo man ausgezeichnete Pastagerichte bekommt. Simon und ich essen dort manchmal. Simon ist einer der wenigen, die mit Luigi klarkommen. Nein, er kann es nicht gewesen sein."

„Danke. Ich werde als Nächstes mit Eileen reden, damit sie nicht so lange warten muss."

Alan bedeckte sein Gesicht mit den Händen. „Ich weiß nicht, wie sie das ertragen soll. Bitte lassen Sie mich dabeibleiben, wenn Sie mit ihr reden. Sie wird seelischen Beistand brauchen, wenn Sie erfährt, was mit Simon passiert ist."

Rick hatte vollstes Verständnis.

„Eileen, Kleines, ich –", begann Alan, als Eileen hereinkam, und Rick unterbrach ihn schnell.

„Bitte setzen Sie sich, Mrs Lanigan."

„Es geht um Simon, nicht wahr?", sagte sie. „Er ist der Einzige, der fehlt. Was ist passiert?"

Rick schilderte ihr, was vorgefallen war. „Da Sie die ganze Zeit neben mir saßen, wissen Sie so wenig wie ich, was sich hinter der Bühne abspielte. Ich kann Sie daher nur fragen, ob Sie sich vorstellen könnten, wer ein Motiv für die Tat hatte."

„Roger. David. Dutzende von anderen." Ihre Stimme klang mechanisch.

„Simon muss ja wirklich ein toller Hecht sein", bemerkte Rick gedankenlos.

Urplötzlich begann Eileen, asthmatisch zu keuchen. Krämpfe liefen durch ihren Körper.

Rick griff nach dem Telefon. „Ich rufe den Notarzt."

„Das wird nicht nötig sein." Alan blieb erstaunlich ruhig. „Sie hat einen ihrer Anfälle. Man kann nur warten, bis es vorbei ist."

Rick ging zu Eileen.

„Nein, rühren Sie sie nicht an", warnte Alan. „Das würde die Spasmen nur verlängern."

Hilflos wartete Rick. „Wie lange wird es denn dauern?"

„Zwei bis drei Minuten. Ich bin nicht etwa herzlos, aber ich habe es schon so oft mitangesehen. Wenn ich könnte, würde ich Eileen gerne die Schmerzen abnehmen."

In dem Moment setzte sich Eileen wieder auf. Ihre Augenlider waren zusammengepresst, ihr Mund verkniffen. Ihr Atem pfiff durch die Nasenlöcher.

„Ich nehme sie mit nach oben." Alan legte einen Arm um sie. „Sie sollte heute Nacht nicht alleine sein. Bitte halten Sie mich auf dem Laufenden."

Rick, der an Eileens Seite gekniet hatte, stand auf und nickte.

David Powell kam mit vorwurfsvoll ausgestreckten Fingern hereinstolziert. „Warum wurden unsere Fingerabdrücke genommen? Was soll das alles? Überall wimmelt es von Polizisten, die uns ohne Erklärung den Zutritt zu den Umkleideräumen verwehren. Was gibt Ihnen das Recht, uns wie Kriminelle zu behandeln?"

Rick kreuzte die Arme vor der Brust. „Mr Jenkinson wurde niedergestochen", sagte er knapp.

David sank in einen Stuhl. „Oh, das wusste ich nicht." Er kämmte sein blondes Haar mit einer hastigen Handbewegung zurück.

„Wann haben Sie ihn das letzte Mal gesehen?", fragte Rick.

„Irgendwann während der zweiten Hälfte." Ein leichtes Schulterzucken, eine vage Handbewegung - an David hätte man Körpersprache studieren können.

Rick vermutete, dass David sich aufspielte, um sein Unbehagen zu verbergen. „Sind Sie während der zweiten Hälfte hinuntergegangen?"

„Nein, wozu?" Sein verkniffener Gesichtsausdruck sagte: Gott, sind Sie schwer von Begriff.

„Sahen Sie jemand anderen hinuntergehen?"

„Nein, niemanden. Sagen Sie, sie wollen doch nicht andeuten, dass Sie einen von uns verdächtigen?"

Rick beschloss, es als rhetorische Frage abzutun. „Was taten Sie, während Victor sein Solo tanzte?"

David runzelte die Stirn. „Ich sprach mit Laura und gab ihr ein paar Anweisungen."

„Und während des Finales?"

„Da musste ich auf die Toilette. Anschließend traf ich Helen, die aus einem Umkleideraum kam."

„Fehlte jemand?"

„Ich zähle meine Tänzer nicht ständig nach", sagte David mit einem unangebrachten Lachen.

„Zu dumm", meinte Rick. „Erzählen Sie mir etwas über Mr Jenkinson."

David fuhr sich mit dem Daumennagel über die Stirn. „Simon war jemand, den man einfach mögen musste, obwohl es hieß, er sei sexbesessen. Frauen fanden ihn unwiderstehlich. Ihre Rückschlüsse daraus können Sie selber ziehen." Letzteres war in einem Tonfall gesagt, der an Unverschämtheit grenzte.

„Schlüsse zu ziehen ist eine der Tätigkeiten, für die man mich bezahlt." Rick legte seine Hände auf den Schreibtisch und studierte ihre Knochenstruktur. „Sie reden über Mr Jenkinson, als wäre er bereits tot."

„Sie sagten, er sei erstochen worden."

„Ich sagte niedergestochen."

„Das habe ich dann wohl falsch verstanden." David schien es gar nicht zu mögen, in der Defensive zu sein. Er rutschte auf seinem Stuhl hin und her.

„Findet Ihre Frau ihn auch unwiderstehlich?"

„Susan würde mich nie betrügen, wenn es das ist, worauf sie anspielen wollten."

„Würden Sie es denn tun?"

„Bitte?"

„Sie betrügen." Ricks Fragen folgten jetzt Schlag auf Schlag.

„Das geht Sie nichts an."

„Sie hatten eine Affäre mit Jessica."

„Wer behauptet das?"

„Hatten Sie eine Affäre?", beharrte Rick.

„Was hat das mit dem Angriff auf Simon zu tun?"

„Simon hatte ebenfalls ein Verhältnis mit Jessica."

„Ja, aber das war nach mir." David war in die Falle getappt. „Also wirklich, Sie wollen doch nicht behaupten, dass ich Jessicas Abwesenheit dazu nutzte, um den Liebhaber anzugreifen, den sie *nach* mir hatte."

„Eifersucht ist ein weitverbreitetes Motiv für Verbrechen aller Art."

„Wenn das so ist, dann stehen sicher Dutzende von eifersüchtigen Männern Schlange, die mit Simon ein Hühnchen zu rupfen haben. Unnatürliche Taten bringen unnatürliche Verbrechen hervor."

„Unnatürliche Unruhen", verbesserte Rick das Macbeth-Zitat. „Es ist schon erstaunlich, dass Simon so lange überlebt hat."

Der Sarkasmus entging David völlig. „Sie haben ein verzerrtes Bild von der Welt, Mr London. Das hängt wohl mit Ihrem Beruf zusammen. Glauben Sie mir, Sie sind nicht von Bösewichten umgeben. Wir sind eine hart arbeitende Truppe von Tänzern, die das Beste aus ihrem Talent machen, um das

Publikum zu unterhalten. Simon war so etwas wie der Schmierstoff im Getriebe. Sie müssen doch sehen, wie absurd es ist, jemanden von der Truppe zu verdächtigen."

„Ich habe nie behauptet, dass ich jemanden aus der Truppe verdächtige. Ich sammle nur Informationen."

David sagte erst einmal nichts mehr, was Rick Gelegenheit gab, ihn zu studieren. Er fand ihn auf einschüchternde Art gut aussehend mit seinem akkuraten Haarschnitt, den zwei Ohrringen in einem Ohrläppchen, dem sinnlichen Mund. Seine Arroganz war dabei gar nicht maßgebend, sondern die Selbstgefälligkeit, dieses Gefühl, der Mittelpunkt des Universums zu sein. Sicher war er der Stolz seiner Eltern gewesen. Eine ihm völlig ergebene Frau und eine steile Karriere hatten nicht dazu beigetragen, sein Weltbild geradezurücken. Als Jessica seine Illusionen zerstörte, hatte ihn das vielleicht so aus dem Gleichgewicht gebracht, dass er Vergeltung suchte.

„Erzählen Sie mir von Samstagabend."

„Rogers Geburtstag? Das war eine gewöhnliche, todlangweilige Dinnerparty."

„Mit einem nicht so langweiligen Zwischenfall, der sie veranlasste, Jessica wieder eine Liebeserklärung zu machen."

David verschränkte die Arme und sah an Rick vorbei.

„Sie hatten einen heftigen Streit. Jessica hat Sie abserviert. Es muss wehgetan haben, vor allem, wenn man bedenkt, dass sie Sie letztes Frühjahr schon einmal zurückgewiesen hat."

David zuckte zusammen. „Das hat Ihnen wohl Eileen erzählt. Wahrscheinlich eine übertriebene Schilderung von dem, was sie von Jessica wusste, die sich nach Rogers Ohrfeige völlig in Hysterie hineingesteigert hatte."

„Sie wollten sie zurückgewinnen."

„Es ist nicht gerade abwegig, eine Frau beschützen zu wollen, die man liebt."

„Sie müssen am Boden zerstört gewesen sein, als sie von ihrer Schwangerschaft erfuhren."

Davids Gesichtszüge froren ein.

„Sie waren so schockiert, dass Sie heimfuhren, ohne Ihre Frau mitzunehmen."

„Ich war *wegen* meiner Frau schockiert", erklärte David. „Susan hatte Jessica und mich belauscht. Bis zu dem Zeitpunkt wusste sie nichts von dem Verhältnis."

Detective Constable Rowlands kam herein und reichte Rick eine Notiz, die er schnell überflog. Roger war gefunden worden. Rick sah David an. „Sergeant Blockley versuchte heute Morgen, mit Ihrer Frau zu sprechen. Wussten Sie, dass sie Roger einen Brief geschrieben hat?"

„Das hat sich längst herumgesprochen."

„Was wird sie wohl denken, wenn sie erfährt, was mit Simon passiert ist? Dass Roger ihn töten wollte und dass sie schuld ist? Dass sie auch Ihr Leben in Gefahr gebracht hat?"

„Ich habe keine Angst vor Roger. Soweit ich weiß, war er heute Abend nicht hier."

„Nein, er war in seinem Büro in Bloomsbury, nur eine kurze Fahrt entfernt."

„Dann sollten Sie mir vielleicht Geleitschutz anbieten."

„Wo werden Sie heute Nacht sein, Mr Powell?"

„Im Haus meines Freunds, Norman Patmore. Die Adresse ist –"

„Wir haben die Adresse. Wo waren Sie am Dienstagmorgen?"

David legte seine Handflächen auf den Tisch, als wolle er aufstehen. „Ist das relevant in Bezug auf das, was heute hier passiert ist?"

„Es ist relevant in Bezug auf Jessicas Verschwinden."

„Ich sehe schon, Sie wollen zwei Fälle auf einmal lösen. Brillant. Um mir weitere Fragen zu ersparen, gebe ich Ihnen einen kurzen Bericht. Am Montagabend sah ich Jessica zum letzten Mal. Wir hatten das Video gedreht. Danach ging ich heim, nicht ins Pub mit den anderen, weil Susan krank war. Sie hatte den ganzen Tag über unseren Problemen gebrütet und attackierte mich mit Fragen. Wir stritten uns und ich hielt es für besser, auszuziehen. Norman, ein Freund von mir, ist derzeit in Kanada. Seine Wohnung ist in der Nähe von unserer. Ich gieße seine Pflanzen und sortiere seine Post. Es war eine ideale Zwischenlösung für mich, dort einzuziehen. Dienstagmorgen musste ich einkaufen gehen, weil der Kühlschrank leer war. Am Nachmittag war ich hier auf der Generalprobe. Abends habe ich ferngesehen. Heute Morgen ging ich in meine Wohnung, um noch ein paar von meinen Sachen zu holen. Ich fand Susan bei geschlossenen Vorhängen auf dem Bett sitzend. Genau da kam Ihr Sergeant. Ich konnte ihn nicht mit meiner Frau sprechen lassen. Sie ist beruhigungsmittelsüchtig und darf keinen starken Belastungen ausgesetzt werden." Nach diesem Monolog nahm David die Hände wieder vom Tisch.

„Haben Sie einen Wagen?", wollte Rick wissen.

Davids Augenlider zuckten. „Einen Wagen? Ja, sicher."

„Marke und Farbe?"

„Ein dunkelblauer *BMW* Cabrio."

„Und Ihr Freund, Mr Patmore?"

„Da muss ich nachdenken. Einen *Ford*, silbermetallic. Wieso?"

„Jessica wurde beobachtet, wie sie an der Ecke Regent's Park Road und Chalcot Crescent in einen Wagen stieg." Er beobachtete Davids Reaktion.

Erst wich die Farbe völlig aus seinem Gesicht, dann kehrte sie brennendrot wieder zurück. David leckte sich über die Oberlippe. „Ein Wagen, sagen Sie? Nun, das kommt, äh, unerwartet. Denken Sie, dass ich mit ihr weggefahren bin? In dem Fall wäre ich wohl kaum noch hier, oder?"

„Kommt drauf an, wo sie mit Jessica hingefahren sind und was Sie mit ihr gemacht haben."

„Ich bin nirgends mit ihr hingefahren." Abrupt stand er auf. „Und warum sollte ich ihr etwas antun?"

„Sie bedeutete Ihnen sehr viel. Aber jetzt hat die Rose nur noch Dornen. So nannten Sie sie doch, Ihre rote Rose?"

„Und? Was uns Rose heißt, wie es auch hieße, würde lieblich duften. Kann ich jetzt gehen?"

Rick nickte. David hatte aus *Romeo und Julia* zitiert. Das ließ Rick an ein anderes Liebespaar denken, Petruchio und Katharina aus *Der Widerspenstigen Zähmung*, die Rollen, die David und Jessica heute hätten tanzen sollen. Jessica war zweifellos widerspenstig. Hatte David sich genötigt gesehen, sie zu zähmen? Petruchio nimmt Katharina ihre Kleider, er enthält ihr das Essen vor, er ...

Rick schoss hoch. Der Jogginganzug im Mülleimer, Jessica weggenommen, um die Polizei irrezuführen. David hatte im Gespräch einen Hang zu Verwirrungstaktiken gezeigt. David hatte auch Zugang zu Jessicas Steppschuhen und zu den Plastiksäcken. Sein Auto war dunkelblau, konnte durchaus für schwarz gehalten werden.

Und was hatte Eileen gesagt? Etwas über eine Pornoversion von *Der Widerspenstigen Zähmung*.

Das genau könnte es sein, was David durchzog - eine Umsetzung der Grundidee, dass es die Pflicht der Frau ist, dem Manne zu gehorchen und zu dienen. Wenn Ricks Eingebung richtig war, dann könnte Jessica noch am Leben sein als Davids Gefangene.

„Rowlands", rief er in den Korridor. „Folgen Sie Mr Powell. Ich werde Verstärkung anfordern. Ich möchte ihn unter Bewachung haben."

Lauras Porzellanteint glänzte im kalten Neonlicht. Sie zog ihr knappes Kleid zurecht, setzte sich und wartete, während sie unruhig an ihren roten Locken zupfte.

„Mrs McFerrar, es tut mir leid, dass ich Sie so lange warten ließ. Ich hätte da einige Fragen."

„Was ist passiert?", fragte sie schüchtern.

„Simon Jenkinson wurde niedergestochen."

„Gott. Simon", rief sie aus. „Oh, nein, nein! Ist er tot?"

„Er lebt und wird gerade operiert. Wann haben Sie ihn das letzte Mal gesehen?"

Ihre Lippen zitterten. „Während der Pause."

„Wo waren Sie, als Victor sein Solo tanzte?"

Laura rupfte an ihren Haaren, als würde das ihrem Gedächtnis auf die Sprünge helfen. „Ich war auf der Toilette. Als ich rauskam, lief ich David in die Arme."

„Stimmt es, dass Sie eine Nacht mit Simon verbracht haben?"

Ertappt sank sie in sich zusammen. „Woher wissen Sie das? Bitte, erzählen Sie es niemandem. Vor allem nicht Luigi. Das ist mein Verlobter. Er hat mir einen Antrag gemacht und ich habe mehr oder weniger zugestimmt. Er war jetzt für ein paar Tage in Rom und ich - also, ich dachte, das wäre eine Gelegenheit herauszufinden, was ich wirklich für ihn fühle, und als Simon ... Bitte versprechen Sie mir, dass Sie Luigi nichts davon sagen werden."

Rick nickte feierlich. „Hat Simon, während er mit Ihnen zusammen war, etwas erwähnt, das Licht auf dieses Verbrechen werfen könnte?"

Laura errötete. „Ich fürchte, geredet haben wir nicht allzu viel."

Genau in dem Augenblick kam Luigi hereingerauscht, mit fliegenden Händen, die die Luft in Scheiben zu schneiden schienen. „*Dio mio! Che succede?*", sang er mit seiner schönen Tenorstimme mehr, als dass er es sagte. „Was geht hier vor? *Cara Laura* ist müde, ich will sie endlich heimbringen. Warum lassen Sie uns warten?"

Rick grinste. Ihm gefiel das südländische Temperament.

„Und war Laura nicht wundervoll?" Luigi schmolz nur so dahin. „*Meraviglioso, affascinante*! Ich bin so glücklich, dass sie endlich ihr Talent zeigen kann."

„Luigi, bitte." Laura warf Rick einen Hilfe suchenden Blick zu.

„Sie können jetzt in Ihre Garderobe gehen, Mrs McFerrar."

„Kann ich sie begleiten?", fragte Luigi.

„Nein, Mr Manizotti. Ich würde Ihnen gerne ein paar Fragen stellen."

Laura verließ zögernd den Raum.

„Es hat ein Angriff auf Simon Jenkinson stattgefunden", sagte Rick zu Luigi.

„*Mi dica*, was ist passiert? Welcher Mistkerl hat Simon das angetan?"

Luigi sprach ein so fließendes Englisch, dass Rick sich fragte, warum er diese Eigenart hatte, italienische Satzfetzen einzustreuen. War es nur sein natürlicher Drang, ein Übermaß an Gefühlen in seiner leidenschaftlichen Muttersprache auszudrücken? Oder wollte er Eindruck schinden? Der Mann war schwer einzuschätzen. Er fuchtelte herum wie ein Zauberer, der von seinem Trick ablenken wollte. Schmierig hatte Alan ihn genannt.

„Er wurde in den Rücken gestochen", erklärte Rick.

Luigi war ausnahmsweise sprachlos.

„Haben Sie während der zweiten Hälfte den Zuschauerraum verlassen?"

„Ich? Hinausgehen? *Ispettore*! Ich hätte keine Sekunde von Lauras Vorstellung versäumen wollen. Ich kam den ganzen Weg von Rom, nur aus diesem einzigen Grund."

„Sie leben aber in London?"

„*Ho un ristorante.*" Luigi holte eine Visitenkarte hervor und überreichte sie Rick. „Ich flog am Sonntag nach Rom, weil *zio Alfredo*, mein liebster Onkel, nach einem Herzanfall gestorben war und ich zu seinem Begräbnis gehen wollte. Ich hatte vor, eine Woche zu bleiben, um *mia mamma* zu trösten, aber sie hat den Tod ihres Bruders tapfer hingenommen. Ich habe stundenlang herumtelefoniert, um einen Rückflug nach London zu bekommen, damit ich rechtzeitig hier bin, um Laura tanzen zu sehen. Den Zuschauerraum verlassen, *ridicolo*!"

„Also konnten Sie auch nichts mitkriegen von dem, was sich im Vorraum oder hinter der Bühne abspielte."

„*No, purtroppo.* Ich bin am Boden zerstört. Simon und ich waren Seelenverwandte, was Frauen anbetraf." Luigi blinzelte. „Er ist der einzige britische *seduttore*, dem ich je begegnet bin."

Rick konnte leider nicht einfach fragen, ob Luigi wusste, dass dieser *seduttore* auch Laura verführt hatte, denn er hatte ihr versprochen, sie nicht zu verraten. „Hat Simon Ihnen von seinen Eroberungen erzählt?", fragte er stattdessen.

„*Ma naturalmente no.* Diskretion ist ein wichtiger Bestandteil der Kunst der Verführung. Sie kann Leben retten - *dio mio, ispettore*, denken Sie, dass Simon das Opfer eines Verbrechens aus Leidenschaft ist?"

„Mr Manizotti, Sie und Simon jagten im gleichen Revier. Waren Sie nicht versucht, ihre Erfolge zu vergleichen?"

„*No, no, è troppo pericoloso.* Es könnte sich ja herausstellen, dass wir mit denselben Frauen geschlafen haben. Verführung ist kein Sport, es ist eine Kunst. Wir würdigen Frauen nicht zu Lustobjekten herab. Ein wahrer Verführer verehrt und vergöttert die Frauen. Unsere Erfolge vergleichen! Das ist nicht komisch. Ihr Briten versteht nicht viel von Frauen."

Rick lachte. "*Grazie*, Signor Manizotti."

"*Buona notte, ispettore*. Und viel Glück."

Luigi Manizotti war entweder ein brillanter Schauspieler und perfekter Lügner, oder er war genau das, was er zu sein schien: ein Gigolo aus Überzeugung. Rick sah sich die Visitenkarte an, die Luigi ihm gegeben hatte. *Il Pipistrello*. Witziger Name für ein Restaurant, was auch immer er bedeuten sollte.

Er löschte das Licht und genoss ein paar Minuten in der Dunkelheit. War es ein Verbrechen aus Leidenschaft oder ein vorsätzlicher Angriff? Wenn man jemanden erstechen will, verwendet man für gewöhnlich ein Messer. Wenn man einen Mord plant, bringt man seine Waffe mit. Das war nicht der Fall gewesen. Vielleicht hatte der Angreifer mit Simon reden wollen und es war zum Streit gekommen. Der Schraubenzieher lag zwei Räume entfernt auf Jessicas Schminktisch oder in der Schublade - durchaus geeignet für ein Verbrechen, das in der Hitze des Augenblicks geschieht. Oder für jemanden, der den Angriff geplant hatte und wusste, wo er das Werkzeug finden würde.

Blockley kam herein und machte das Licht an. "Schlechte Neuigkeiten. Rowlands hat Davids *BMW* beobachtet, der im Hinterhof steht. Als er längere Zeit nicht auftauchte, durchsuchte Rowlands das Theater und die Studios, weil er ihn dort irgendwo vermutete, aber er konnte ihn nicht finden. Es sieht so aus, als hätten wir ihn aus den Augen verloren."

Rick war zu müde zum Fluchen. Er rief in der Polizeiwache an und bat darum, dass je eine Streife Davids Haus und das von Norman Patmore überwachte.

"Hoffentlich kreuzt er dort auf", sagte er zu Blockley. "Sonst noch etwas?"

"Ich bin mit der Mannschaft durch. Es kam nichts dabei heraus. Nicht einmal Mrs Blythe-Warren konnte mir weiterhelfen. Sie ist überall und bemerkt alles, aber im kritischen Augenblick war sie hinter der Bühne."

„Der Angreifer hat den Zeitpunkt geschickt gewählt."

Blockley breitete einige kleine, zugeschweißte Plastiktüten vor Rick aus. „Das ist der Inhalt von Mr Jenkinsons Manteltasche. Ein Schlüsselbund, ein Taschentuch, eine Brieftasche mit dreißig Pfund, seinem Führerschein und einer Kreditkarte, sowie ein Päckchen Kondome."

„Danke, Blockley. Machen Sie bitte mit den Tänzern weiter. Fragen Sie sie nach Simons Affären und nach Jessica und David. Ich rede mit den Tänzerinnen."

„Wenn es Ihnen nichts ausmacht, Sir, würde ich gerne auch mit Claudia Heller sprechen."

„Wer ist das?"

„Sie tanzt die Bianca", erklärte Blockley und errötete sanft.

„Nur zu", grinste London.

„Wieso wurde ich hierher gebracht?" Roger setzte sich widerstrebend. „Hat man Jessica gefunden?"

„Leider nicht, aber etwas anderes ist passiert. Ein Mordversuch während der Vorstellung."

„Und da verdächtigen Sie gleich wieder mich, ja? Wer ist denn das Opfer? David oder Simon?"

„Simon."

Roger klappte den Mund auf, wieder zu, sagte dann gedehnt: „Ach du Schande. Aber es war nur Mordversuch? Dann kann Simon doch sagen, wer ihn angegriffen hat. Oder?"

„Im Augenblick nicht. Wo waren Sie diesen Abend?"

„Ich hatte ziemlich viel aufzuarbeiten. Ich war seit sieben Uhr im Büro, bis Ihre Männer auftauchten." Er stand schwerfällig auf und ging auf und ab. Rick hatte ihn nie länger als fünf Minuten am Stück sitzen sehen.

„Kann jemand bezeugen, dass Sie im Büro waren?"

„Ich war allein."

„Haben Sie mit jemandem telefoniert?"

„Sieben oder acht Mal, würde ich sagen. Ich kann Ihnen eine Liste der Leute geben, die ich angerufen habe."

„Gut. Haben Sie Jessicas Schlüssel bei sich?"

„Natürlich nicht. Sie denken sicher, ich hätte sie benutzt, um durch den Bühneneingang hineinzukommen. Das wäre ziemlich dumm gewesen. Ich hätte ja gesehen werden können. Dazu kommt noch, dass ich nicht einmal gewusst hätte, wo ich nach Simon suchen soll. Irgendwo hinter der Bühne vielleicht, aber da wimmelt es nur so von Menschen. Wie soll man da jemanden angreifen?"

„Und im Behandlungszimmer?"

„Ich weiß nichts von einem Behandlungszimmer."

Rick erinnerte sich an den Geruch frischer Farbe in dem Raum. „Es muss neu sein. Sie kommen nicht oft hierher, schätze ich."

„Jessica will mich nicht hier haben. Wie wurde Simon angegriffen?"

„Er wurde mit dem Schraubenzieher Ihrer Frau niedergestochen."

Rogers keuchte. „Glauben Sie, dass es da eine Verbindung gibt? Dass dieselbe Person, die Simon zu töten versuchte, auch für Jessicas Verschwinden verantwortlich ist?" Er ließ sich in den Stuhl fallen. „Dann … dann könnte Jessica ermordet worden sein." Roger knetete die Armlehnen. „Was, wenn sie nie wieder auftaucht? Ich würde den Verstand verlieren. Ich hoffe, Simon wird uns bald sagen können, wer ihn zu erstechen versucht hat."

„Falls er überlebt."

„Ist es so schlimm? Armer Kerl. Arme Eileen. Erst Jessica, jetzt Simon. Als ob jemand sie ihrer engsten Freunde berauben wollte. Was ist jetzt mit mir?"

„Sie können heimgehen."

Roger verließ den Raum mit schweren Schritten und hängenden Schultern.

Alan betrachtete das schrecklichste Bild, das er je gemalt hatte. Aus künstlerischer Sicht was es grandios, aber allein es anzusehen, erschreckte einen zu Tode. Es zeigte den Blickwinkel eines Menschen, der in einen endlosen Tunnel aus Flammen und starrenden Fratzen fiel. Alan stellte es in den Schrank zurück.

Er ging in die Küche, nahm den Teebeutel aus der Tasse und rührte abwesend Zucker hinein. Das *Caesar* stand wieder in Flammen. Selbst wenn man es ganz objektiv betrachtete, roch die Sache nach Sabotage. Seine Hauptdarstellerin war verschwunden, sein Physiotherapeut war niedergestochen worden, seine Sekretärin befand sich in einem Zustand tiefster Verzweiflung, sein Choreograph hatte seinen Job an den Nagel gehängt und irgendein Mitglied seiner Truppe war ein wahnsinniger Irrer. Ein Mörder in ihrer Mitte – gewissermaßen der Brandherd.

Alan ging ins Kinderzimmer, um nach Eileen zu sehen. Sie war endlich eingeschlafen. Alan setzte sich zu ihr und stellte die Tasse auf den Nachttisch. Ein Streifen Licht fiel aus dem Flur herein. Sie sah rührend zerbrechlich aus zwischen Cindys Plüschtieren. Was, wenn Simon starb? Würde Eileen den Verlust verkraften oder würde sie danach für immer fallen, so wie er sie gemalt hatte?

Er hörte jemanden an der Wohnungstür. „Mr Widmark?" Kurz darauf erschien der Detective Inspector im Flur.

„Ich wollte nicht läuten oder anklopfen, falls Mrs Lanigan schläft. Ich habe gute Neuigkeiten."

Alan führte Frederick London ins Wohnzimmer. „Wird Simon überleben?", fragte er voller Hoffnung.

„Ja, er hat die Operation gut überstanden. Seine Vitalfunktionen sind stabil. Die Chance für eine vollständige Wiederherstellung stehen gut."

Alans Arme und Beine wurden schwach, so erleichtert war er. „Dem Himmel sei Dank. Und haben die Befragungen etwas ergeben?"

„Nur ein vages Gefühl, dass David etwas damit zu tun hat. Erwarten Sie ihn morgen?"

„Nein. Die nächste Vorstellung wäre erst am Freitag. Ich habe sie abgesagt."

„Rufen Sie mich bitte an, wenn Sie von ihm hören. Und danke, dass Sie so schnell reagiert und einen kühlen Kopf bewahrt haben, nachdem Sie Simon gefunden haben. Es hat die Ermittlung vereinfacht und ihm das Leben gerettet."

„Danke. Trotzdem wird es mir noch lange zu schaffen machen, dass ich eine Minute zu spät kam. Es ist seltsam, dass Sie mich nicht verdächtigen. Ich war schließlich der Erste am Tatort."

„Und Sie hatten ein Motiv. Jemand hat mir erzählt, dass Simon hinter Ihrer Ex-Frau her war." London stand auf, lächelnd. „Aber ich weiß einfach, dass Sie das Eileen niemals angetan hätten."

Alan brachte ihn zur Tür. „Ich wünschte, wir hätten uns unter anderen Umständen kennengelernt."

Donnerstag, 17. Januar
Herzkammer
13/19

Herzkammer

Nachdem Eileen die Nachttischlampe angeknipst hatte, sah sie sich einem Plüschelefanten gegenüber. Wie spät war es? In Cindys Zimmer gab es keine Uhr. Eileen starrte die Schatten an der Wand an, Silhouetten von Spielzeugautos und Puppen. Sie war emotional völlig taub, als wäre ihre Seele mit Watte ausgestopft, damit sie die innere Stimme nicht hören konnte, die unablässig fragte, ob Simon noch lebte.

Sie hatte Angst und machte das Licht wieder aus. Vielleicht konnte sie einschlafen, wenn sie einfach ihre Gedanken treiben ließ. Sie erinnerte sich an einen Spaziergang mit Simon in Sevenoaks. Es war eine wunderschöne Herbstnacht gewesen. Sie hatte zum sternklaren Himmel aufgesehen, hatte gespürt, wie ihr Blick die ganze Atmosphäre durchschnitt und in das All hinausreichte, bis zur Milchstraße und weiter in die entfernten Galaxien. Irgendwo da draußen gab es Leben. Als Kind hatte sie sich gerne die Lebensformen anderer Planeten ausgemalt und sich vorgestellt, wie sie wohl die Welt empfanden. Waren Gefühle so universell wie mathematische Regeln?

Simon legte seinen Arm um sie und sagte, er wünschte, er könnte auf dem Gipfel des Mount Everest stehen, wo die Sterne zum Greifen nahe sind und man von vollkommener Stille umgeben ist. Sie war versucht gewesen, ihn zu küssen, aber zu der Zeit hatte er ein Verhältnis mit Jessica gehabt. Eileen hätte verhindern können, dass es dazu kam, einfach indem sie Jessica erzählte, dass sie in Simon verliebt war. Jessica hätte sich von ihm nicht verführen lassen, wenn sie das gewusst hätte. Im Gegenteil. Da sie Eileen immer etwas Gutes tun wollte, hätte sie versucht, sie mit ihm zu verkuppeln. Das wäre Eileen entsetzlich peinlich gewesen. Liebe ist Luxus. Liebe ist nur für Menschen, deren Leben auf festem Grund erbaut ist, die eine Demütigung riskieren können, ohne dass ihre Persönlichkeit darunter zusammenbricht.

Jetzt, wo sie daran zurückdachte, erschien ihr das Risiko lächerlich - denn wenn es Roger gewesen war, der in einem Anfall von Eifersucht versucht hatte, Simon zu töten, dann zog Eileens Schweigen über ihre Gefühle für Simon sie hinein in das komplexe Geflecht aus Kausalitäten, die zu der Katastrophe geführt hatten.

Plötzlich konnte sie die Ungewissheit nicht länger ertragen. Sie setzte sich auf, schaltete das Licht wieder an und rief nach Alan.

„*Hasta la vista*, Baby."

„Nicht du, Ginger", seufzte sie und rief noch einmal.

Die Tür ging auf. Als sie Alans müdes Gesicht sah, gab etwas in ihr nach. „Ist er tot? Alan, ist er -"

„Simon ist okay." Er setzte sich ans Bett und berührte zärtlich ihren Arm. „Bevor dieser reizende Inspector London ging, kam er extra hoch, um mir zu sagen, dass die Operation bestens geglückt ist und dass Simon wieder völlig hergestellt wird."

Erleichterung durchströmte sie so ruckartig, dass ihre Tränen zu fließen begannen.

„Ich könnte dich ins Krankenhaus fahren, damit du da bist, wenn er zu sich kommt", bot Alan an.

„Wer weiß, wie lange das dauern wird. Um ehrlich zu sein, ist es mir lieber, wenn du allein hingehst. Ich habe nicht die Kraft dazu. Ich halte hier inzwischen die Stellung. Bitte gib ihm einen Kuss von mir."

„Mit dem größten Vergnügen." Alan stand auf und zögerte. Er hob den Plüschelefanten hoch und drehte ihn zwischen den Händen. „Jemand muss Simons Familie benachrichtigen. Ich konnte mich gestern Abend nicht zu dem Anruf durchringen. Peter liebt seinen Vater so sehr. Es ist alles schrecklich ungerecht."

„Ich habe schon verstanden. Ich rufe die Jenkinsons später an."

„Danke, Eileen." Er küsste sie auf die Schläfe und ging.

Es geht nichts über einen flotten Spaziergang, um das Blut in Schwung zu bringen und den Geist zu lüften. Die kalte Luft prickelte in Alans Lungen wie tausend Nadeln. Die Straßen waren leer und unirdisch. Nur einige Frühstückbars und Zeitungskioske hatten schon geöffnet. Er vermied es, die Schlagzeilen zu lesen. Es war vielleicht doch keine so gute Idee gewesen, Eileen allein zu lassen. Es würden Anrufe kommen von der Presse und von Eltern, die ihre Kinder abmelden wollten. So irrational es war, konnte er solche Panikreaktionen doch verstehen. Das *Caesar* war kein sicherer Ort mehr.

Hin und wieder drehte sich Alan um. Vor seinem geistigen Auge sah er den Griff von Jessicas Schraubenzieher grotesk aus Simons Rücken ragen. Als er das Krankenhaus erreichte, waren seine Muskeln verkrampft von der Anstrengung, seine Schulterblätter nahe beisammen zu halten.

In der Vorhalle las er auf einem grünen Schild, das zwischen den beiden Aufzügen hing, dass die Intensivstation im vierten Stock lag. Alan fuhr hoch.

„Besucher bitte Knopf drücken und auf Antwort warten" stand auf einem weiteren Schild neben der Tür zur Station. Gehorsam drückte er den Knopf. Eine Krankenschwester erschien. Als er sie nach Simon fragte, runzelte sie die Stirn, und er fürchtete schon, sie würde ihm sagen, er sei gestorben.

„Sie können Mr Jenkinson nicht sehen", sagte sie und stemmte ihre Hände in die breiten Hüften. „Niemand außer seiner Familie und der Polizei darf zu ihm."

„Ich bin einer seiner engsten Freunde."

Tiefe Linien gruben sich in ihre Nasenwurzel. „Ich habe den ausdrücklichen Befehl, niemanden zu ihm zu lassen."

„Könnten Sie für mich nicht eine Ausnahme machen? Ich war derjenige, der ihn gefunden hat."

„Wir machen für niemanden Ausnahmen."

„Guten Morgen zusammen", sagte eine laute, freundliche Bassstimme hinter ihm. Alan drehte sich um und sah einen dunkelblauen Cordmantel und, irgendwo darüber, den Kragen, der dazu gehörte.

„Ich bin Constable Brick", stellte sich der Hüne vor. „Ich bin hier, um auf Simon Jenkinson aufzupassen. Wie geht es ihm?"

Die Krankenschwester hielt den Blick auf Augenhöhe und sprach anscheinend mit den Mantelknöpfen des Constables. „Ich kann Ihnen keine Auskunft geben, solange dieser" - sie warf Alan einen scharfen Blick zu - „Herr sich hier aufhält."

Der Constable sah fragend auf Alan runter.

„Mein Name ist Alan Widmark. Ich bin gekommen, um nach Mr Jenkinson zu sehen."

„Mr Widmark." Eine Hand von der Größe einer Bratpfanne schoss auf ihn zu. „Freut mich, Sie kennenzulernen. Blockley hat mir von Ihrer fantastischen Vorstellung erzählt."

„Er ist nur ein Freund von Mr Jenkinson", sagte die Schwester abwertend.

Der freundliche Riese lächelte, was enorme Zähne zum Vorschein brachte. Er ließ Alans Hand los. Alan machte eine Faust, um zu sehen, ob seine Knochen und Sehnen alle noch am richtigen Platz waren.

Die Schwester gab ihre starre Haltung auf und übergab damit die Verantwortung an den Constable. „Sie sprechen besser mit Dr. Evans. Ich zeige Ihnen, wo's langgeht."

Alan wollte gerade fragen, ob er mitkommen könnte, als Brick ihn schon ins Schlepptau nahm.

Dr. Evans, ein Mann mit Schnauzer und Brille, saß Kaffee trinkend und gähnend in seinem Büro. „Zweiunddreißig Stunden Dienst. Oder waren es sechsunddreißig? Ich bin zu müde, um nachzurechnen. Simon Jenkinson? Während der Operation hätten wir ihn fast verloren. Der Schraubenzieher war in die linke Herzkammer eingedrungen. Wir konnten ihn mit einer offenen Herzmassage wiederbeleben. Ich kann unmöglich vorhersagen, wie lange er noch bewusstlos sein wird."

Alan war bitter enttäuscht.

„Ich bin angewiesen, bei Mr Jenkinson zu bleiben, bis er zu sich kommt, damit ich ihn fragen kann, wer ihn angegriffen hat. Was haben Sie mit der Tatwaffe gemacht?", fragte Constable Brick.

„Wir haben sie bereits ins Kriminallabor geschickt, natürlich in Plastik eingeschweißt. Es ist nicht das erste Mal, dass wir ein Beweisstück handhaben. Brr, soll das Kaffee sein? Das schmeckt ja wie aufgebrühtes Knochenmehl." Dr. Evans versuchte offenbar zu grinsen, brachte aber nur ein Gähnen zustande.

Alan war erleichtert, als der Constable dem Arzt dankte und sie das Büro verlassen konnten, um an Simons Seite Stellung zu beziehen.

Sie mussten sich sterile Übermäntel in Einheitsgröße überstreifen. Alan krempelte die Ärmel hoch. Der Constable dagegen sah aus, als hätte er sich eine Schürze angezogen.

Inmitten der piependen Apparaturen fühlte sich Alan verängstigt und eingeschüchtert. Wie viel Hoffnung konnte es geben, wenn so ein Aufwand nötig war, um jemanden am Leben zu erhalten? Jetzt war er froh, dass Eileen nicht mitgekommen war. Er sah auf Simons wächsernes Gesicht herab, berührte liebevoll die Wange und tat so, als sähe er die Zickzacklinien des Elektrokardiogramms nicht.

Der Constable brachte zwei Stühle. „Hier, setzen Sie sich, Mr Widmark."

Sie fingen an, sich mit gedämpfter Stimme zu unterhalten. Hatten sie Angst, Simon zu wecken? Alan zwang sich, lauter zu reden. Sicher hätte es Simon gefallen, zuzuhören, wie er und der Polizist an seinem Bett quatschten. Vielleicht nahm sein Unterbewusstsein ja etwas von der freundlichen, entspannten Atmosphäre auf.

„Sie würden einen großartigen Stepptänzer abgeben. Man bräuchte nicht mal ein Bodenmikro."

Brick lachte, was an fernes Donnergrollen erinnerte.

„Sind Sie im Guinnessbuch der Rekorde eingetragen?"

„Nein", sagte er. „Stellen Sie sich vor, allein in England gibt es zwei Männer, die größer sind als ich."

„Constable", unterbrach die beißende Stimme der Schwester. Reflexartig salutierte Brick.

„Doktor Evans macht seine Runde. Sie müssen solange draußen warten."

„Geht in Ordnung. Ich wurde sowieso langsam hungrig." Er schenkte der Schwester ein breites Lächeln. „Ich bin ständig hungrig", erzählte er Alan auf dem Weg nach draussen. „Mein Vater pflegte zu sagen, man könne mir das Essen gar nicht so schnell auf den Teller schaufeln, wie ich es verdrücke." Er tauchte seine Pranke in die Tiefen seiner Manteltasche. „Ich habe reichlich Proviant dabei. Bedienen Sie sich."

Nach dem Spaziergang auf leeren Magen nahm Alan gerne eins der üppigen Sandwiches an. Brick zog los, um einen Getränkeautomaten zu finden, und kehrte mit zwei Plastikbechern zurück, die er auf einer Handfläche balancierte. Sie aßen auf und bezogen wieder Stellung an Simons Seite. Alan fragte den Constable nach London aus.

„Es heißt, dass seine Eltern eine ganz andere Karriere für ihn geplant hatten", verriet Brick. „Er sollte Konzertpianist werden. Faszinierend, nicht wahr? Als wir mal in einer Bar zusammensaßen, hat er mir auf einem alten, verstimmten Klavier etwas vorgespielt. Finger wie ein Taschendieb, so schnell. Auf die Frage, warum er dem Pianistenleben den Rücken gekehrt hat, hat er etwas von Bühnenangst gemurmelt." Brick zuckte mit den Schultern. Die Bühnen dieser Welt waren für ihn keine Bedrohung. „Es ist schon seltsam, dass er ausgerechnet Polizist wurde. Er war als Neuling nicht gerade ein Ass. Gerüchten zufolge brachte er jeden zur Verzweiflung, und viele weigerten sich, überhaupt mit ihm zusammenzuarbeiten. Angeblich war er aufsässig und unzuverlässig, und seine Aufschriebe waren zudem völlig unlesbar. Er hat sie mit Strichmännchen aufgepeppt."

Alan grinste. „Oh, ja, ich sah gestern zu, wie er sich Notizen machte."

„Das Problem mit ihm war, dass er nicht den Eindruck erweckte, den Beruf ernst zu nehmen. Fehler hat er aber auch nie gemacht. So wurde er jedes Mal versetzt oder befördert, wenn man ihn aus dem Weg haben wollte. Ich habe mitgekriegt, dass er in letzter Zeit ein paar wirklich schwierige Fälle gelöst hat. Viele sagen, er hätte Seri– Sependi– ach, verflixt, das Wort kann ich mir einfach nicht merken."

„Was soll es denn bedeuten?"

„Wenn ich das nur wüsste. Ich wollte es im Wörterbuch nachschlagen, aber ich bringe immer die Silben durcheinander. Seri-irgendwas-pität."

„Serendipität", riet Alan. „Assoziative Ergebnisfindung."

„Und was bedeutet es jetzt?"

„Es ist die Fähigkeit, Probleme zu lösen, ohne zu versuchen, sie zu lösen, oder Sachen zu finden, während man absichtlich nicht nach ihnen sucht."

„Das beschreibt seinen Arbeitsstil ganz vortrefflich. Sie sollten sein Büro sehen. Er muss sein halbes Leben damit zubringen, Dinge zu finden, ohne sie zu suchen, sonst könnte er nie seinen ganzen Papierkram erledigen." Der Constable runzelte die Stirn. „Ich glaube, sein Atemrhythmus hat sich verändert."

„Bitte?"

„Mr Jenkinson hat gerade einen etwas tieferen Atemzug genommen."

Alans Puls begann zu rasen, während er Simon lange aufmerksam beobachtete. Als nichts passiert, nahm Brick den Faden wieder auf. „Ich mag Inspector London sehr gerne. Wissen Sie, was er gesagt hat, als wir uns das erste Mal begegneten?"

„Das würde mich interessieren."

„Grrnnn." Das Geräusch kam von Simon. Sekunden vergingen. „Agggnnn", stöhnte Simon. In seinen Augenwinkeln zuckte es, die Lider begannen, aufzuflattern.

Bei vollem Bewusstsein zu sein, war die reinste Folter. Als Jessica erwachte und sich sofort an alles erinnerte, zuckte sie innerlich zurück, wollte sich wieder in den Schlaf flüchten. Sie wollte vergessen, was passiert war.

Sie sehnte sich nach einer heißen Dusche, frischer Kleidung, einem üppigen Frühstück, stundenlangen Tanzproben und endlosen Unterhaltungen mit Eileen. Am meisten aber sehnte sie sich danach, endlich all die schrecklichen Gefühle zu vergessen: Schuld, Selbstbestrafung, Angst, und die Machtlosigkeit ihrer Beine.

Natürlich brachte all das Selbstmitleid rein gar nichts. Denke praktisch, befahl sie sich. Allein die Tatsache, dass sie ohne Blackout aufgewacht war, konnte schon als Zeichen dafür gewertet werden, dass sie stärker geworden war. Hatte sie Eileen nicht ständig gepredigt, dass emotionale Stärke genauso trainiert werden kann wie ein Muskel? Dass eine Krise unsere Kraft erst zum Vorschein bringt? Wie eine Kummerkastentante hatte sie dahergeredet, wenn sie Eileen anspornen wollte, ihren geschwächten Körper zu fordern. Und es hatte geholfen. Also würde es ihr selber auch helfen.

Das Fenster hatte sich nicht einschlagen lassen. Ihre Schuhe standen jetzt links neben ihrem Kissen. Sie berührte das glatte Leder. Alans besonderes Geschenk zu ihrem achtzehnten Geburtstag. Da der Geburtstag in das Jahr des Feuers fiel, war er ein trauriges Ereignis gewesen, obwohl alle versucht hatten, sich gegenseitig aufzumuntern. Sie hatte die Schuhe ausgepackt und dabei an Eileen gedacht, die verkrüppelt und von Schmerzen gepeinigt im Krankenhaus lag. Eileen, die immer so nett und zuverlässig war. Darum hatte sie beschlossen, die Konfrontation nicht länger vor sich herzuschieben, und hatte Eileen am nächsten Tag besucht. Es hatte ihr beider Leben verändert.

Jetzt fehlte ihr Eileen schon wieder, ebenso Alan. Vor Heimweh hätte sie am liebsten geweint wie ein kleines Kind. Ihr Zuhause war das *Caesar*, die Bühnenbretter unter ihren Füßen.

Es brachte nichts, wenn sie jetzt an ihre Füße dachte. Sie musste eine andere Quelle der Kraft finden. Zunächst einmal musste sie herausfinden, wie sie mit ihrem Peiniger umgehen sollte. Wenn sie seine Gefühle vorsichtig auslotete, könnte ihr das einen Ansatzpunkt geben, um ihn davon zu überzeugen, dass er sie wirklich hinreichend bestraft hatte. Sie würde lieber nicht versuchen, an seine Liebe zu appellieren, denn die war krankhaft entartet. Sie würde ihn auch nicht einlullen, indem sie ihm Gefühle vorspielte, die sie nicht empfand. Sie würde ihre Fehler zugeben und ihn fragen, was er von ihr erwartete. Rational würde sie es angehen.

Bis dahin musste sie etwas für ihren Körper tun. Sie konnte ihre Arme schwingen und dehnen, ihre Handflächen zusammendrücken, und alle möglichen isotonischen Übungen mit ihrem Quadrizeps machen.

Als sie sich aufsetze und die Daunendecke aufschlug, stellte sie überrascht fest, dass der Raum warm war. Graues Licht filterte durch die Wolken. War das die Morgendämmerung, und der Ofen funktionierte immer noch, weil erst wenige Stunden vergangen waren? Oder war es der Abend des nächsten Tages - Donnerstag? - und er war inzwischen wieder hier gewesen und hatte die Gasflasche ausgetauscht?

Sie hatte solchen Durst. Würde er wieder Tee bringen? Warum hatte sie den ganzen Tag und vielleicht auch noch die ganze Nacht tief geschlafen? Natürlich: eine Droge im Tee. Nächstes Mal trank sie lieber nicht so viel.

Ihre Blase drückte. Wie erniedrigend es war, einen Nachttopf zu benutzen. Wenigstens schloss der Deckel dicht. Die ganze Umständlichkeit der Prozedur machte sie wütend. Sie hatte nur wenig Bewegungsfreiheit. Begleitet von metallenem Klicken beugte sie sich in einem unnatürlichen Winkel aus dem Bett, um den Nachttopf aufzuheben. Sie setzte sich auf das kalte Porzellan. Der Strahl war so kräftig, dass die Tropfen hochschossen und sie beschmutzen. Wie dankbar wäre sie jetzt für Klopapier. Sie hasste es, dreckig zu sein und schlecht zu riechen. In ihrer Rage kippte sie beinahe den Nachttopf um, als sie ihre Unterhose hochzog. Schnell stellte sie den Topf wieder auf den Boden und schlug auf die

Decke ein, um ihre Aggressionen abzubauen. Aber Wut war auch Stärke, und Stärke war ihre einzige Waffe.

Sie würde einen Ausweg finden.

Sie rückte näher an die Fußschellen heran und ließ die Knie zur Seite fallen. Immer in der gleichen Stellung verharren zu müssen war eine weit größere Folter, als sie sich je hätte ausmalen können. Jessica schaute sich die Fesseln näher an. Sie sahen leider erschreckend zuverlässig aus. Verdammt zuverlässig und schwer.

Aber ihre Hände waren ja frei. Gab es in ihrer Reichweite etwas, das sie zurechtbiegen konnte, um damit das Schloss zu knacken? Sie fingerte in der Nachttischschublade herum. Sie war leer. Eine Feder vom Federkern der Matratze? Ihr fiel ein, dass es eine Schaumstoffmatratze war. Sie rüttelte an den Stäben der Bettumrandung. Keiner gab nach. Mit dem Daumennagel versuchte sie, eine der Schrauben von ihren Steppschuhen zu lösen. Damit könnte sie eine Lötstelle am Bettgestell loskratzen. Kein Glück. Sie knallte die Stahlplatte der Sohle gegen das Messing. Nichts lockerte sich.

Gott, wie hilflos sie sich fühlte. Sie wollte nichts sehnlicher, als aus diesem Bett, aus diesem Zimmer fortzukommen. Sie würde nie wieder in einem Bett schlafen. Vielleicht in einer Hängematte, auf dem nackten Boden, oder kopfüber von einer Stange schaukelnd wie eine Fledermaus. Alles, bloß kein Bett, egal ob es ihr eigenes war oder das im Gästezimmer.

Beim Wort Gästezimmer dachte sie wieder an Montag. Die Erinnerung war zu grell, um ausgeblendet zu werden, selbst wenn sie gegenüber dem Entsetzen ihrer Gefangenschaft zu verblassen schien.

Weit nach Mitternacht war sie heimgekommen. Ihr schlechtes Gewissen war wie üblich schnell in Ärger umgeschlagen. Wie nachlässig von ihr, Roger nicht anzurufen, wo sie doch wusste, dass er sich Sorgen machen würde. Wie überheblich von ihm, sie ständig zu überwachen! Natürlich war er aufgeblieben, um auf sie zu warten. Als sie die Tür aufschloss, sah sie ihn aus dem Wohnzimmer kommen, immer noch im Anzug und mit einem Cognacschwenker in der rechten Hand. Sein Gesichtsausdruck war ihr vertraut: selbstgerechte Empörung. Sie stieß die Tür wütend mit der Hacke ihres Schuhs zu und wollte ihn so schnippisch abfertigen, wie sie es sonst tat, aber da fiel ihr der anonyme Brief ein. Sie spielten nicht mehr ihr altes Spiel.

Unter den veränderten Umständen mussten sie sich neue Regeln ausdenken. Er schien die Veränderung auch zu bemerken, denn er war genauso um Worte verlegen wie sie. Für eine Ewigkeit standen sie im Flur und warteten darauf, dass der andere das Schweigen brach und die Lage damit klärte.

Es kam ihr vor, als würde sie Roger zum ersten Mal sehen. Da stand er, ein Mensch aus Fleisch und Blut. Ein Schatten von Traurigkeit lag über seinen kantigen Zügen. Nein, Schwäche sollte er nicht zeigen. Sie wollte ihn stark wissen, vorhersehbar in seiner Entrüstung. Sie wollte nicht schuld sein an der Traurigkeit in seinem Blick. Ohne Vorwarnung durchflutete sie ein heißes, furchterregendes Gefühl. Sie sehnte sich nach Schmerz und Bestrafung.

„Schlag mich, Roger", bat sie.

„Was!"

„Schlag mich. Es ist mir ernst."

„Soll das ein Test sein?"

„Tu es einfach." Sie trat einen Schritt näher. „Ich habe dich zweimal betrogen. Ich habe dich ausgenutzt. Ich bin deine Liebe nicht wert. Ich will, dass du mich verdammt noch mal schlägst."

Langsam, mit würdevoller Präzision, hob Roger seinen linken Arm. Jessica krampfte die Hände hinter dem Rücken zusammen, damit sie sich nicht wehrte. Der Schlag erfolgte mit dem Handrücken. Rogers Siegelring hinterließ einen tiefen Kratzer auf ihrer Wange. Seltsame Worte gingen ihr durch den Kopf. *Du hast es verdient, bestraft zu werden, du Biest, für alles, was du ihm angetan hast.* Aber sie meinte nicht sich selbst. Wen meinte sie dann?

Roger zitterte. „Bist du in Ordnung, Jessica?"

Sie führte eine Hand an die brennende Wange. „Danke", sagte sie, unfähig zu erklären, warum sie so zufrieden war und warum der Geruch von Blut sie nicht so anwiderte wie sonst.

Es gab ein leises, knirschendes Geräusch. Roger hatte die rechte Hand geballt, Cognac tropfte sein Handgelenk hinunter. Als er die flache Hand aufhielt, regneten Scherben auf das Eichenparkett.

„Wir haben eine kritische Phase hinter uns", sagte er leise. „Morgen fangen wir von vorne an. Aber heute Nacht solltest du besser im Gästezimmer schlafen."

Sie fühlte sich klein und verletzlich und konnte den Blick nicht von den Scherben auf dem Boden abwenden. „Bitte beschütz mich, Roger."

„Gib mir eine Nacht, um über deine Untreue hinwegzukommen."

Sie gehorchte, überzeugt, dass sie ihre Beziehung, die ihnen völlig entglitten war, wieder in den Griff bekommen würden.

Aber am nächsten Morgen hatte sich alles geändert, bevor sie den Hauch einer Chance für einen Neubeginn gehabt hätten.

Jessica fuhr mit den Fingerspitzen die Wundkruste an ihrer rechten Wange entlang. Mehr Licht kam jetzt durch das Fenster, also war es Morgen. Sie hatte die Dunkelheit gefürchtet. Niedergeschlagen, aber erleichtert, sah sie sich in ihrem Gefängnis um, und sah etwas, das vorher nicht da gewesen war. Ein Schreck fuhr ihr durch die Glieder.

Eine schlanke, hohe Vase war auf den Nachttisch gestellt worden, eine Vase mit einer einzelnen roten Rose.

„Warum die Hausdurchsuchung?" Roger hielt mühsam seine Entrüstung im Zaum. Es war demütigend, mitansehen zu müssen, wie das Haus auf den Kopf gestellt wurde. Darum hatte er sich in die Küche zurückgezogen und Inspector London war ihm gefolgt. Sie saßen sich am Küchentisch gegenüber.

„Ich habe einen Durchsuchungsbefehl bekommen", sagte der Detective sachlich.

„Was hoffen Sie zu finden? Ich dachte, mein Alibi sei geprüft worden."

„Natürlich. Drei der Anrufe, die Sie von Ihrem Büro aus getätigt haben, fallen in den kritischen Zeitraum, den Sie gebraucht hätten, um zum Theater zu fahren, Simon niederzustechen und wieder zurückzukehren. Die Angerufenen bestätigten, dass sie mit Ihnen persönlich gesprochen haben."

„Und was suchen Sie dann? Jessicas Leichenteile zwischen meiner Unterwäsche?"

„Das Problem ist, dass David gestern Nacht ebenfalls verschwunden ist."

„Grandios. Soll ich jetzt in Tränen ausbrechen? Und wann soll ich David angeblich aus dem Weg geräumt haben? Während Sie mich verhörten? Oder als Ihr Constable mich nach Hause begleitet hat?"

„Betrachten Sie es als Routinedurchsuchung. Wir haben Davids Wohnung ebenfalls durchsucht, auch die seines Freundes und die von Simon."

„Sie sind gründlich, das muss man Ihnen lassen."

„Und hartnäckig. Wir wurden gestern unterbrochen, als wir über Jessicas Heimkehr am Montag sprachen. Etwas, das sie sagten, klang nicht ganz richtig. Ich bin mir nicht sicher, was es war."

Ausflüchte hatten keinen Sinn mehr. Er konnte DI London ebenso gut die Wahrheit sagen, ihm das Herz ausschütten. Warum nicht. Es würde nicht helfen, Jessica wiederzufinden, aber es würde sein Gewissen erleichtern. Er bemerkte, dass er gebeugt und mit gesenktem Blick dasaß, und korrigierte seine Körperhaltung.

„Ich habe Sie angelogen, als ich sagte, dass Jessica und ich einen Streit hatten, als sie montags spät nach Hause kam. Genau das Gegenteil war der Fall. Wir haben uns noch nie so gut verstanden."

Überrascht neigte London den Kopf.

„Während ich auf sie gewartet habe, bin ich in Gedanken mein ganzes Arsenal an Vorwürfen und Beschuldigungen durchgegangen, und ich kannte Jessicas Antworten im Voraus. Es gab keinen Grund, die Routine erneut abzuspulen. Also sah ich sie einfach nur an, lange Zeit, schweigend. Dann bat sie mich, sie zu schlagen." Roger hatte Londons volle Aufmerksamkeit. Der Schokoriegel, den er in eine Tasse Tee getunkt hatte, tropfte unbeachtet vor sich hin.

„Sie bat Sie, sie zu schlagen? Das passt überhaupt nicht zu ihr."

„Sie haben mein Wort darauf. Ich glaube, sie hat sich endlich ihrem Kindheitstrauma gestellt, obwohl ich mir sicher bin, dass sie sich dessen nicht bewusst war. Verdrängung ist ihr Schutzmechanismus."

„Was für ein Kindheitstrauma?"

„Ihre Eltern hatten eine gewalttätige Beziehung."

„Sie meinen, ihr Vater schlug ihre Mutter?"

„Nein, umgekehrt. Ihre Mutter misshandelte den Vater. Ich kann Ihnen nicht viel darüber sagen, da ich nie Gelegenheit hatte, die Greshams kennenzulernen. Alles, was ich weiß, hat Alan mir erzählt. Mrs Gresham scheint ihren Mann regelmäßig verprügelt zu haben. Wenn Mr Gresham seine Tochter von der Tanzschule abholte, hatte er oft ein blaues Auge oder Quetschungen am Arm. Jessica starb immer fast vor Scham."

„Schlug Mrs Gresham auch ihre Tochter?"

„Nein, glücklicherweise nicht. Aber was sie Jessica seelisch antat, war keinen Deut besser. Sie brachte dem Mädchen bei, dass Männer wertlos seien. Sie schlug Jessicas Vater sogar in ihrem Beisein."

„Sie ist also in einer sehr ungesunden Atmosphäre aufgewachsen."

„Zutiefst verstörend für ein Kind. Es erklärt, warum das *Caesar* ihr wahres Zuhause wurde und warum sie lieber allein in London blieb, als mit ihren Eltern nach Auckland zu ziehen. Alan sagte, Eileen und er waren Jessicas Ersatzfamilie."

London klopfte mit dem Zeigefinger an seine Lippen. „Also ist Jessica gar nicht das verwöhnte Biest, für das man sie hält. Sie kann nicht anders, als Männer wie Lakaien zu behandeln. Es wurde ihr eingebläut. Sie war gezwungen, die Gewaltszenen zwischen ihren Eltern mit anzusehen. Sie muss gespürt haben, dass es falsch ist, auch wenn sie das Verhalten ihrer Mutter zum Teil nachahmte. Um dem Dilemma zu entkommen, flüchtete sie sich in die Welt des Tanzens, wo sie sich ihren psychologischen Problemen nicht stellen muss."

„Ich bin sicher, dass auch ihre Blackouts hier ihre Wurzeln haben", sagte Roger. „Jessica spricht nie über ihre Familie. Sie muss die Erinnerung vergraben und fest zubetoniert haben. Ich glaube, als ich Jessica auf der Party eine Ohrfeige gab, habe ich etwas losgerüttelt. Sie behandelte mich danach mit etwas mehr Achtung. Es war vielleicht genau das, was sie sich von ihrem Vater immer ersehnt hatte. Dass er zurückschlug, sich zur Wehr setzte."

„Ich verstehe. Es muss schlimm sein, einen Schwächling als Vater zu haben, der einen nicht vor den Gefahren der

Welt beschützen kann, da er ja nicht mal mit seiner eigenen Frau fertig wird."

„Eben. Und Montagnacht, als Jessica wollte, dass ich sie noch einmal ohrfeigte, da wusste ich, dass ich ihr zuliebe in die Rolle ihres Vaters schlüpfen musste. Ich musste mich zwingen, es zu tun. Meine Wutausbrüche gehen nicht besonders tief. Ich habe zwei Töchter großgezogen, ohne jemals die Hand gegen sie zu erheben."

„Sie müssen sich nicht rechtfertigen."

„Und ob ich das muss. Ich schlug sie fester, als ich beabsichtigt hatte. Mein Siegelring schnitt ihr in die Haut. Hier." Er zog den Ring vom Finger und legte ihn auf den Küchentisch. „Sie werden vermutlich Spuren von Jessicas Blut daran finden. Das ist etwas, was Sie bei ihrer Durchsuchung übersehen haben."

London nahm den Ring mit einem Plastikbeutel auf. „Sie könnten die Geschichte eben erfunden haben, um die Blutspuren zu erklären."

Roger ging nicht darauf ein. „Ihre Leute werden auf dem Parkett in der Diele einen dunklen Fleck finden und vielleicht irgendein mikroskopisches Teilchen, das zu den Scherben passt, die Nurit Ihnen am Dienstag gegeben hat. Sie gehören zu dem Cognacschwenker, den ich in der Hand hielt. Ich zerdrückte ihn, als ..."

„Ja?"

„Als Jessica sich dafür bedankte, dass ich sie geschlagen hatte. Es riss mir fast das Herz aus dem Leib. Und jetzt kommt das Schlimmste. Ich kriege es nicht aus dem Kopf. Jessica sagte, ‚Roger, beschütze mich'. Ich dachte, sie wollte nur in den Arm genommen werden, aber jetzt frage ich mich, ob sie wusste, dass sie in Gefahr war. Ich kann mir nicht verzeihen, dass ich sie nicht danach gefragt habe. Ich bin wahrscheinlich ein größerer Schwächling, als ihr Vater jemals war."

David war düster gestimmt, als er mit schmerzendem Rücken aufstand. Er hatte die Nacht auf dem harten Boden vor Jessicas Tür verbracht, eingerollt in seinen Mantel auf einer klumpigen Matratze - es war die alte Matratze, die er und Jessica aus dem Bettgestell entfernt hatten, um sie durch eine neue zu ersetzen, auf der sie sich lieben konnten.

Nichts hatte funktioniert, wie er es geplant hatte. Simon war nicht tot. Es war ungewiss, ob er zu sich kommen und sich erinnern würde, wer ihn angegriffen hatte. Als David das erfuhr, wusste er, dass er weder in Normans Wohnung zurückkehren noch mit seinem Wagen nach Primrose Hill fahren konnte. Alles, was er noch an Vorbereitungen für die letzten sechsunddreißig Stunden von Jessicas Gefangenschaft treffen konnte, war, Kekse und zwei Wasserflaschen im Bahnhof Euston zu kaufen, von wo aus er die U-Bahn nach Chalk Farm nahm und den Rest des Weges zu Fuß ging.

Jessica eine Rose mitzubringen war eine spontane Eingebung gewesen. Er hatte sie im Blumenautomat am Bahnhof gesehen und für eine passende Anspielung auf die Vergangenheit gehalten.

Sein amputiertes Ich, der Teil von ihm, der Jessicas Geliebter gewesen war, hatte ihr oft eine Rose mitgebracht, wenn sie sich trafen, um sich zu lieben. Die Vase, die er damals benutzt hatte, stand immer noch in der Küchenspüle. Jessica schlief tief und fest, als er ihr die Blume ans Bett brachte. Er streichelte sie in der Dunkelheit. Ein Treffen pro Woche, gerade mal drei Stunden, das war alles, was sie ihm zugebilligt hatte. Jetzt gehörte sie ihm unbegrenzt.

David dehnte seine verkrampften Muskeln. Sein Frühstück bestand aus einem Schluck kalten Wassers und einem trockenen Keks, dann fühlte er sich bereit, Jessica gegenüberzutreten. Es war wichtig, dass er alles richtig machte, dass er sie dazu bekam zu verstehen, dass er nicht ihr Feind war.

Jessica saß am Fußende des Betts, massierte hingebungsvoll ihre Knöchel.

„Wie geht es dir?"

„Ich bin ziemlich fertig." Durch halbgeschlossene Augenlider sah sie ihn an. „Danke für die Rose."

David lachte. „Sieh den Tatsachen ins Auge, Jessica. Das ist kein Treffen mit deinem Liebhaber, der mit dir eine Fessel-Nummer abziehen will. Du nimmst mich anscheinend nicht ernst."

„Du hast mir immer eine Rose mitgebracht, um mir zu sagen, dass du mich liebst."

„Ich liebe dich sogar mehr, als du verdienst. Du siehst im Moment nicht besonders vorteilhaft aus."

„Ich weiß. Ich würde mir gerne die Haare waschen. Meine Kopfhaut juckt."

„Und mich juckt es, dir zu erzählen, was während der Premiere passiert ist." Er reichte ihr die Plastikflasche, setzte sich rittlings auf den Stuhl und beobachtete ihren Gesichtsausdruck. „Es ist alles Alans Schuld, weißt du."

Sie trank, dann stellte sie die Flasche auf den Boden. „Was meinst du damit?"

„Lange Geschichte. Zum Glück haben wir den ganzen Tag Zeit, alles durchzusprechen. Ich habe einen Bestrafungsplan in fünf Stufen entwickelt."

„David, das geht endgültig zu weit. Ich weiß, dass ich unfair zu dir war. Wenn ich könnte, würde ich den Samstag ungeschehen machen." Sie klang gefasst und aufrichtig.

„Gib ruhig zu, dass du in Wirklichkeit alles ungeschehen machen würdest. Du bedauerst jede Sekunde, die du mit mir verbracht hast. Das hast du jedenfalls gesagt."

„Ich meinte es nicht so."

„Nun, ich werde alles meinen, was ich dir jetzt erzähle, also hör mir lieber gut zu. Wir reden über die fünf Stufen der Bestrafung. Stufe eins." Er kippte den Stuhl nach vorne und zog die Rose aus der Vase. „Die Rose wird aus dem Wasser genommen. Stufe zwei." Er brach die Dornen vom Stiel. „Sie wird ihrer Dornen beraubt."

Jessica machte ein winselndes Geräusch, als wäre die Rose eine Voodoo-Puppe.

„Stufe drei. Die Blüten verwelken." Er zupfte sie einzeln ab. „Stufe vier. Der Stängel zerbricht." Er knickte den Stiel, bis er brach. „Stufe fünf. Der Rosenkavalier macht einen Abgang." Er warf den Stängel zu Boden.

Jessicas Selbstbeherrschung zeigte die ersten Risse.

„Kehren wir zu Stufe eins zurück. Ich nahm dich aus deiner natürlichen Umgebung. Du bist jetzt wie eine Blume ohne Wasser. Es war ganz einfach, dich ins Haus zu locken. Du warst sehr erpicht darauf, dich bei mir zu entschuldigen, weil du dir Sorgen gemacht hast, allerdings nicht um meine Gefühle, sondern um dein Selbstbild. Da du dachtest, dass du immer noch Macht über mich hast, hast du keinen Verdacht geschöpft, als ich dir Tee aus der Thermoskanne anbot. Es war ein Schlafmittel darin. Dich gefangen zu nehmen, war so einfach, wie eine Blume aus der Vase zu ziehen." David spielte an seinen Ohrringen herum. „Aber noch hast du deine Dornen. Wenn ich dir von der Premiere erzählt habe, wird dein Stil glatt sein. Du wirst vollkommen wehrlos sein."

Die gespielte Ruhe entglitt ihr allmählich.

„Nun, was tat ich also? Kurz vor dem Finale ging ich in deine Garderobe. Ich nahm deinen Schuhputzlappen und wickelte ihn um den Griff deines Schraubenziehers, den ich dann hinter meinem Rücken verbarg." Er machte eine effektvolle Pause. „So bewaffnet, ging ich in Simons Behandlungszimmer."

Jessica hauchte ein entgeistertes „Nein."

Zufrieden, dass er sie in Angst versetzt hatte, fuhr er fort. „Er saß an seinem Schreibtisch und las eins seiner medizinischen Fachbücher. Der Gute lässt sich keine Gelegenheit entgehen, auf dem Laufenden zu bleiben. Ich stach ihn in den Rücken."

„Du Bestie!"

„Kopf hoch, er lebt noch. Da kommt Alan ins Spiel. Er kam die Treppe hinunter, gerade als ich aus Simons Zimmer kam. Ich versteckte mich in der nächsten Garderobe und wartete, bis er weglief, um Hilfe zu holen. Dann brachte ich den Lappen zu deinem Schuhregal zurück und ging wieder hinter die Bühne. Alan hat also Simons Leben gerettet und darum muss ich mich hier versteckt halten, denn sobald Simon das Bewusstsein wiedererlangt, bin ich geliefert."

Jessica hörte ihm gar nicht mehr zu. Sie hatte die Hände auf den Mund gepresst und schluchzte. „Wie konntest du nur?"

„Simon war der bessere Liebhaber, stimmt's? Du hattest mehr Spaß mit ihm. Das hast du mir gesagt. Du solltest aufpassen, was du so alles zum Besten gibst."

„Du bist wahnsinnig."

„Beschwer dich nicht. Schließlich warst du es, die mich in den Wahnsinn getrieben hat. Aber noch besteht Hoffnung für dich. Bestimmt hast du Eileen über unsere wöchentlichen Treffen hier erzählt. Im Moment kann sie wahrscheinlich keinen klaren Gedanken fassen, jetzt, wo Simon ihr nicht länger durch ihr zerbrechliches Dasein helfen kann. Aber falls der Detective ihr von dem alten Mann erzählt, der dich am Dienstagmorgen vor dem Haus gesehen hat, da wird sie schon schalten. Und dann kommt die Polizei und rettet dich."

Jessica war jetzt ganz reglos. „Du wirst doch Eileen nichts antun, David?"

„Ich habe mir viel mehr vorgenommen. Stufe drei. Weißt du noch?

„Die Blüten verwelken", murmelte sie.

David stand auf und zog die Waffe aus seiner Hosentasche. Jessica schrak zurück, soweit ihre gefesselten Füße es zuließen.

„Rate, meine Rosenknospe, wen ich töten werde."

Sie brachte kein Wort heraus.

„Rate. Komm schon. Du brauchst nicht befürchten, dass du mich damit auf Ideen bringst. Mein Plan sitzt so fest in meinem Kopf wie die Schrauben an deinen Schuhen."

„R-Roger?" Sie bebte.

David bekam einen Lachkrampf. „Roger? Ausgerechnet Roger, der unter deinen Allüren mehr zu leiden hat als jeder andere? Roger, der deine Launen erduldet wie ein Heiliger?"

„David, das muss aufhören."

„Es wird aufhören, wenn ich sage, dass die Zeit gekommen ist. Jetzt versuch es noch einmal. Wer könnte der Nächste auf meiner Liste sein?"

„Es gibt niemanden."

„Niemanden, der dir etwas bedeutet? Bist du sicher?"

Sie nickte, die Augen weit aufgerissen.

„Wie steht es denn mit dem einzigen Mann, den du je geliebt hast? Du hast es selbst gesagt."

„Ich ... ich habe das gesagt?"

„Allerdings, nämlich als du mir mit Pauken und Trompeten eine Abfuhr erteilt hast. Meine Liebe konntest du damit nicht zerstören. Sie ist zu stark. Stark genug, um dich zu vernichten." Er konnte kaum den Triumph in seiner Stimme verbergen, als er ankündigte: „Heute Nacht erschieße ich Alan."

Jessica schnappte die Vase und schmiss sie nach ihm. Er duckte sich und das Glas zerbrach an der Wand. Ein Schwall Wasser und Scherben regnete auf seine Hose. Jessicas Steppschuhe folgten schnell nacheinander. Einer traf ihn an der Schulter.

Er rang ihr das nächste Wurfgeschoss, die Wasserflasche, aus den Händen. „Du solltest lieber um meine Sicherheit beten, denn sonst ist niemand da, der dich befreien kann. Die Schlüssel für die Fußschellen sind in der Küche. Ohne mich wirst du sterben."

„Ich sterbe doch sowieso", schrie sie ihn an. „Stufe vier. Der Stamm ist zerbrochen. Die Rose ist tot. Tot!"

„Du wirst am Leben bleiben, Jessica", sagte er sanft und fühlte für einen Moment nicht einmal mehr den Phantomschmerz seiner amputierten Seele. „Dein Tod gehört nicht zu meinem Plan. Ich werde dich jetzt eine Weile allein lassen. Keine Sorge, ich gehe nicht fort. Ich bin immer irgendwo im Haus. Du kannst mich jederzeit rufen. Aber denke nicht, du könntest mir mein Vorhaben ausreden. Das Einzige, was du tun kannst, um Alan zu retten, ist, den Einbruch der Nacht zu verhindern."

Scherben

14/19

Scherben

Eileen trainierte gerade am Butterfly, aber sie hörte auf, als Rick den Fitnessraum betrat. Mit dem Ärmel ihres Sweatshirts tupfte sie sich die Stirn ab. „Ich bin heute einfach nicht in Form. Gibt es etwas Neues?"

Rick lächelte sie an. „Ja, Simon ist vor zwei Stunden zu sich gekommen, aber er kann sich noch nicht erinnern, was passiert ist." Das war die schonende Variante. Tatsächlich war Simon Jenkinson völlig desorientiert und konnte nicht einmal sprechen.

„Ich weiß, wie verwirrt man ist, wenn man aus einem Koma erwacht. Reden wir lieber nicht davon." Sie bemühte sich, sein Lächeln mit einem frechen Grinsen zu kontern. „Sie werden angeklagt, gestern Nacht mein Büro in ein heilloses Chaos versetzt zu haben."

„Ich bekenne mich schuldig." Er sah sich nach einer Sitzgelegenheit um und wählte die Hantelbank. „Müssen Sie noch lange trainieren?", fragte er.

„Bin fast durch. Sie müssen mich für hartherzig halten, weil ich heute überhaupt an mein Training gedacht habe, aber Simon ist derjenige, der immer darauf besteht, dass ich es nie ausfallen lasse." Sie zog das Sweatshirt über den Kopf. Drunter trug sie ein bauchfreies Top. „Noch zwei Sätze Crunches, dann muss es für heute reichen."

Eileen wuchtete sich auf die Krücken, die am Gewichtsturm der Butterflymaschine gelehnt hatten, und ging zur Langbank hinüber. Fasziniert beobachtete er die Kontraktionen ihrer Bauchmuskeln und staunte, was für ein hohes Gewicht sie aufgelegt hatte. „Waren Sie immer schon so sportlich?"

Sie setzte sich auf. „Im Gegenteil. Ich habe heute bestimmt zehnmal so viel Muskelmasse wie vor meinem Unfall.

Ich sollte hin und wieder eine Pizza essen, um ein bisschen Fett auf die Knochen zu kriegen."

„Wo wir von Pizza reden ... Was bedeutet *Pipistrello*?"

„Fledermaus."

„Ein ziemlich komischer Namen für ein Restaurant."

„Sie sind aber nicht gekommen, um mich das zu fragen, oder?"

„Ich hatte nur etwas Zeit totzuschlagen und dachte, ich schau mal nach, wie es Ihnen geht." Rick setzte sich neben Eileen auf die Langbank.

„Schön, dann kann ich Sie ja mit Fragen löchern. Haben Sie auf dem Griff des Schraubenziehers Fingerabdrücke gefunden?"

„Nein, nur Spuren von schwarzer Schuhcreme. Die gleiche Marke, die hier benutzt wird, wie zu erwarten war. Reden wir über Simon. Wir haben heute Morgen seine Wohnung durchsucht. Ich war baff, als ich herausfand, dass er verwitwet ist und einen Sohn hat."

„Bestimmt nicht so baff, wie ich war. Vor zweieinhalb Jahren sagte Simon, er wolle mir seine Familie vorstellen, Vater, Bruder, Schwägerin, Nichten und Neffen, die ganze Bande. Damals konnte ich noch nicht laufen. Als wir in Sevenoaks ankamen, schob Simon mich den Gartenweg zum Haus hoch. Aus der Eingangstür kam uns ein zweiter Rollstuhl entgegen, in dem ein Junge saß. Ich konnte ihn nur anstarren. Ein hübscher Teenager, der auf die Art lächelte, wie geistig Behinderte es tun. ‚Darf ich dir meinen Sohn Peter vorstellen', sagte Simon. Der Junge ist behindert und muss rund um die Uhr versorgt werden. Wenn ich nicht gewusst hätte, dass Simon von Natur aus ein fürsorglicher Mensch ist, hätte ich ihn verdächtigt, sich nur deswegen so liebevoll um mich zu kümmern, weil er seinen Sohn nicht selber großziehen kann und einen Ausgleich dafür braucht." Ihre Stimme hatte sich verändert. In dem hohen Spiegel sah Rick, dass Eileen angefangen hatte zu weinen.

„Ich liebe ihn so sehr", sagte sie. „Ich liebe ihn wie verrückt."

Als Alan einige Minuten später dazu stieß und Rick die weinende Eileen trösten sah, breitete sich Entsetzen in seinem Blick aus. „Ist er tot?", formte er mit den Lippen.

Rick schüttelte den Kopf und Alan seufzte erleichtert. „Sergeant Blockley ist am Apparat", sagte er.

Rick folgte Alan in seine Wohnung und hörte sich an, was Blockley zu berichten hatte.

„Haben Sie inzwischen wieder von Susan gehört?", fragte er Alan, nachdem er aufgelegt hatte.

„Sagen Sie nicht, sie ist auch verschwunden."

„Es scheint so. Jedenfalls war sie den ganzen Morgen nicht daheim. Blockley war dort, um die Hausdurchsuchung zu überwachen. Er hat inzwischen alle Telefonnummern in Susans Adressbuch angerufen, konnte sie aber nirgends ausfindig machen. Sie könnte natürlich einkaufen gegangen sein, aber im Hinblick auf ihren verstörten Zustand halte ich es für unwahrscheinlich, dass sie sich so lange mit Besorgungen aufhält."

Alan ließ sich auf einen Sessel fallen. „Sie hat seit ihrer Fehlgeburt vor drei Jahren ein angeschlagenes Nervensystem. Sie war bereits im sechsten oder siebten Monat schwanger, also war es fast eine Frühgeburt, aber das Baby war leider tot. Ich glaube, weder David noch Susan haben sich je ganz von dem Schock erholt. Ich wünschte, ich hätte heute Zeit gehabt, mit Susan zu reden. Aber dann ist da noch Simon ... mir wird langsam alles zu viel."

Rick dachte, dass Alan sogar noch beunruhigter gewesen wäre, wenn er gewusst hätte, dass Jessica ihre eigene Schwangerschaft erwähnt hatte, als sie David den Laufpass gab. *Ich wollte dein Kind nicht.* Damit hatte sie David mitten ins

Herz getroffen. Und Susan hatte zugehört und gleich zwei Schläge einstecken müssen. „Falls Susan heute herkommt, informieren Sie mich sofort", bat er Alan. „Und seien Sie vorsichtig. Sie könnte bewaffnet sein."

„Bewaffnet?"

„Blockley fand fünf Patronen in der Nachttischschublade. Sie gehören zu einer 22er Automatik mit einem Achtermagazin. Die Waffe fehlt."

„Sie wird sich doch nicht etwa umbringen wollen? Sie ist so zerbrechlich. Oft kommt sie sich bei mir ausheulen und lehnt dann an meiner Schulter so wie Eileen eben bei Ihnen."

„Eileen weint auf eine ganz seltsame Art", bemerkte Rick. „Die Tränen fließen einfach, ohne Schluchzen, ohne eine Bewegung im Gesicht. Als würde sie einen Wasserhahn andrehen."

„Sie hat sehr viel geweint nach ihrem Unfall. Sie musste es auf diese Weise tun, da sie bei der kleinsten Bewegung Schmerzen hatte. Diese stille Art zu weinen muss ihr in Fleisch und Blut übergegangen sein."

„Und alles wegen eines unnötigen Unfalls und eines Feuers, verursacht durch einen Kurzschluss."

Alans Kopf schoss hoch. „Woher wissen Sie das?"

„Ich habe in den Brandakten nachgesehen."

Alan starrte angestrengt auf die Fruchtschale auf dem Couchtisch. Seine Ohren wurden rot. Rick wusste, dass er einen wunden Punkt berührt hatte, und bohrte noch etwas nach. „Was genau hatte den Kurzschluss verursacht?"

„Ein alter Heizlüfter in einem der Studios."

„Das kann nicht ganz stimmen. Sie sagten neulich, das Gebäude sei leer gewesen wegen der Ferien. Es war niemand da, der den Heizlüfter in einem Tanzstudio angedreht hätte." Mit einem Mal wurde ihm so heiß, als wäre in seinem Magen eine Heizung angesprungen. Jessica! Sie brauchte ihr tägliches Training, selbst während der Ferien. Sie konnte keinen Tag darauf verzichten. Sie war also zum *Caesar* gefahren. Da die Zentralheizung heruntergedreht war, machte sie den Heizlüfter an.

„Es war Jessica, die das Feuer verursacht hat", sagte Rick. „Sie vergaß, den Lüfter abzuschalten, als sie ging."

Alan gab sich geschlagen. „Jessica gestand es mir schon am nächsten Tag. Sie sagte, sie sei am Abend vor dem Feuer dort gewesen und musste vergessen haben, den Heizlüfter abzudrehen. Das alte Ding hat sich wohl überhitzt, vielleicht fingen ein paar Klamotten auf einem Kleiderständer daneben an zu schwelen. Jessica war erst siebzehn und ganz auf sich allein gestellt. Ich wollte nicht, dass sie wegen grober Fahrlässigkeit angeklagt wird. Als dann das Branduntersuchungsteam die Theorie mit dem Kurzschluss hatte, habe ich es auf sich beruhen lassen. Der Schaden war eh nicht rückgängig zu machen. Damit habe ich wohl Versicherungsbetrug begangen."

Ricks Gedanken überschlugen sich. Eileens Leid, ihre Entstellung, ihre Behinderung - alles war Jessicas Schuld. „Wer weiß davon?"

„Niemand außer Jessica und mir."

„Sind Sie sicher, dass Eileen es nicht weiß?"

„Als sie und Jessica sich anfreundeten, habe ich die Sache als begraben und vergessen betrachtet."

Wie lange hatte Jessica mit dem schlechten Gewissen leben können? Wie lange hatte es gedauert, bis sie ihre Freundschaft mit Eileen für so gefestigt hielt, dass sie den Augenblick für ein Geständnis gekommen sah? Und falls sie es gestanden hatte, was musste in Eileen vorgegangen sein, als sie erfuhr, dass Jessica ihr nur geholfen hatte, um ihren eigenen verhängnisvollen Fehler wiedergutzumachen? Es musste für Eileen eine tiefe Enttäuschung gewesen sein. Aber Eileen war ein Muster an Selbstkontrolle, das hatte sie das jahrelange Leiden gelehrt. Hatte sie ihre Gefühle in einer dunklen Kammer ihres Geistes eingesperrt, wo sie sich unbeobachtet in nackten Hass verwandelten? War der Hass groß genug, um sie wünschen zu lassen, dass auch Jessica leiden sollte? Und hatte Eileen ihm nicht eben gestanden, dass sie in Simon verliebt war? Simon war Jessicas Lover gewesen. Noch ein Grund für Eileen, verbittert zu sein.

„Augenblick mal", durchbrach Alan Ricks Gedankengang. „Sie versteigen sich doch jetzt nicht etwa in die Vorstellung, dass Eileen etwas mit Jessicas Verschwinden zu tun haben könnte?"

Rick fühlte sich auf frischer Tat ertappt und merkte, dass die Fantasie mit ihm durchgegangen war. „Es ist eine Möglichkeit. Nicht wahrscheinlich, aber auch nicht gänzlich auszuschließen."

„Ich bitte Sie. Eileen ist ein Krüppel."

„Sie wäre nicht der erste Krüppel, der ein Verbrechen begeht. Natürlich würde sie einen Komplizen brauchen." Was fuhr Simon noch mal für einen Wagen? Einen dunkelblauen Fiat. War Simon der Komplize? Hatte er am Dienstag, bevor er nach Richmond fuhr, Jessica abgeholt?

„Ich weigere mich, dazu auch nur noch ein Wort zu sagen", warnte Alan. „Und ich verbiete Ihnen, diese haarsträubende Theorie weiter zu verfolgen. Eileen ist so unschuldig, wie ein Mensch nur sein kann. Warum verdächtigen Sie zur Abwechslung nicht einmal mich? Schließlich war es mein Theater, das abgebrannt ist. Jessica hat mir viele Probleme gemacht."

Jessica machte jedem Probleme, dachte Rick, weil sie sich so schwertat, sich in ihre Mitmenschen hineinzuversetzen. Er hatte diese junge Frau nie getroffen, aber er glaubte fast, sie zu kennen.

Nach Davids theatralischem Abgang saß Jessica längere Zeit wie betäubt da und weigerte sich, irgendetwas von dem zu verstehen, was er gesagt hatte. Aber kaum war sie wieder einigermaßen klar im Kopf, fingen ihre Gedanken an zu rasen. David wollte Alan töten. Erschießen. Es war so unfassbar entsetzlich, dass sie sich einen Augenblick an die Hoffnung klammerte, er könnte es nur gesagt haben, um sie zu quälen. Aber sie hatte in seinen Augen gesehen, dass er es ernst meinte. Was konnte sie tun, um ihn zu stoppen?

Sie suchte mit den Augen den Raum ab. Wasserflecken, Glassplitter, die Steppschuhe, die mit der Sohle nach oben auf dem holzigen Dielenboden lagen. Blüten, Dornen, ein geknickter Stängel.

Wie konnte sie ihn aufhalten?

Die Flamme des Gasofens flackerte und erlosch.

David hätte beinahe Simon getötet. Mit ihrem Schraubenzieher! Er war nicht nur durchgeknallt und wütend. Er hatte total die Kontrolle verloren, und sie selbst war es, die ihn so weit getrieben hatte, in dem sie sein Selbstwertgefühl zerbrochen hatte. Alan durfte auf keinen Fall wegen ihrer Selbstherrlichkeit leiden. Sie durfte nicht schuld daran sein, das Cindy ihren Vater verlor.

Jessica schnappte durstig nach der Wasserflasche, die ihr entglitt. Das Wasser rann ihr über die Arme in den Schoß. Alles verschwamm vor ihren Augen. Sie sah den Boden in der *Villa Cathleen*, fühlte Blut ihre Schenkel hinabrinnen und auf die weißen Fliesen tropfen. Die Last war von ihr genommen. Der Schmerz war fast nicht zu ertragen, aber sie bis die Lippen zusammen, um Roger nicht mit einem Schrei aufzuwecken. Eine halbe Stunde saß sie zusammengekrümmt auf der Toilette und glaubte, jeden Moment ohnmächtig zu werden, weil sie den Geruch von Blut nicht ertragen konnte.

Sie schüttelte die Erinnerung ab und zwang sich, weiter nachzudenken. Die roten Blütenblätter sahen aus wie kleine

Blutpfützen. Daneben die kantigen Glasscherben der Vase. Und wieder überfiel sie eine Erinnerung. Roger zerdrückte den Cognacschwenker. Die Flüssigkeit rann sein Handgelenk hinunter.

Jessica erkannte, wo ihre Gedanken hinführten. Wild entschlossen schob sie sich vorwärts, bis ihre Knie gebeugt waren, dann senkte sie den Oberkörper auf den Boden hinunter. Mit den Schultern auf dem Boden streckte sie die Arme über den Kopf. Ihre Fingerspitzen berührten eine Scherbe, aber sie war nicht nahe genug, um sie zu greifen. Blind tastete sie weiter und fühlte das glatte Leder eines der Schuhe, die sie nach David geschmissen hatte. Sie hakte den Finger ein und benutze den Schuh, um die Scherbe näher zu schieben. Da, sie hatte sie. Langsam arbeitete sie sich wieder aufs Bett hoch.

Es war so einfach: Alan würde leben, wenn sie starb. Sie oder er. Sobald sie tot war, brauchte David die dritte Stufe seiner Bestrafung nicht mehr in die Tat umzusetzen.

Sie sah sich ihr rechtes Handgelenk genau an, die zarte Haut, gespannt über Muskeln, Sehnen und Blutgefäßen. Wenn sie es tun wollte, dann schnell und ohne nachzudenken. Der erste Schnitt musste sitzen.

Mit einer raschen, festen Bewegung ritze sie das Handgelenk auf. Blut sickerte aus der Wunde. War das tief genug? In der linken Hand hielt sie noch die Scherbe, aber sie brachte es nicht über sich, ein zweites Mal anzusetzen.

Jessica legte sich auf die Kissen zurück. Ein metallisches Klingeln in ihren Ohren setzte ein. Sie schien durch einen langen Tunnel zu starren. Am Ende des Tunnels sah sie das ergebene Lächeln ihres Vaters, nur das Lächeln ohne Gesicht.

„Geh weg", keuchte sie und das Lächeln löste sich gehorsam auf. „Ich muss noch ein Gebet sprechen." Es bestand aus nur vier Worten. „Es tut mir leid."

Liebesgabe

15/19

Liebesgabe

Eileen hatte Rick gewarnt. Alan hatte Susans Nachmittagskurs im Bauchtanz übernommen und der Anblick, hatte sie gemeint, sei etwas gewöhnungsbedürftig. Tatsächlich war er himmelschreiend komisch, wie Rick feststellte, als er die Tür des Studios öffnete, in dem fünf junge Frauen ihren Unterleib zu jaulenden Shakuhachi-Pfeifen kreisen ließen. In ihrer Mitte, nur mit einer gestreiften Pluderhose bekleidet, schwang Alan hingebungsvoll seine Hüften.

Mit Kennermine bewunderte Rick Alans muskulöse Schultern, seine haarlose Brust und das Piercing in seinem Bauchnabel.

Alan sah ihn und brach aus dem Kreis aus. „Wollen Sie mitmachen? Wir könnten männliche Verstärkung gebrauchen."

Rick hob eine Augenbraue. „Und ich vergeude mein Leben als Polizeibeamter. Es ist eine Schande. Aber eigentlich wollte Eileen nur, dass ich Ihnen Bescheid gebe, dass ich sie ins Krankenhaus mitnehme. Simon hat nach ihr gefragt."

„Sie meinen, er spricht wieder?" Alan fasste Rick bei den Schultern. „Das ist großartig. Ich könnte Sie küssen." Dann lief er wieder in den Kreis zurück und tanzte beschwingt weiter.

Grinsend ging Rick zur Eingangstür, wo Eileen auf ihn wartete. Sie kam ihm verändert vor, zart, fast durchsichtig. Während der Fahrt starrte sie abwesend aus dem Seitenfenster. Was für ein Gegensatz zu ihrer bisherigen Redseligkeit. Sie war aus Widersprüchen aufgebaut, Schwäche und Kraft, Offenheit und Unnahbarkeit. Ihr Leben seit dem Unfall musste ein ständiges Ringen um ein inneres Gleichgewicht sein.

Als Rick den Wagen geparkt hatte, erwachte Eileen aus ihrer Lethargie und sah ihn an. „Ich habe über Susan nachgedacht. Sie nährt ihre Schwächen, weil sie denkt, dass es das ist, was sie für David liebenswert macht. Vielleicht war es auch so, bevor Jessica in sein Leben trat. David brauchte eine schwache Frau, um seine Stärken besser ausspielen zu können. Er kann es nicht dulden, wenn ihm jemand überlegen ist. Es muss eine Tragödie für ihn gewesen sein, sich in so einen Querkopf wie Jessica zu verlieben, und dabei nie ihr Herz zu erobern, nicht einmal während der Zeit, als er ihr Liebhaber war. Dass Jessica ihn so grob zurückgewiesen hat, war an sich schon genug, um seine Liebe in Hass zu verwandeln. Aber dass Susan auch noch Zeuge seiner Demütigung wurde, das war zu viel. Es braucht eine stärkere Persönlichkeit als die von David, um damit fertig zu werden. Andererseits unterschätzen wir oft die Fähigkeit eines Menschen, anderen zu verzeihen."

Das war das Stichwort für Rick, um die Frage anzuschneiden, ob Eileen wusste, dass Jessica das Feuer verschuldet hatte. „Mrs Lanigan ...", begann er, aber die richtigen Worte fielen ihm nicht ein.

Im fahlen Abendlicht sahen ihre Augen noch dunkler aus. „Nenn mich Eileen."

„Eileen, es gibt da etwas, was ich dich über Vergebung fragen muss. Das Dumme ist nur, dass du nichts davon wissen sollst."

Ein Lächeln entkrampfte die starren Muskeln um ihre Lippen. „Und wenn du mich danach fragst, dann verrätst du das Geheimnis. Verstanden. Bitte heben wir es uns für später auf."

Er half ihr aus dem Wagen. Der Himmel war blass und unwirklich, die Luft schwer und roch nach Schnee, wie an dem Abend, als Michael gestorben war. Sobald sie das Krankenhaus betraten, liefen in Rick die Uhren rückwärts. Die

Fahrstuhltür glitt zur Seite und entließ sie in den quadratischen Vorraum der Intensivstation. Unter einer verstaubten Plastikpflanze standen drei Besucherstühle. In den zwei Jahren hatte sich nichts verändert.

Rick klingelte an der Stationstür und während er auf die Krankenschwester wartete, blätterte Lage um Lage seiner Schutzhülle ab. Jede Sekunde würde ein Arzt um die Ecke kommen und ihm mit gesenkter Stimme mitteilen, dass Michael bald von seinem Leid erlöst sein würde. Vor Tränen blind, würde er in den Raum schlurfen, in dem Michael im Sterben lag. Es brach über ihn herein: alles, was ungesagt geblieben war; Selbstvorwürfe, die er noch nicht verarbeitet hatte. Warum hatte er sich von seiner Arbeit so lange von Michaels Totenbett fernhalten lassen? Warum war er nicht besser vorbereitet gewesen, wo er doch den Tod schon so oft gesehen hatte, plötzlich oder langsam, gewaltsam oder sacht, tragisch oder gnädig?

Als Rick die Station betrat, drang wieder dieser aggressivsaubere Geruch in seine Nase und der Schmerz breitete sich ungehindert in ihm aus. Er hielt der Schwester seinen Dienstausweis hin, ohne sich dessen bewusst zu sein, schlüpfte in den sterilen Mantel und die Überschuhe.

Rick fühlte sich vollends zurückgeworfen in seine schrecklichsten Zeiten, als er Simon, der mit Michael eigentlich keine Ähnlichkeit hatte, genauso blass und reglos daliegen sah. Seine Venen und Nasenlöcher waren mit den gleichen Lebenserhaltungs- und Überwachungsgeräten verbunden. Michaels letzte Worte schienen noch im Raum zu schweben, unterbrochen von röchelnden Hustenattacken.

Rick sah auf Simons Hand hinab, gewichtslos wie ein Vogel, der davonfliegen wollte - und er hätte sich endgültig in seinen Erinnerungen verloren, wenn Eileens ruhige Stimme ihn nicht in die Wirklichkeit zurückgeholt hätte.

„Er sieht so klein aus", stammelte sie.

Rick senkte die Bettumrandung ab, trat zwei Schritte zurück und lehnte sich an die Wand. In dieser unauffälligen Haltung beobachtete er, wie Eileen Simons Hand streichelte. Augenblicklich schien ihr Gesicht alle Kanten zu verlieren. Mit einer Stimme wie Seide sagte sie: „Simon. Ich bin gekommen. Ich bin bei dir."

Simon drehte seinen Kopf ein wenig, ihre Augen trafen sich. „Eileen, mein Herz."

Mein Herz? Beruhten ihre Gefühle womöglich auf Gegenseitigkeit?

„Was –" Simons Stimme brach.

„Du möchtest wissen, was passiert ist? Also erinnerst du dich nicht?"

„Nein."

„Du hattest eine Notoperation. Du wurdest während der Vorstellung in deinem Behandlungszimmer angegriffen." Eileen sprach langsam, damit er auch alles verstand.

„W-wer?"

„Das wissen wir nicht. Bleib ganz ruhig, mein Schatz. Du wirst wieder gesund werden. Du bist jetzt auf der Intensivstation und es geht bergauf. Lass die Erinnerung langsam zurückkommen. Erzwing es nicht. Es zählt nur, dass du wieder auf die Beine kommst. Hab Geduld mit dir selbst."

Simon drückte Eileens Hand.

Nach einer Weile der Stille legte sich Simons Stirn in Falten. „Jessica", sagte er.

„Sie wurde noch nicht gefunden."

„Peter. Weiß er –?"

„Ich habe Barbara heute Früh angerufen. Sie wird dich bald besuchen und Peter mitbringen."

Ein junger Arzt kam, überprüfte die Monitore, rückte einen Schlauch zurecht.

„Kann ich über Nacht bleiben?", bat Eileen. „Ich möchte seine Hand halten."

„Nein, das ist leider nicht möglich. Und es würde ihm auch nicht guttun. Er muss ungestört schlafen können."

Eileen versprach, dass sie Simon nicht stören würde. Jetzt war es Simon, der protestierte. „Du siehst müde aus, Liebes."

„Ich will aber bei dir sein."

„Komm morgen wieder." Simon schloss, sichtlich erschöpft von dem kurzen Gespräch, die Augen. Rick fühle sich wie ein Eindringling, als er Eileen zusah, wie sie lange Zeit zärtlich Simons Hand und Wange streichelte.

Wie lange waren Eileen und Simon wohl schon ein Paar? War Eileen so tolerant, dass sie Simon mit anderen Frauen teilen konnte, sogar mit ihrer besten Freundin? Oder war sie seine jüngste Eroberung?

„Ich komme bald wieder."

„Ich liebe dich, Eileen." Es war nur ein Flüstern.

„Ich liebe dich auch, Simon." Sie beugte sich vor, küsste seine Lippen und ließ seine Hand los.

Sie schien es gut zu verkraften. Erst als sie wieder im Auto saßen, bemerkte Rick, dass sie wieder auf ihre lautlose Art weinte.

„Du solltest heute Nacht nicht allein sein."

„Ich komme schon zurecht."

„Nein, du kommst nicht zurecht. Du kannst ja nicht mal aufhören zu weinen. Ich werde dich mit zu mir nehmen. Du kannst in meinem Gästezimmer schlafen."

Als ob sie zeigen wollte, dass sie sehr wohl zurechtkam, stoppte sie ihren Tränenfluss mithilfe eines langen, tiefen Atemzugs. Dann wehrte sie sich noch ein wenig gegen Ricks Vorschlag.

„Ich brauche meine Medikamente."

„Wir fahren bei dir vorbei und ich hole sie."

Sie seufzte, gab sich geschlagen und reichte ihm ihre Hausschlüssel. „Du hast recht. Danke, äh -"

„Meine Freunde nennen mich Rick."

Eileen fragte sich, ob es eine Mrs London gab, die das Gästezimmer für sie herrichtete. Würde man von ihr erwarten, Konversation zu machen? Würden Kinder da sein? Ein Hund, der an ihr hochsprang? All diese Bestandteile eines glücklichen Familienlebens? Sie hätte Rick danach fragen sollen, bevor sie seine Einladung annahm. Jetzt war sie zu müde, um ihre Meinung noch einmal zu ändern. Sie ließ die Augenlider zufallen. Sofort war sie von Furcht erfüllt. Die Möglichkeit, Simon zu verlieren, war zu entsetzlich und sie kämpfte heftig gegen das Bild vor ihrem inneren Auge, das Simon zeigte, wie er blass und fast leblos im Krankenbett lag. Stattdessen dachte sie an ihre gemeinsame Nacht in Richmond. Sie hatte nicht gewusst, dass ein Mann so zärtlich sein konnte. Als die Erinnerung sie durchflutete, fühlte Eileen ihr Herz warm und weit werden. Es war mehr als Liebe, ein viel tieferes Gefühl, verzeihend, nachgiebig und dankbar, so als könnte man unter Wasser atmen.

Die Gedanken entglitten ihr und sie wurde sich der Vibration des Wagens bewusst, der Brems- und Beschleunigungsvorgänge, der Kurvenneigung und des schnurrenden Motorgeräusches. Sie wünschte, sie würden ewig so weiterfahren, nie zum Stillstand kommen, nie wieder Entscheidungen treffen, Hindernisse überwinden oder Schmerzen bekämpfen müssen. Seit fünf Jahren war sie immer nur gegen den Strom geschwommen, hatte Kämpfe gewonnen, und immer noch hieß es weitermachen. Es war einfach zu viel.

„Eileen." Ricks sanfte Stimme weckte sie. Er lehnte über der offenen Tür.

„Was? Wo? Oh!", stammelte sie, als sie ihn erkannte.

„Wir sind da. Ich trage dich nach oben."

„Ich kann laufen", sagte sie kraftlos.

„Ich wohne im ersten Stock. Ich habe deine Krücken schon hochgebracht."

Er bückte sich und hob sie vorsichtig aus dem Sitz. „Geht es so? Tu ich dir nicht weh?"

„Nein, kein bisschen." Das stimmte nicht. Ihre linke Schulter glühte und ihr Rücken fühlte sich krumm an. Aber sie konnte nichts dagegen tun, ihre Muskeln waren zu müde, um sie richtig zu stützen. Sie legte die Hände um seinen Hals, lehnte den Kopf an seine Brust und schloss wieder die Augen. Sie hörte, wie er die Beifahrertür zustieß. Dann ging er die Stufen zur Eingangstür hoch.

„Ich hoffe, ich bin nicht zu schwer", sagte sie. Die raue Wolle seines Mantels dämpfte ihre Stimme.

„Du bist federleicht."

Sie war ein Boot, das verloren auf den Weiten des Ozeans trieb.

„Da wären wir. Ich setze dich aufs Sofa."

Gedämpftes Licht fiel durch die offene Tür. Sie war weit weg von daheim, hungrig, durstig und müde, ganz zu schweigen von dem Schmerz, der sie jetzt fest umklammert hielt. Eins nach dem anderen, befahl sie sich. Aber es war schon zu spät. Der Anfall kam schnell und hatte innerhalb eines Pulsschlags volle Stärke erreicht. Die Nerven ihres linken Beins standen in Flammen, die linke Seite ihres Körpers schien sich nach hinten zu biegen. Sie versuchte zu atmen, aber alles, was sie zustande bekam, waren kehlige Schluchzer. Verzweifelt versuchte sie zu tun, was Simon ihr beigebracht hatte, sich Wellen vorzustellen, die sachte an den Strand spülten, vor und zurück, an ihren Füßen leckend, die fest im warmen, weichen Sand verwurzelt waren. Nur half es diesmal nicht. Die leisen Wellen verwandelten sich in wilde, schaumgekrönte Brecher; der Sand um ihre Füße wurde losgewirbelt; ihr Körper wurde hochgehoben und gegen zackige, verwitterte Felsen geschleudert. Mit einer gespenstischen Mischung aus Entsetzen und Dankbarkeit spürte sie, wie sie ins Nichts hinabsank, wie das Rauschen und Brausen des Wassers um sie herum lauter wurde. Ihre Lungen barsten fast, angefüllt mit Salzwasser, das sie am Atmen hinderte, als sie um Hilfe rufen wollte.

Dann lag sie auf dem Rücken und jemand war über ihr und atmete für sie, atmete in ihren Mund, bis ihr Brustkorb sich wieder von selbst hob und senkte. Gurgelnd zog sich das Wasser zurück. Die Felsen versanken in der Tiefe des Meeres und ihr Körper wurde an Land gespült.

Eileen rang nach Luft. Das Husten verursachte ihr stechende Schmerzen. Der Krampf ließ sie wund und reglos zurück. Rick strich ihr das schweißnasse Pony aus der Stirn. Sie drehte den Kopf zur Seite und sah ihn neben dem Sofa knien.

„Das war der schlimmste Anfall, den ich je hatte", sagte sie benommen. „Ich glaube, du hast mir das Leben gerettet."

„Ich bringe dir etwas Wasser und deine Tabletten. Kann ich dich kurz alleine lassen?"

„Sicher."

Als er wiederkam, half er ihr, sich aufzusetzen. Sie schluckte die Tabletten, leerte das Glas und lehnte sich an seine Schulter. „Jetzt könnte ich Simons Akupressur-Massage brauchen, dann würde ich mich wieder wie ein Mensch fühlen."

„Das Einzige, was ich als Ersatz anzubieten habe, ist eine Badewanne mit Massagedüsen. Sehr entspannend."

Auf dem Wasser treiben, nicht darin ertrinken. „Klingt gut." Eine kleine peristaltische Welle, ein Nachbeben des Anfalls, lief ihre linke Seite hinunter.

„Ich lasse es einlaufen."

„Warte. Es gibt da ein Problem. Ich komme nicht alleine hinein und wieder raus."

„Dann helfe ich dir." Etwas einfühlsamer fügte er hinzu: „Ich weiß, wie wichtig es für dich ist, deine Würde zu wahren, aber es ist nun mal nicht zu ändern." Rick erhob sich. „Ich hole dich in ein paar Minuten."

Sie zog ihren Mantel und die Schuhe aus und sah sich um. Der Raum war groß, üppig in Blau- und Cremetönen eingerichtet. Die Sofas und Stühle waren dick gepolstert. Ein deckenhohes Bücherregal und ein Flügel dominierten den Raum. Ricks Wohnzimmer war zweimal so groß wie ihr Apartment und enthielt die beeindruckendste Büchersammlung, die Eileen je gesehen hatte. Schnickschnack und Souvenirs deuteten auf ein erfülltes Leben hin. Auf allen Tischen und Ablagen waren eselsohrige Bücher, Zeitschriften und Kataloge ausgebreitet. Die Gemütlichkeit des Raums wurde abgerundet durch eine Großvateruhr, die ihr Pendel in langsamer Würde schwang, und das Glühen eines offenen Kamins. Allein die Atmosphäre ihrer Umgebung bewirkte, dass Eileen sich schon viel besser fühlte.

Rick hatte ihre Krücken gegen das Sofa gelehnt. Ihre Medizin begann zu wirken und sie fand die Kraft, aufzustehen und zum Flügel hinüberzugehen. Das polierte, schwarzlackierte Holz glänzte wie Jessicas Stepptanzschuhe. Sie berührte es ehrfürchtig, hob den Deckel und versuchte, die Melodie von *Oh Come, All Ye Faithful* mit einem Finger zu spielen. Auf dem Kaminsims stand ein goldgerahmtes Foto. Rick, jünger als heute, lehnte zusammen mit einem gut aussehenden Mann an einer Mauer. Beide lächelten in die Kamera und hatten die Arme umeinander geschlungen.

„Meine Nichte Cecilia hat das Foto gemacht", sagte Rick, der zurückgekommen war, mit belegter Stimme. „Der Mann neben mir ist Michael." Er räusperte sich. „Dein Bad ist fertig."

Das Badezimmer war ein Traum aus geädertem Marmor und goldenen Armaturen. Rick hatte ihr ein dickes, weiches Badetuch vorbereitet und einen blauen Flanellschlafanzug.

„Hier, setz dich auf den Hocker", wies er sie an. „Welchen Badezusatz möchtest du, Lavendel oder Fichtennadel?"

„Lavendel, bitte." Sie sah zu, wie Rick das duftende Öl dazulaufen ließ. Seine Hände, feingliedrig und glatt, hätten zu einem jüngeren Mann gepasst. „Ich lasse dich jetzt allein. Ruf mich, wenn du so weit bist."

Sie zog sich aus, legte ihre Sachen ordentlich zusammen, benutzte die Toilette und überlegte, ob sie nicht doch allein in die Wanne steigen sollte. Nein, das war zu gefährlich. Mit dem Rücken zur Tür rief sie nach ihm.

Er benahm sich ganz fachmännisch, fragte sie, wie er ihr am besten helfen sollte, und kurz darauf glitt sie schon ins Wasser. „Ist die Temperatur so richtig?"

„Perfekt." Samtige Wärme umgab sie. Er erklärte ihr, wie sie die Massagedüsen einstellen konnte, und ließ sie allein. Sie experimentierte mit den drei Einstellungen der Jets herum und fand die mittlere am besten. Sie hatte noch nie in einem Whirlpool gelegen. Die Massage belebte und entspannte sie zugleich. Die runde Wanne war für zwei Personen ausgelegt und schmiegte sich an ihr Rückgrat. Sie breitete die Arme und Beine aus, beugte sie. In dem warmen, blubbernden Wasser fielen ihr die Bewegungen leicht. Ruhe breitete sich in ihrem Geist aus.

Rick kam kurz darauf mit einer Tasse in der Hand zurück. „Ich wollte nur sichergehen, dass du nicht in der Wanne einschläfst. Gefällt es dir?"

„Ich liebe es."

„Ich habe dir Tee gemacht."

Wenn der Whirlpool der Himmel war, dann musste er ein Engel sein. „Danke." Sie nahm die Tasse und trank. „Du hast mir schon wieder das Leben gerettet."

Er lächelte auf sie hinunter. „Ich hoffe, du magst Schinken- und Käsesandwiches. Ich habe auch noch etwas Hühnersalat, den Cecilia gemacht hat."

„Wohnt sie bei dir? Wie alt ist sie?"

„Anfang zwanzig. Sie wohnt im Haus gegenüber. Wenn du alles hast, was du brauchst, gehe ich jetzt duschen."

Eileen starrte auf die Duschkabine in der Ecke. „Hier?"

Er lachte „Nein, im anderen Badezimmer."

Zwei Badezimmer, was für ein Luxus! Sie lauschte dem Sprudeln der Düsen und fand das Leben ausnahmsweise lebenswert.

Obwohl ein Teil ihrer Gedanken immer noch um Jessica und Simon kreiste, schaffte sie es, ihre Sorgen zur Seite zu schieben und das Kribbeln des Wassers zu genießen.

Als Rick zurückkam, trug er einen burgunderfarbenen Seidenpyjama mit passendem Hausmantel.

„Zeit fürs Abendessen", verkündete er, schaltete die Düsen aus und half Eileen, auszusteigen. Er wickelte das Handtuch um sie und ließ sie sich wieder auf den Hocker setzen. Dann kniete er sich vor ihr auf den Boden und begann, behutsam ihre Beine trocken zu rubbeln.

„Rick, ich brauche keine Hilfe beim Abtrocknen", sagte sie, halb beschämt, halb amüsiert.

„Natürlich, ich dachte nur ... ähm ... Also, ich bin dann im Wohnzimmer." Es war ihm sichtlich peinlich. Was für ein bemerkenswerter Mann. Liebevoll, sanftmütig und zuverlässig. Es war schön, bei ihm zu sein.

Eileen trocknete sich langsam ab und zog den Schlafanzug an. Sie musste die Ärmel und Hosenbeine zweimal umkrempeln. Das war jetzt schon die dritte Nacht in Folge, die sie nicht in ihrem eigenen Bett schlief.

Rick hatte angefangen, Klavier zu spielen. Eileen lauschte entzückt. Sie humpelte ins Wohnzimmer und betrachtete sein Profil. Seine leicht geöffneten Lippen bewegten sich zu den besinnlichen Klängen eines Chopin Nocturnes. Das stetig wiederholte Muster der Begleitung trug die Melodie zu einem herrlichen musikalischen Höhepunkt.

„Wunderschön", sagte sie, als der letzte Ton verklungen war.

Sie setzten sich nebeneinander auf das Sofa. Er hatte einen niedrigen Tisch für ihr Abendbrot gedeckt. Beim ersten Biss in ein Sandwich wurde Eileen klar, dass sie noch viel hungriger war, als sie gedacht hatte, und für eine Weile konnte sie einfach nur essen.

Die Zeit hatte sich verändert. Sie war zäh wie Leim, undurchsichtig wie Milchglas. Sie ließ sich nicht mehr in Minuten und Stunden messen. David wusste nicht, wie viele Stunden vergangen waren, seit er sich an Jessicas Seite gesetzt hatte, ihre kalten Finger hielt und ihre geschlossenen Augen betrachtete. Der Abend kam. Die Farben flossen aus dem Raum und ließen Grautöne zurück. Bei Anbruch der Nacht wurden die roten Blütenblätter auf dem Boden schwarz.

Auf Jessica aufzupassen war, als würde er einer Schneeflocke zusehen, die endlos langsam vom Himmel zur Erde fiel. Aber die Zeit bewegte sich. Die Schneeflocke würde den Boden berühren, Jessica würde wieder zu sich kommen. Ganz bestimmt.

Sie war ein wichtiger Teil seines Lebens. Alle Wendepunkte hatten mit ihr zu tun. Es war kein Zufall, dass er fünf Stufen der Bestrafung gewählt hatte. Auch sein Leben konnte in fünf Abschnitte unterteilt werden. Da war die Zeit bis zu Dominics Tod. Davor hatte David ein behütetes Leben geführt, in dem immer alles klappte, wie er es wollte. Seine Karriere, sein Liebesleben, seine Ehe, seine Familie. Susans Fehlgeburt war ein Riss in seinem vollkommenen Universum gewesen.

Der zweite Abschnitt war das Jahr danach, als er orientierungslos war, nicht mehr wusste, was er wollte und warum. Er war weggelaufen vor seinen Freunden, die immer wieder fragten, wann er und Susan wieder ein Kind haben würden, weg von den Tänzern, die seine Autorität nicht mehr anerkannten. Der Umzug nach London hatte ihn gerettet.

Und hier war er Jessica begegnet. Damit hatte er den dritten Abschnitt erreicht. Er strahlte wieder Sicherheit aus, gewann seine Fähigkeit zu lieben zurück, und schöpfte wieder Hoffnung auf einen Sohn. Der Tag, an dem sie ihn in ihre Garderobe rief und ihm seelenruhig mitteilte, dass sie sich nicht mehr mit ihm treffen wollte, hatte die nächste Phase eingeleitet. Ein dumpfes Pochen hatte ihn erfasst.

Insofern war der fünfte Abschnitt eine Erlösung. Nachdem er sich von dem Schock am Samstagabend auf Rogers Party erholt hatte, erkannte er, dass er wieder ein Ziel hatte. Der brennende Phantomschmerz heizte ihn an.

Immer wieder tastete David nach Jessicas Puls, massierte ihre Arme, damit das Blut besser zirkulierte, benetzte ihre Lippen mit Wasser und sagte ihren Namen. Mit dem Verblassen des Tageslichts wurde seine Stimme leiser und seine Gedanken milder. Es bewegte ihn, dass sowohl Susan als auch Jessica, die so verschieden waren, sich beide für ihn hatten umbringen wollen. Nur war Jessica, wie immer, die Mutigere gewesen. Sie hatte den Schritt über die Schwelle getan. Glücklicherweise hatte sie es nicht geschafft. Er hatte sie rechtzeitig gefunden und die Blutung stoppen können.

Es war so wichtig, dass sie lebte. Er wollte sie einsehen lassen, dass er alles nur für sie tat. Nicht für sich. Ihr Selbstmordversuch zeigte, dass sie die wichtigste Lektion bereits gelernt hatte: Unterwürfigkeit. Also konnte er die drei letzten

Stufen seines Plans eigentlich aufgeben. Es hatte bereits gewirkt. Diesmal hatte er es geschafft.

Sein erster Plan war eine entsetzliche Niederlage gewesen, dabei schien er so einfach. Er wollte, dass Jessica schwanger wurde. Dann musste sie zu ihm halten und Roger verlassen. Da Roger sterilisiert war, nahm Jessica nicht die Pille. David benutzte Kondome. Jedes Mal, bevor er sich mit ihr traf, machte er Löcher in die Kondome, mit einer Nadel, die er durch die Plastikhülle stieß. Er wusste von den zahllosen Besprechungen mit Susan und ihrem Gynäkologen, dass es nicht so leicht war, eine Frau zu schwängern. Es musste genug Samen in den Uterus gelangen. Er war nicht entmutigt, als zunächst nichts passierte. Er machte einfach die Löcher größer, wartete und hoffte - vergebens. So dachte er jedenfalls, damals, als Jessica die Beziehung beendete.

Seit der Party wusste er, dass er es in Wahrheit beinahe geschafft hatte. Jessica war schwanger gewesen, mit seinem Kind, seinem Sohn. Dominic hatte eine zweite Chance erhalten, und David hatte es nicht einmal gewusst. Jessica hatte den Jungen getötet, ohne ihn je davon in Kenntnis zu setzen.

Er war viel fairer als sie. Er hatte Jessica eine Chance gegeben, um Alans Leben zu betteln. Er selbst hatte nie um das Leben seines Kindes kämpfen können.

Aber Jessica hatte nicht gebettelt, nicht gekämpft. Sie war der Verzweiflung erlegen. So gesehen, schien ihm ihr Selbstmordversuch nicht mehr heldenhaft zu sein, sondern feige. Verdiente sie überhaupt eine Chance, wenn sie so offensichtlich nicht in der Lage war zu lieben?

Jessica stöhnte, bewegte sich ein wenig. David berührte ihre Wange. „Jessica. Wach auf. Komm schon, sag etwas." Er spürte, dass sich ihre Lippen bewegten. Endlich öffnete sie die Augen. Er konnte es in der Dunkelheit nicht sehen, aber er spürte, wie ihre Wimpern seine Fingerspitzen streiften.

„Jessica?"

Sie antwortete nicht. Vielleicht hatte sie einen Blackout. Er sagte ihr, wer und wo sie war. Sie blieb ganz still. „Erinnerst du dich? Ich sagte, ich würde Alan töten."

Keine Reaktion. Er musste etwas deutlicher werden. „Ich werde dich bald allein lassen. Ich muss den ganzen Weg zum Theater zu Fuß gehen. Wenn ich meine Mission erfüllt habe, fahre ich mit dem Wagen zurück. Er steht immer noch dort. Ich werde vor Sonnenaufgang zurück sein. Und dann werde ich dir Alans letzte Worte überbringen."

Selbst darauf reagierte sie nicht.

„Alles Weitere wird sehr schnell gehen. Ich werde deine Füße losbinden, dich deine Steppschuhe anziehen lassen. Dann wirst du für mich tanzen. Es wird dein letzter Tanz sein. Weißt du noch? Stufe vier. Der Stängel zerbricht. Ich werde dir in ein Knie schießen."

Hatte sie eben verängstigt gestöhnt?

„Stufe fünf ist meine letzte Liebesgabe an dich. Ich werde mich selbst erschießen. Ich werde für dich sterben. Danach musst du es irgendwie die Treppe hinunter schaffen, aus dem Haus kommen und um Hilfe rufen. Du wirst in einem Schockzustand sein. Das wird den Schmerz in deinem Knie fürs erste ausschalten. Bestimmt schaffst du es."

Ihre Tränen benetzten seine Hand. Sie hatte ihn verstanden. Würde sie ihn jetzt anflehen, es nicht zu tun? Er war bereit, ihr die letzten Stufen der Bestrafung zu erlassen, wenn sie nur das Richtige sagte.

„Hör auf zu weinen, Jessica. Ich habe mein letztes sauberes Taschentuch verbraucht, um dein Handgelenk zu verbinden."

Er stand auf. Würde sie ihn bitten, zu bleiben?

„Bitte", flüsterte sie.

Erwartungsvoll drehte er sich um.

Dann machte sie einen Fehler. So einen dummen, kleinen Fehler.

„Beschütz mich", wimmerte sie, „bitte, Roger, beschütz mich."

Schon wieder verblüffte Eileen ihn mit einer sprunghaften Veränderung. Rick hatte sie noch nie so unverkrampft erlebt.

„Ist dir warm genug?", fragte er, denn sie war barfuß.

„Oh ja. Mir ist warm, ich bin satt und beschwipst. Ich trinke sonst keinen Rotwein." Die leichte Röte ihrer Wangen bestätigte das.

Rick konnte sich endlich auch entspannen. Vor ein oder zwei Stunden, als er befürchtete, dass sie starb, war er fast in Panik geraten. Später, im Badezimmer, hatte ihn der Anblick ihres nackten Körpers zutiefst berührt. Ihre Haut war von Narben überzogen, ihre Haltung schief.

Auf der Herfahrt, als er kurz bei der Pension gehalten hatte, um Eileens Medikamente zu holen, war ihm eine Fotografie aufgefallen, die eine hübsche junge Frau im Badeanzug zeigte. Langes braunes Haar fiel ihr auf die Schultern. Sie beschattete ihre Augen und lächelte. An diesem Lächeln hatte er erkannt, dass es die jüngere Eileen war, gesund und lebensfroh.

Der Gegensatz zu ihrem jetzigen Zustand tat ihm weh. Was musste es ihr erst bedeuten? Warum hatte sie die Fotografie eingerahmt, wenn sie sie doch ständig an das erinnerte, was sie verloren hatte?

Rick legte einen Arm um ihre Schulter und zog sie an sich. Er fühlte sich jetzt im Umgang mit ihr sicherer.

Mit dem Kopf an seiner Brust fragte sie, wo genau in London sie wären. St. Johns Wood, sagte er ihr und streichelte ihre Wange. Seine Finger zogen sanft die wulstige Narbe nach. Mit der anderen Hand strich er vom Nacken aufwärts durch ihre Haare. Sie drückte sich mit der Hand von seiner Brust weg.

„Du brauchst keine Angst zu haben", sagte er. „Nichts wird passieren. Das wäre unmöglich."

Sie sah ihn mit zusammengezogenen Augenbrauen an. „Danke, das weiß ich auch so."

„Nein, du verstehst mich falsch. Es ist nicht wegen dir, sondern wegen mir."

Sie neigte den Kopf. „Bist du impotent?"

„Schwul."

„Ach so." Sie kuschelte sich wieder an ihn. „Wer bezahlt eigentlich deinen luxuriösen Lebensstil?"

„Ich habe das Haus von meinem Freund Michael geerbt, mit dem ich zehn Jahre lang hier gelebt habe. Er starb vor zwei Jahren an Lungenkrebs. Er hat ein extrem gesundes Leben geführt, und ich habe geraucht. Ich bezweifle, dass ich mir das jemals verzeihen kann."

„Er hätte vielleicht so oder so Krebs gekriegt, auch ohne Passivrauchen. Ich glaube nicht an Statistiken, wenn es um Einzelfälle geht. Darum lasse ich mich auch nicht davon abschrecken, dass meine Chancen, mit einem künstlichen Kniegelenk wieder richtig laufen zu können, nicht allzu groß sind."

Ein künstliches Kniegelenk? Rick hatte darüber erst neulich gelesen. Wo war das gewesen? In Simons Wohnung, auf den Notizen, die er sich in Richmond gemacht hatte. „Wirst du von diesem Professor Johnson operiert?"

„Ja, obwohl ich mir nicht so sicher bin, ob ich es durchziehen kann, jetzt, wo es Simon so schlecht geht." Sie sah zu, wie er ihr noch ein Glas Wein einschenkte. „Es gab etwas, das du mich fragen wolltest. Über Vergebung."

Darauf war Rick nicht vorbereitet. „Äh, da war ich noch im Dienst. Dass ich dich mit hierher gebracht habe, heißt nicht, dass ich mir Arbeit mit nach Hause genommen habe."

„Ich würde aber wirklich gern wissen, worum es ging."
„Vergiss es bitte."
„Muss ich also bis morgen warten, wenn du wieder im Dienst bist?"
„Okay, aber ich weiß, ich werde es bereuen." Wie konnte er die Frage formulieren, ohne dabei etwas zu verraten? Er wählte seine Worte mit Bedacht. „Was war das Schwierigste, das du jemals jemandem zu verzeihen hattest?"

Sie stellte ihren rechten Fuß vorsichtig aufs Sofa und verschränkte die Hände auf dem Knie. „Es hat mit dem Feuer zu tun. Zu wissen, dass es nicht hätte passieren müssen."

„Du wusstest also, dass es Jessicas Schuld war?"
„Jessica? Was hatte das Feuer mit Jessica zu tun?"
„Ich dachte, sie hätte es dir vielleicht gesagt."
„Hätte mir was gesagt?"
„Dass sie für den Ausbruch des Feuers verantwortlich war."

Eileen schüttelte den Kopf. „Wie sollte sie denn dafür verantwortlich sein? Wovon redest du?"

„Ich hätte nichts sagen sollen."
„Zu spät. Ich muss es wissen, denn ich könnte mir jetzt etwas einbilden, das schlimmer ist als die Wirklichkeit."

„Alan hat mir erzählt, dass Jessica am Tag, bevor das Feuer ausbrach, vergaß, den Heizlüfter auszuschalten, und dass dadurch –"

„Was?", fiel sie ihm ins Wort. „Ich glaube es einfach nicht. Oh, Himmel, das ist ... das ist einfach furchtbar."

Ihr Gesicht glühte. Was hatte er nur angerichtet?

Sie ließ das Knie los und presste ihre Hände auf den Mund. „Arme Jessica. Arme, liebe Jessica. Warum hat mich denn damals niemand gefragt? Warum denkt Alan immer, er müsse alle beschützen? Gott, all die Jahre dachte Jessica, sie sei für das Feuer verantwortlich. Ich wünschte, sie wäre jetzt hier und ich könnte ihr diese Last abnehmen." Sie biss auf ihren Fingerspitzen herum.

„Das verstehe ich nicht."

„Ich hab dir doch erzählt, dass Jessica und ich zusammen wohnten, ja? Ich habe ziemlich schnell gemerkt, wie zerstreut sie war. Sie ließ den Kühlschrank offen stehen, vergaß, die Haustür abzuschließen oder das Licht auszumachen, wenn sie ging. Manchmal vergaß sie sogar, die Klospülung zu betätigen. Sie war hoffnungslos. Und ich wusste natürlich auch, dass sie jeden Tag ins Studio ging, um zu tanzen, auch während der Ferien. An dem Morgen, als ich alleine dort war, war meine erste Handlung, dass ich nachsehen ging, ob Jessica vielleicht ein Fenster offen oder die Lichter angelassen hatte, als sie am Tag davor trainiert hatte. Ich fand den Heizlüfter angeschaltet und machte ihn aus. Ich habe ihn verdammt noch mal ausgeschaltet!" Eileen knetete ihre Schenkel. „Verstehst du jetzt, warum ich mich so aufrege? Ich habe nie daran gedacht, jemandem von dem Heizlüfter zu erzählen, weil es eine reine Routinesache gewesen war. Eine Kleinigkeit. Wie konnte ich ahnen, dass es so eine Bedeutung bekommen würde?"

Rick griff nach ihrer Hand, aber sie entzog sie ihm sofort wieder.

„Ist schon gut. Ich bin froh, dass du es mir gesagt hast. Jetzt kann ich es richtigstellen." Sie ließ den Atem durch die halbgeschlossenen Lippen entweichen. „Wenn wir nur wüssten, wo Jessica ist."

„Macht es dich nicht betroffen, dass Jessica dir nur deswegen geholfen hat, weil sie dachte, sie hätte etwas wieder gut zu machen?"

Eileen wurde ruhiger. „Hat sie das? Ja, vermutlich. Aber letztendlich zählt das Resultat. Unsere Freundschaft ist inzwischen sehr gefestigt. Ich habe dir zwar viel Unerfreuliches über sie erzählt, weil sie nun mal so ist, aber ich liebe sie mit all ihren Unzulänglichkeiten und Fehlern."

Rick war erleichtert, dass die Frage geklärt war. „Aber wenn es nicht Jessica war, der du etwas zu vergeben hattest, wer dann?"

„Ich musste mir selbst verzeihen, dass ich so dumm und panisch reagiert hatte. Ich habe Jahre gebraucht, um zu akzeptieren, dass ich in dem Augenblick nicht rational gehandelt habe."

„Verstehe", sagte er. „Ich habe das Foto auf deinem Bücherregal gesehen. Tut es dir nicht weh, es anzuschauen?"

„Es hilft mir, die Erinnerung an die gesunde Eileen wenigstens ein bisschen am Leben zu erhalten." Sie lehnte sich wieder an ihn.

„Ich sollte dich ins Bett bringen", sagte er und schob seine Arme unter ihren Rücken und ihre Knie. Er trug sie ins Gästezimmer. Nachdem er sie ins Bett gelegt und zugedeckt hatte, ging er ihre Krücken holen und lehnte sie an den Nachttisch.

„Ist das Bett bequem?"

„Mhm. Aber ich kann bestimmt nicht schlafen. Es geht mir zu viel durch den Kopf."

„Dann singe ich dir ein Schlaflied."

Er sang *Go to sleep my little one*. Zuerst kicherte sie und schnitt Gesichter, dann begann die beruhigende Melodie auf sie zu wirken. Ihr Atem wurde langsamer, ihre Hände öffneten sich. Rick war gerührt davon, wie intim der Augenblick war, als sie sich vertrauensvoll in den Schlaf sinken ließ.

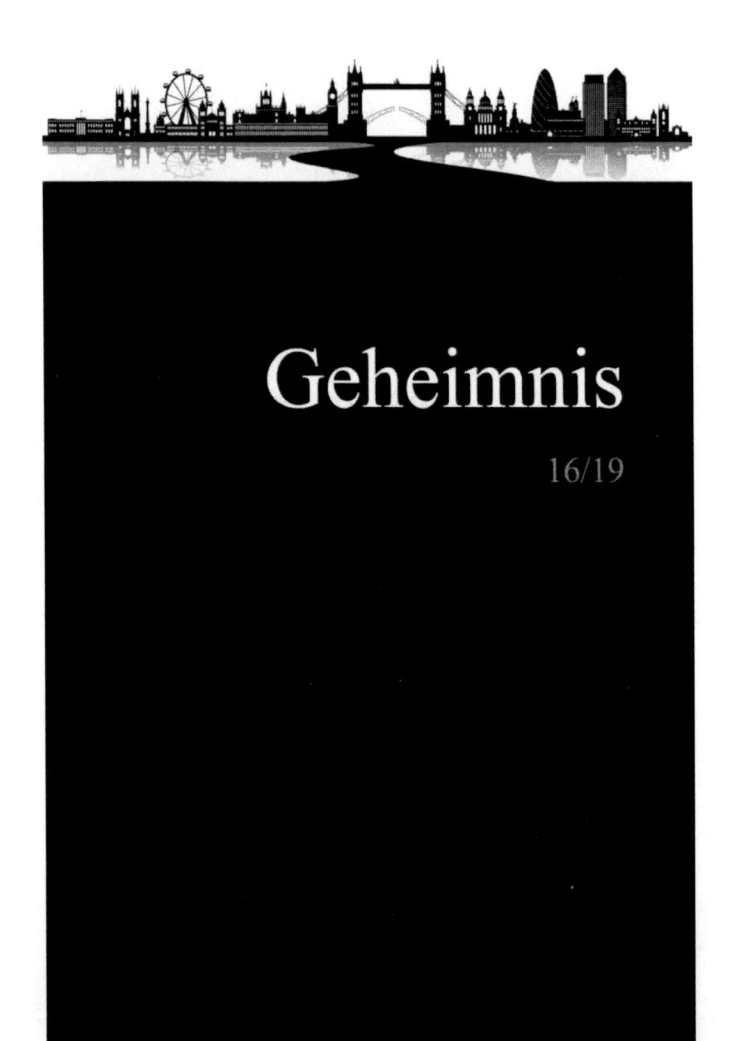

Geheimnis

16/19

Geheimnis

Ruhelos marschierte Roger durchs Haus, treppauf und treppab, von Raum zu Raum. Er öffnete Türen, Schränke, Schubladen und schloss sie wieder. Alles war schon von der Polizei durchsucht worden, es gab für ihn nichts mehr zu finden, keine Hinweise darauf, was mit Jessica passiert war. Er hatte sein Vertrauen in die Fähigkeiten der Polizei verloren. London nahm den Fall durchaus ernst, aber er versteifte sich zu sehr auf die psychologischen Aspekte.

Im Badezimmer starrte Roger sein Spiegelbild an. Blutunterlaufene Augen, eingesunkene Wangen, zerzaustes Haar - die vollkommene Verkörperung von Verzweiflung.

Er berührte die wenigen Dinge auf der Ablage, die ihr gehörten. Sie war nie wirklich heimisch geworden. Sie war ein Gast in seinem Haus, in seinem Leben gewesen.

Er bekam eine Gänsehaut, als er auf dem Weg zur Treppe am Gästezimmer vorbeikam. Warum hatte er Jessica in diesem kritischen Moment, als sie um seinen Schutz bat, weggeschickt?

Unten, in der Eingangshalle, lag ihr knallroter Lederrucksack. Vielleicht war das Haus zu gediegen. Alles war cremefarben oder blau. Wenn sie sich in dem bunten Stilmix des *Caesar* wohlfühlte, konnte sie sich sicher nicht erwärmen für diese noble Umgebung mit den gedeckten Farben. Er hätte Jessica dazu ermutigen sollen, etwas zur Einrichtung beizutragen.

Roger kramte im Rucksack herum und nahm Jessicas Schlüsselbund heraus. Der Anhänger war ein kleiner Steppschuh, ein Geschenk von Eileen. Inspector London hatte den Schlüsseln sehr viel Aufmerksamkeit gewidmet. Er hatte wissen wollen, ob ein Schlüssel fehlte. Gemeinsam hatten sie sie durchgesehen. Roger hatte den Hausschlüssel erkannt, den für die Garage und die beiden Autoschlüssel für den roten *Renault* und den weißen *Mercedes*. Er nahm an, dass die verbleibenden drei Schlüssel zum *Caesar* gehörten. Haupteingang, Bühneneingang und dann noch eine Tür im Gebäude, vielleicht der Technikraum.

„Wie steht es mit einem Schlüssel für Ihr Büro in Bloomsbury?", hatte London gefragt.

„Sie hat keinen." Er hätte hinzufügen können, dass Jessica nicht einmal genau wusste, wo sein Büro war, denn sie war nie dort gewesen.

Roger nahm die Schlüssel mit ins Wohnzimmer und breitete sie auf dem Couchtisch aus. Wie war das mit den drei Schlüsseln fürs *Caesar*? Zwei davon waren aus Stahl und sahen neu aus. Sie passten zu Sicherheitszylinderschlössern, also gehörten sie wohl zu den Eingangstüren. Der Dritte war ein Yale-Schlüssel aus Messing, alt, fleckig, abgenutzt. Solche Schlüssel bekam er oft zu sehen, wenn er seinen Kunden ältere Häuser zeigte. Nun, das *Caesar* war ein altes Haus, aber es war nach dem Feuer vollständig renoviert worden. Sicher hatte man alle Türen und Schlösser ersetzt. Wenn der Schlüssel also nicht zum Theater gehörte, wohin dann?

Er wünschte, die Nacht würde nicht so lange dauern. Schon der Tag war ihm endlos vorgekommen. Nach der Hausdurchsuchung war er wieder um Primrose Hill herumgegangen. Zuletzt hatte er lange vor dem Haus gestanden, vor dem der alte Mann Jessica gesehen hatte. Die Hausnummer 102 prangte in goldenen Buchstaben auf der grünen Eingangstür. Es war eins von vielen leer stehenden Häusern in diesem Teil Londons. Hatte sie sich wirklich von jemandem ins Auto zerren lassen? Hätte sie nicht um sich getreten und geschrien?

Roger erwog, sich zu betrinken und Schlaf durch Bewusstlosigkeit zu ersetzen. Aber wie würde er ohne Schlaf über den nächsten Tag kommen? Er hatte morgen Früh einen Termin mit Inspector London. Dabei fiel ihm ein, dass er vergessen hatte, Jessicas Aktenordner aus dem Büro mitzunehmen. Langsam wurde er so zerstreut wie Jessica. War dieser alberne Ordner denn so wichtig?

„Wir können die Unterlagen Ihrer Frau nicht finden", hatte London gesagt. „Geburtsurkunde, Arbeitsvertrag und so weiter."

„Ich habe das alles in einem Aktenordner im Büro", hatte Roger ihm widerwillig Auskunft gegeben. „Sie kommen doch jetzt nicht auf die Idee, mein Büro auch noch zu durchsuchen?"

„Ich will lediglich einen Blick in den Ordner werfen."

„Dann schicken Sie heute Nachmittag einen Constable vorbei, der ihn abholt."

„Das ist gegen die Vorschriften. Sie müssen anwesend sein, wenn ich die Papiere durchsehe."

Also hatten sie sich darauf geeinigt, dass Roger mit dem Ordner zur Polizeiwache kommen würde. Da er jetzt sowieso nicht schlafen konnte, beschloss Roger, dass er genauso gut wieder ins Büro fahren und den Aktenordner holen konnte. Auf dem Rückweg konnte er am *Caesar* vorbeischauen und ausprobieren, wo die Schlüssel passten.

Susan hatte den Tag im *Barbican Centre* verbracht, in Erinnerungen schwelgend an den vorletzten glücklichen Tag ihres Lebens vor zwei Jahren, als sie und David hier eine wunderbare Zeit verbracht hatten. Sie schlenderten damals gemütlich durch die Ausstellung im Foyer, genehmigten sich einen Nachmittagstee in der Cappuccino Bar und küssten sich innig während einer Shakespeare-Aufführung im *Barbican Theatre*. Es war der Neuanfang nach der Krise in New York. Am nächsten Tag bekam David die Einladung zu einem Vortanzen im *Caesar* und traf Jessica.

Irgendwie war sich Susan von da an klar gewesen, dass sich etwas geändert hatte, aber sie war davor zurückgeschreckt, sich einzugestehen, dass David sich von ihr entfremdete. Sie hatte alles hingenommen und nicht hinterfragt.

Heute war sie hierhergekommen, um noch einmal in Nostalgie zu ertrinken und dann ... ja, ein neues Leben zu beginnen. Ein Leben ohne David. Irgendwie.

Sie verirrte sich mehrmals in dem großen Gebäudekomplex. Sich zu verirren erschien ihr symbolisch für ihren derzeitigen Geisteszustand, als wäre sie nur dann wirklich sie selbst, wenn sie nicht wusste, wo sie war. Sie kaufte eine Eintrittskarte für eine Komödie, die im *The Pit* gezeigt wurde. Es war fast ein Hohn, dass das Stück *Three Hours After Marriage* hieß. Es handelte von Ehebruch, Bigamie und Kidnapping. Susan ging nach der ersten Hälfte.

Sie verließ das Centre, war nicht sicher, in welche Richtung sie ging. Es begann zu schneien. Als sie um die eine Straßenecke bog, sah sie freudig überrascht das *Brunswick Shopping Centre* vor sich auftauchen. Sie war also nicht weit vom *Caesar*. Sie beschloss, Alans Einladung von neulich anzunehmen und im Bett seiner Tochter zu schlafen.

David ging an Rogers Haus vorbei, bog in die Albert Terrace ein und begann zu laufen. Der schwere Mantel flatterte um seine Knie, die Pistole in der Innentasche schlug gegen seine Hüfte.

Beschütz mich, Roger.

Er rannte schneller, fühlte sich wie ein gehetztes Reh. Er zwang sich, langsamer zu werden, um keine Aufmerksamkeit zu erregen, aber der Impuls zu rennen, gewann wieder die Oberhand. Da waren Schritte, nicht hinter ihm, sondern in ihm. Schnelle, schwere Schritte. Es war sein amputiertes Ich, das lauter pochte denn je und ihn gnadenlos vorwärtstrieb. Er konnte nicht davor wegrennen. Wenn er es den ganzen Weg bis zum *Caesar* ertragen müsste, würde es ihn in den Wahnsinn treiben. Er beschloss, lieber ein kleines Risiko einzugehen, winkte ein Taxi heran und sagte: „Zur Euston Station, bitte."

Beschütz mich, Roger.

Warum appellierten Frauen immer an die Beschützerinstinkte der Männer? Und warum schlüpften Männer so selbstverständlich in ihre Rolle? David hatte Susan immer beschützt. Vor zwei Jahren, als sie im *Barbican Center* gewesen waren, hatte ein Ölgemälde in der Foyer-Ausstellung eine Frau mit einem schlafenden Baby im Arm gezeigt. Der schlaffe Körper des blassen Kinds hatte ausgesehen wie eine Leiche. Instinktiv hatte David Susan in eine andere Richtung bugsiert, bevor sie das Bild sehen konnte.

David bezahlte den Fahrer und stieg aus. Für eine Sekunde war er orientierungslos. Was tat er hier? Alan war nur ein netter, harmloser, bisexueller Künstler. Er hatte Jessicas Liebe nicht gestohlen, er wusste nicht einmal von ihrer Anbetung. Er war wie ein reicher Mann, der die Armut anderer nicht wahrnimmt. David hasste Alan nicht. Jetzt, wo er darüber nachdachte, hasste er niemanden.

Schneeflocken, getrieben von einem kalten Wind, tupften ihn ins Gesicht. Die Kälte durchdrang seinen Körper und im Gegenzug flackerte das innere Feuer wieder auf. David spürte, wie sein amputiertes Ich die Kontrolle übernahm, wie der Phantomschmerz anschwoll und alle anderen Empfindungen auslöschte.

Du darfst niemals jemandem davon erzählen, und wenn dein Leben davon abhängt.

Eileen erwachte mit diesem Satz im Kopf, als käme er über eine Lautsprecherdurchsage. Jessica hatte das gesagt, als sie ihr ihr größtes Geheimnis anvertraut hatte: dass sie in Alan verliebt war.

Warum dachte sie ausgerechnet jetzt daran? War es eine Botschaft aus ihrem Unterbewusstsein? Was, fragte sich ihr langsam erwachender Verstand, was, wenn das Leben von jemand anderem davon abhinge? Alans Leben.

Plötzlich war es sonnenklar. Sie rief nach Rick, aber die Wandteppiche schienen jedes Wort zu verschlucken. Ihr Herz pochte wild, als sie sich aufsetzte. Sie tastete nach einer Lampe auf dem Nachttisch, fand sie, knipste sie an und griff nach ihren Krücken.

„Rick", rief sie erneut, als sie im Flur stand. Sekunden später öffnete sich eine Tür.

„Eileen?" Er sah sie besorgt an. „Was ist los?"

„Wir müssen Alan warnen. Er ist in Gefahr."

„Komm rein." Er brachte sie zu seinem Bett und hielt die Decke für sie auf. Dankbar kroch sie in das Nest aus Wärme.

„Warum glaubst du, dass Alan in Gefahr ist?"

„Weil Jessica in ihn verliebt ist. Und wenn David davon weiß ... sie könnte es ihm gesagt haben. Es ist alles etwas vage, ich weiß." Sie ließ die Schultern hängen und kam sich ziemlich albern vor. Sie war ja nicht einmal davon überzeugt, dass David derjenige war, der Simon zu erstechen versucht hatte.

„Jessica ist in Alan verliebt? Das interessiert mich", ermutigte er sie.

„Niemand sollte es wissen, darum habe ich es dir bisher nicht gesagt."

„Wenn es niemand weiß, worin liegt dann das Problem?"

„Nachdem du am Mittwoch mit mir gesprochen hattest, fragte mich Alan, ob es stimme, dass Jessica in ihn verliebt sei. Also wusste er es. Jessica muss es erwähnt haben, als sie David am Samstag loswerden wollte. Sie hatte ja völlig die Kontrolle verloren über das, was sie redete."

Er schnipste mit den Fingern. „Jessica sagte es David, Susan hörte mit, und sie gab es dann an Alan weiter." Er griff nach dem Telefonhörer.

„Es hat keinen Sinn, Alan anzurufen. Sein Anschluss ist nachts aufs Büro umgeschaltet. Wenn er nicht zufälligerweise wach ist und das Lämpchen blinken sieht, bekommt er es nicht mit. Und sein Handy hat er immer ausgeschaltet, weil er damit genauso auf Kriegsfuß steht wie mit dem PC."

Rick versuchte es trotzdem, aber es meldete sich nur der Anrufbeantworter im Büro. „Ich werde jemanden ins Theater schicken, der Alan warnt und ihm meine Nummer gibt, damit er mich zurückrufen kann."

Es war zwecklos, aber Roger konnte es doch nicht lassen. Während der ganzen Fahrt suchte er die Bürgersteige mit den Augen nach Jessica ab. In seinem Büro angekommen, zog er den Aktenordner aus dem Schrank und wollte schon wieder gehen, als ihm einfiel, dass er sich den Inhalt vielleicht einmal genauer daraufhin ansehen sollte, ob etwas darin ein schlechtes Licht auf ihn warf. Schließlich war er immer noch ein Verdächtiger.

Er knipste die Schreibtischlampe an und öffnete den Ordner. Die Dokumente waren in zeitlich umgekehrter Reihenfolge abgelegt, mit dem Neuesten obenauf: Jessicas Lebensversicherung. Roger rieb sich die Nasenwurzel. Lebensversicherungen waren immer eine kritische Sache. Er hatte sie kurz nach der Hochzeit abgeschlossen, ebenso wie eine Krankenversicherung für Jessica, die an solche praktischen Dinge nie einen Gedanken verschwendete.

Seufzend blätterte er weiter und überflog die Heiratsurkunde, Jessicas Mietvertrag für Eileens Wohnung, ihre Verträge mit dem *Caesar* als Tänzerin und davor als Tanzlehrerin, ihren Schulabschluss, ihre Einschreibungen in diverse Tanzklassen und ihre Geburtsurkunde.

Roger lehnte sich zurück und stützte sein Kinn auf die Fingerspitzen. Etwas hatte sich in seinem Kopf festgesetzt, ein kleines Detail, aber er war zu müde um es sich ins Gedächtnis zu rufen. Langsam schloss er den Deckel wieder. Seine Finger trommelten nervös auf den Schreibtisch. Um ganz sicher zu gehen, öffnete er den Ordner erneut und nahm sich jetzt jedes Dokument einzeln vor.

Er stieß einen überraschten Schrei aus. War es möglich? Hatte er eine Spur gefunden? Jessica Gresham, 102 Regent's Park Road. Das war die Adresse, die auf ihrer Einschreibung als Schülerin am *Caesar* stand. Es war die Anschrift des leeren Hauses an der Ecke Chalcot Crescent, genau des Hauses, vor dem Jessica am Dienstagmorgen zuletzt gesehen worden war. Das konnte kein Zufall sein. Es musste eine Verbindung geben.

Ihm fiel Jessicas Schlüsselbund ein. Der alte Schlüssel könnte zu dem leeren Haus gehören. Warum hatte sie ihm nie davon erzählt?

Er brach in kalten Schweiß aus. Obwohl er keine genaue Vorstellung davon hatte, was sein Fund bedeutete, und er zu aufgeregt war, um klar zu denken, hatte er doch nicht den geringsten Zweifel, dass er endlich gefunden hatte, was er brauchte, um Jessicas Bitte zu erfüllen.

Er hatte sie nicht rechtzeitig beschützt, aber vielleicht war es noch nicht zu spät, um sie zu retten.

Alan erwachte durch zwei Dinge gleichzeitig: Das Licht an seinem Telefon blinkte und Ginger und Fred krächzten. Als er nach dem Hörer griff, hatte das Blinken schon aufgehört. Alan setzte sich auf und knipste das Licht an. Er hörte Schritte im Flur.

„Susan?"

Die Tür schwang auf und jemand kam herein. Alan kniff die Augen zusammen. Er war zu kurzsichtig, um die Person zu erkennen.

„Susan?", fragte er noch mal.

„Zu dumm, dass ich dich enttäuschen muss. Sie teilt wohl häufiger dein Bett."

Er erkannte die hochnäsige Stimme. „Ach, du bist es, David. Die Polizei sucht nach Susan. Darum dachte ich, sie wäre es vielleicht."

„Sie suchen nach ihr?" Er klang nervös. „Dann suchen sie mich wohl auch."

Alan wusste nicht, was er sagen sollte. Ohne seine Kontaktlinsen konnte er Davids Gesichtsausdruck nicht genau deuten. Also lächelte er, um David friedlich zu stimmen, stand auf und wollte auf ihn zugehen.

„Bleib, wo du bist", sagte David scharf.

Alan wich zurück, als er sah, was David in der rechten Hand hielt. Nicht Susan, sondern David hatte die Waffe, die London erwähnt hatte. Bemüht, seine Angst nicht zu zeigen, bot Alan an: „Du kannst dich hier verstecken, wenn du willst."

„Verstecken?" David lachte. „Du bist immer so fürsorglich. Wahrscheinlich ist das der Grund, warum Jessica so auf dich abfährt."

„Jessica? Weißt du, wo sie ist?", fragte Alan.

„Sie ist an dem Ort, an dem wir uns immer heimlich trafen. Sie wartet auf mich." Er ging von der Tür weg und bezog gegenüber dem Bett Stellung. „Sie wartet darauf, dass ich ihr deine letzten Worte überbringe. Ich werde dich töten."

Alan begann zu zittern. Das ergab alles keinen Sinn. „Soll das heißen, Jessica hat dich geschickt, um mich …?"

„Du verstehst nichts, und es ist auch völlig egal, was du denkst. Wichtig ist, dass Jessica versteht, dass ich das für sie tue, um ihr die Bedeutung von Liebe beizubringen. Setz dich aufs Bett."

Langsam kam Alan der Aufforderung nach. „Und nachdem du mich …. Was hast du dann vor?", fragte er, um Zeit zu gewinnen. „Wirst du mit Jessica fliehen?"

„Sie wird nirgendwohin fliehen können, denn die nächste Kugel ist für ihr Knie."

„David, du hast doch nicht Simon erstochen, oder? Du würdest niemandem wehtun, der dein Freund ist."

„Versuchst du mir jetzt ein schlechtes Gewissen einzureden? Freunde! Als ob ich in England je Freunde gehabt hätte." David trat ein paar Schritte zurück, bis er die Wand im Rücken hatte. „Ja, ich war es!"

„David, was soll das alles?", keuchte Alan angespannt.

„Es geht um Dominic, meinen Sohn. Er was so klein, aber so vollkommen. Er war völlig in Ordnung. Niemand wusste, warum er starb."

Welche Verbindung bestand zwischen Susans Totgeburt und Jessica? „Lass uns vernünftig sein, David. Leg das Ding in deiner Hand da weg. Wir können über alles reden."

„Er hatte eine zweite Chance. Diesmal war er noch winziger, als er starb. Sie hat ihn getötet. Sie ist schuld, dass sein Herz aufhörte zu schlagen. Sie verdient meine Liebe nicht." Für einen Augenblick senkte David die Waffe. „Wenn ich Jessica hassen könnte, dann bräuchte ich dich nicht zu töten."

Blockley hatte die zweite Nachtschicht angetreten, als er Londons Anruf erhielt. Er hatte es für besser gehalten, selber zum *Caesar* zu fahren, als einen Constable zu schicken, der die Örtlichkeit nicht kannte. Er parkte seinen Wagen auf der gegenüberliegenden Straßenseite. Im Dachgeschoss brannte Licht, also war Alan Widmark noch wach. Als Blockley wieder nach unten sah, schloss gerade jemand die Eingangstür auf. Es war Susan.

Hastig stieg Blockley aus, folgte ihr und erreichte die Tür, kurz bevor sie zuschlug. Susan fuhr bereits mit dem Aufzug hoch. Blockley nahm die Treppe. Als er im ersten Stockwerk angekommen war, hielt der Aufzug im zweiten Stock. Ein plötzliches Gefühl von Dringlichkeit ließ ihn zwei Stufen auf einmal nehmen. Als er die Tür zu Alans Wohnung erreichte, hörte er einen Schrei und gleichzeitig einen Schuss. In der Totenstille, die darauf folgte, fluchte Blockley, dass er ohne Verstärkung gekommen war und trat in die Wohnung. Im nächsten Moment kam David ihm entgegen. Er sah Blockley und zielte sofort mit einer Pistole auf ihn.

„Aus dem Weg", zischte er.

Blockley hob die Hände und ließ David vorbei. Er erwog kurz, ihn zu verfolgen, doch dann hörte er einen weiteren Schrei und ging in das einzige erleuchtete Zimmer.

Susan lag quer über dem Bett, mit dem Oberkörper und Kopf auf Alans Brust. Ihr goldenes Haar war von blutroten Strähnen durchzogen. Alan starrte seine Hände an. „Es ist Blut. Susan? Susan!"

Blockley legte die Fingerspitzen an Susans Halsschlagader. Er schob ihren Körper zur Seite, um nachzusehen, ob Alan verletzt war. Danach telefonierte er und stellte sicher, dass David verfolgt wurde. Er versuchte, Susan zu reanimieren und gab nach einigen Minuten auf.

„Er wollte mich töten. Nicht sie." Alan begann zu weinen. Blockley hörte ihn etwas über eine ertrinkende Meerjungfrau sagen.

Tanz

17/19

Tanz

Es ist deine Schuld. Vergiss das nie. Es ist einzig und allein deine Schuld, dass Alan sterben muss.

Mit diesen Worten hatte David Jessica verlassen. Sie versuchte, sich zu erinnern, was er davor gesagt hatte. Dass er sich selbst töten wollte, aber sie war sich nicht sicher. In ihrem Kopf hämmerte ein Schmerz, der alle Worte zertrümmerte.

Jessica regte sich, versuchte, ihre Stellung zu verändern. Ein scharfes Stechen fuhr durch ihr rechtes Handgelenk.

Allmählich lichtete sich der Nebel in ihrem Hirn. David war auf dem Weg zum *Caesar*. Er hatte gesagte, dass er Alan erschießen würde, in seinem Auto zurückfahren und dann ... Irgendetwas über ihr Knie. Jessica schluchzte auf. Es war besser, wenn sie sich nicht erinnerte, wenn sie sich zurückzog an einen Ort, wo die Wirklichkeit keinen Zutritt hatte und sie in Sicherheit war.

Es ist deine Schuld. Deine Schuld.

Das war nicht mehr Davids Stimme. Es war die Stimme ihrer Mutter. Mum kam vom Friseur zurück. Ihr glattes, schwarzes Haar war durch eine Dauerwelle ruiniert. Jessica schrie erschrocken auf. „Mum, was haben die mit deinen Haaren gemacht?" Dad, der auf dem Sofa saß, erblasste. „Es sieht ganz nett aus. Man muss sich nur daran gewöhnen." Mehr konnte er nicht sagen, denn Mum schlug mit ihrer Handtasche auf ihn ein. „Es ist deine Schuld. Du wolltest, dass ich mein Aussehen verändere, und nun sieh, was du angerichtet hast."

Das stimmte nicht. Jessica wusste, dass es nicht stimmte. Dad hatte Mum doch gesagt, sie sollte keine Experimente machen. Was war los? Warum schlug sie ihn schon wieder? Warum schlug sie ihn jedes Mal, wenn etwas schief ging?

Dad hielt die Hände vor sein Gesicht. „Schick das Kind nach oben", sagte er, aber Mum hörte nicht zu. Jessica verkroch sich in den hintersten Winkel des Wohnzimmers. Sie presste die Hände auf die Ohren, krampfte die Augenlider zusammen, aber sie wusste auch so, was passieren würde. Mum würde mit den Fäusten auf Dad einschlagen. Dad würde sich ganz klein machen, er würde schrumpfen, sich mit zitternden Händen zu schützen versuchen. Hinterher würde Jessica ihm helfen, die Wunden zu verarzten, während er auf dem Badewannenrand saß. „Tut mir leid, dass du das mit ansehen musstest, Jessica. Deine Mutter hat eben so ein Temperament."

Manchmal war es so schlimm, dass Blut von seinen Lippen tropfte. Sie wünschte sich so sehr, dass er sich wehrte.

Irgendwie waren all die Schläge, Tritte und Vorwürfe aus ihrem Gedächtnis verschwunden, geblieben war nur die Erkenntnis, dass Liebe bedeutet, entweder zu leiden oder jemanden leiden zu lassen. Aber jetzt erinnerte sie sich und ihr wurde klar, dass sie Frieden mit der Vergangenheit schließen musste. Es war alles, was ihr blieb, bevor sie starb, denn sie hatte keinerlei Hoffnung mehr, dass David sie lebend hier rauslassen würde.

„Mum", sagte sie heiser. „Ich vergebe dir. Und dir auch, Dad."

Wenn sie ihren Eltern vergeben konnte, warum nicht auch sich selbst?

„Ich verzeihe mir all die scheußlichen Dinge, die ich je gedacht, gesagt oder getan habe. Ich vergebe mir auch meine Versäumnisse - dass ich Dad nie verteidigt habe, dass ich vergaß, den Heizofen abzuschalten, der dann das Feuer verursacht hat." Und dann kam das, was sie die größte Überwindung kostete. „David, ich vergebe dir."

Zu ihrem Erstaunen fühlte sie sich besser, als hätte sie eine geheimnisvolle Kraftquelle entdeckt.

Sie versuchte, sich aufzusetzen, aber als ihr Blutdruck hochschnellte, schien ihr Kopf zu bersten. Gehen wir es langsam an, ermutigte sie sich. Sie spannte die Muskeln an - Beine, Po, Rücken, Schultern. Sie musste auf Davids Rückkehr vorbereitet sein.

Es hatte zu schneien begonnen. Als sie die tanzenden Flocken an der Fensterscheibe festfrieren sah, kamen ihr seine Worte wieder in den Sinn.

Es wird dein letzter Tanz sein.

Hatte er es ernst gemeint? Konnte er so etwas tun? Nein, nein, nein und nochmals nein. Weder hatte er Simon erstochen, noch war er gegangen, um Alan zu erschießen. Er bluffte nur. Psychologische Folter, das war es, worauf er aus war. Sie war durch ihre Blackouts so verwirrt gewesen, dass sie seine verrückten Drohungen nicht infrage gestellt hatte. Er hatte sie damit an den Rand des Selbstmords getrieben.

Geräusche unterbrachen ihren inneren Monolog. Schritte polterten die Treppe hoch, die Tür wurde aufgestoßen. In der Dunkelheit sah sie schemenhaft eine schnelle Bewegung. Jemand atmete keuchend. Eine Hand fiel auf ihre Schulter.

„Sie ist tot. Du hast die getötet." David tastete zwischen den Scherben auf dem Boden herum. „Dummerweise habe ich Alan gesagt, wo du bist", schnaufte er. „Wir müssen es jetzt zu Ende bringen. Schnell." Er hatte gefunden, wonach er suchte. „Hier, deine Schuhe." Er knallte sie aufs Bett. „Zieh sie an."

Jessica gehorchte. „Wer ist tot?", fragte sie so selbstbeherrscht wie möglich. Noch vor ein paar Sekunden war sie überzeugt gewesen, dass David ein grausames Spiel mit ihr spielte. Nun war sie sicher, dass es ihm ernst war. Das bedeutete, dass man mit ihm nicht mehr vernünftig reden konnte. Ihre einzige Chance bestand darin, ruhig zu bleiben und die erste sich bietende Gelegenheit zur Flucht zu nutzen.

„Susan. Du hast Susan getötet. Als ich abdrückte, war sie plötzlich da, aus dem Nichts. Alan war nicht bereit, für dich zu sterben, der feige Hund. Hast du die Schuhe jetzt gebunden?"

Alan lebte. Er lebte! Sie war froh, dass David ihren Gesichtsausdruck nicht sehen konnte. „Ja", erwiderte sie schnell.

Ein kurzes, metallisches Klirren, ein dumpfer Aufschlag. David hatte etwas aufs Bett geworfen. „Nimm die Schlüssel und öffne die Fußschellen. Keine hastigen Bewegungen. Ich habe eine Pistole."

Sie tastete nach dem Schloss und konzentrierte sich auf das, was sie tat, ohne an die Waffe zu denken, mit der David auf sie zielte. Passierte das alles wirklich? Oder war sie in einem Blackout gefangen, der nicht nur ihre Erinnerungen ausgelöscht hatte, sondern ihr eine falsche Realität vorgaukelte?

Sie drehte den kleinen Schlüssel einmal, zweimal, und ihre Füße waren frei.

„Okay", sagte sie und knetete ihre Fußgelenke, um das Blut zum Zirkulieren zu bringen. Das fühlte sich real genug an.

„Dann steh auf."

Sie setzte ihre immer noch tauben Füße auf den Boden und versuchte, sich hochzudrücken, aber alles um sie herum drehte sich. Sie würde einfach weiterreden müssen, um Zeit zu gewinnen.

„Ich werde für dich tanzen, David", sagte sie. „So wie du es wolltest."

Wie konnte sie es nur schaffen, sich aufzurichten? Sie erinnerte sich, was Dr. Shelley gesagt hatte, als er Eileen das erste Mal gehen sah. *Es muss reine Willenskraft sein, die sie aufrecht hält.* Wenn Eileen es konnte, konnte sie es auch.

„Ich stehe jetzt auf, David. Meine Beine sind gerade nicht besonders stabil, fürchte ich." Es fühlte sich an, als hätte sie keine Knochen. Sie strengte ihre Sinne an und machte einen zögernden Schritt vom Bett weg in die Dunkelheit, die mit unsichtbaren Stolperdrähten durchzogen schien.

„Ich kann hören, wo du bist. Ich will, dass du zum Fenster gehst."

Auf wackeligen Beinen ging Jessica hinüber. Das dumpfe Klacken ihrer Stepptanzschuhe auf dem staubigen Boden war jedes Mal ein kleiner Energieimpuls.

„Und jetzt tanze", befahl er. „Tanze deinen letzten Tanz, bis ich sage, dass du aufhören sollst. Bis ich dich für immer zum Aufhören bringe."

„Was hast du vor?"

„Ich werde auf eins deiner Knie zielen. Hörst du mir denn nie zu?"

„Ich will dir zuhören. Ich will wissen, warum du das machst."

Er antwortete nicht sofort und für eine endlose Schrecksekunde dachte sie, er würde schießen. Was würde zuerst kommen? Der Knall oder der Schmerz? Jessica fühlte Panik aufsteigen und kämpfte darum, einen kühlen Kopf zu bewahren.

Als er schließlich sprach, klang er unsicher, als ob ein Teil von ihm versuchte, die Stimme des Wahnsinns zum Verstummen zu bringen. „Du hast meinen Sohn getötet, Jessica. Du hast gesagt, du wolltest mein Kind nicht. Du hast es abgetrieben."

„Nein, bitte ... das hast du missverstanden, David. Ich hatte einen Abgang. Ich habe deinem ... unserem Baby nichts getan. Das hätte ich niemals fertiggebracht."

David schien zu wanken, aber dann gewann die Bosheit wieder die Oberhand. „Hast du etwas dafür getan, das Kind zu behalten?"

„Da kann man nichts tun. Ich wachte auf und hatte Krämpfe."

„Hast du aufgehört zu tanzen, als du wusstest, dass du schwanger bist? Du hast es getötet. Du bist auch für Susans Tod verantwortlich. Und jetzt tanze, sonst schieße ich sofort."

Das war nicht der passende Zeitpunkt zum Betteln und Flehen. Jessica kam es vor, als müsse sie nicht nur für sich selbst, sondern auch für David stark sein, so wie sie für Eileen hatte stark sein müssen. Vielleicht war David noch nicht ganz verloren.

Sie ließ es langsam angehen. Zum ersten Mal seit ihrer Gefangenschaft fühlte sie sich echt und lebendig. Ihre Füße erinnerten sich daran, was sie zu tun hatten, so als wären sie nie zur Reglosigkeit verdammt gewesen.

Es war so widersinnig, dass ausgerechnet David, der ihre Beine und damit ihr Leben zerstören wollte, derjenige gewesen war, der ihr Talent zu voller Blüte gebrachte hatte, der ihr all die wilden Sprünge beigebracht hatte. Sprünge! Damit könnte sie es schaffen. Aber war sie überhaupt in der Lage, zu springen? Natürlich konnte sie es. Bloß, weil ihr so schwindelig war, dass sie sich kaum aufrecht halten konnte, würde sie nicht ihre einzige Chance verschenken.

David wich zurück, als sie sich mit schnellen Tanzschritten vorwärtsbewegte. Als er an der Wand anstieß, rief er: „Stopp." Genau in dem Augenblick setzte Jessica all die gezügelte Energie in ihren Beinen frei. Auf die metallische Spiegelung zielend, die die Pistole in Davids Hand sein musste, schleuderte sie ihr rechtes Bein hoch. Die Metallkappe ihres Schuhs krachte in Davids Handgelenk. Die Waffe flog in hohem Bogen durch die Luft. Er stieß einen Schmerzensschrei aus. Jessica hörte die Pistole in der Nähe des Betts auf dem Boden landen, hechtete in die Richtung und griff sich die Waffe.

Und dann standen sie plötzlich beide völlig reglos da, David irgendwo an der Wand, sein vermutlich gebrochenes

Handgelenk haltend, Jessica vor dem dunklen Himmel im Fensterausschnitt, die Waffe fest im Griff.

Die Zeit hörte auf zu vergehen.

„Warum dauert es denn so lang, bis Alan zurückruft?", fragte Eileen. „Bist du sicher, dass Sergeant Blockley gleich jemanden zum *Caesar* geschickt hat?"

Die Minuten verstrichen. Eileen starrte abwechselnd auf das Telefon und die Ziffern auf Ricks Wecker. „Das Warten macht mich wahnsinnig. Es könnte schon zu spät sein."

Er griff nach ihren ruhelosen Händen. „Wir haben nur einen vagen Verdacht, also beruhige dich. Es besteht wenig Grund zu der Annahme, dass David Alan tatsächlich etwas antun will. Die Tatsache, dass wir genau jetzt darauf gekommen sind, macht es nicht wahrscheinlicher."

„Das muss eine psychologische Falle sein. So wie ich nie Angst hatte, ich könne HIV-positiv sein, bis ich mich darauf testen ließ. Plötzlich konnte ich an nichts anderes mehr denken. Die Bedrohung war real geworden."

„Warum musstest du überhaupt einen Test machen lassen?", fragte Rick, froh über die Ablenkung.

„Simon bestand darauf, weil ich so viele Bluttransfusionen erhalten hatte."

Als das Telefon endlich klingelte, langte Rick nach dem Hörer. Eileen drückte die Taste für den Lautsprecher.

„Ich bin's, Blockley, Sir. Es hat etwas gedauert, denn ich musste zuerst die Spurensicherung und den Pathologen verständigen."

Eileen umklammerte Ricks Handgelenk so fest, dass er fast den Hörer fallen ließ. „Was ist passiert?", fragte er.

„David hat seine Frau mit einem Kopfschuss getötet. Ich erkläre es später. Wir müssen David finden, bevor er Jessica etwas antun kann. Alan sagte, er wolle ihre Beine zerstören."

Eileens Griff lockerte sich und Rick konnte fühlen, wie das Zittern einsetzte.

„Es war nicht ganz leicht, Alan die Information zu entlocken, weil er unter einem schweren Schock steht", fuhr Blockley fort. „Wie es scheint, hält David Jessica an dem Ort gefangen, wo sie sich immer heimlich getroffen haben. Sein Auto ist weg. Ich habe das Kennzeichen an alle Streifenwagen durchgegeben."

„Bleiben Sie dran."

Eileens Atem wurde immer flacher. Ihr Gesicht war aschfahl.

„Eileen", sagte Rick mit fester Stimme. „Weißt du, wo David und Jessica sich trafen, als sie ihre Affäre hatten?"

Sie konnte ihn nicht hören, ihre Augen starrten ins Leere. „Er hat Susan getötet, seine eigene Frau."

„Beantworte meine Frage, Eileen."

„Was wird er Jessicas antun?" Sie zitterte so stark, dass Rick befürchtete, sie könnte jeden Augenblick einen Anfall bekommen.

Er versuchte noch einmal, sie zu beruhigen. „Eileen", sagte er, und sah ihr fest in die geweiteten Augen, während er ihre Schultern hielt. „Eileen, bitte, ich bin es, Rick. Sprich mit mir. Du kannst Jessica retten. Du kannst sie retten. Hörst du mich?"

Ihre Zähne klapperten, sie hyperventilierte. Er ließ sie los, schnappte sich die Krücken und knallte sie gegen die Wand. Das laute Poltern brachte sie zu sich.

„Rick, was zum Teufel machst du?"

Wieder hielt er sie an den Schultern. Ihre Atmung hatte sich normalisiert. „Du musst mir sagen, wo David und Jessica sich immer trafen."

„Im alten Haus", sagte sie. „Ich meine das Haus ihrer Eltern. Aber wozu –"

„Gib mir die Adresse."

„102 Regent's Park Road", antwortete sie mechanisch.

„Blockley?", sagte Rick in den Hörer. „Schicken Sie so viele Wagen, wie Sie kriegen können zu dem leeren Haus an der Ecke Chalcot Crescent, wo Aldridge Jessica gesehen hat. Sie ist genau in dem Haus."

Jessicas Herz schlug heftig. Sie hatte ihre Beine gerettet, aber ihre Kraftreserven waren erschöpft. Fühlte David sich bedroht genug, um aufzugeben, wenn sie in der Dunkelheit auf ihn zielte?

„Lass mich gehen", sagte sie. Ihre Finger waren so fest um den Griff geschlungen, dass sie sich zu verkrampfen begannen.

„Du hast mir das Handgelenk gebrochen."

„Ich kann dir noch viel mehr antun. Ich habe jetzt die Pistole."

David lachte spöttisch. „Danke für die Warnung. Ich habe der Welt schon Lebewohl gesagt. Na los, erschieß mich, Jessica, damit ich zu deinen Füßen sterben kann, durch deine Hände. Es ist so vollkommen, als hätte Shakespeare es geschrieben."

„Ich möchte dich nicht töten. Ich bereue, was ich dir angetan habe."

Jessica war versucht, die Waffe zu senken und David trösten zu gehen. Er hatte Susan erschossen. Irgendwo tief in seinem Innern musste er wissen, dass er die Frau getötet hatte, die ihn genug liebte, um ihm seine Untreue zu vergeben, und dass er diese Schuld niemand anderem aufladen konnte.

„Erschieß mich, Jessica. Bring zu Ende, was du begonnen hast. Dich zu lieben, war von Anfang an mein Todesurteil."

Jessica wusste, sie konnte die Situation nicht mehr unter Kontrolle halten. In einem Anfall von Benommenheit wäre sie am liebsten zum Bett zurückgegangen, nur um sich ein wenig hinzusetzen und die Lage zu überdenken. Aber sie musste hier raus, bevor das Blatt sich erneut wendete. Sie zielte auf die Wand rechts von sich und drückte ab. Ein betäubender Knall, Rauch, dann das Rieseln von Verputz.

„Schlecht gezielt. Versuch es noch einmal. Zeig, was du drauf hast."

Er bewegte sich auf sie zu. Verzweifelt schoss Jessica noch einmal, etwas rechts von dem, was sie von seinem weissen Hemd erkennen konnte. Dann, noch bevor das Echo der Explosion verklungen war und bevor David eine Chance hatte, sich von dem Schreck zu erholen, rannte sie an ihm vorbei durch die offene Tür und den Flur entlang zur Treppe.

Sie hörte seine Schritte hinter sich, übertönt vom Klacken ihrer Schuhe. David holte sie ein, als sie den Treppenabsatz erreichte. Er packte sie und drehte sie um. Im Licht der Straßenlaterne, das durch ein hohes Fenster schien, konnte sie sehen, dass der zweite Schuss nicht danebengegangen war. Sein Oberarm blutete.

„Lass mich los!", schrie sie.

„Niemals. Erst musst du mich töten."

Sein linker Arm und sein rechtes Handgelenk waren verletzt, aber er war verzweifelt genug, um die Mündung an sein Herz zu drücken. Er umfasste ihr Handgelenk und legte seinen Daumen um ihren Zeigefinger. Sie konnte ihn nicht daran hindern, abzudrücken.

Ein hohles Klicken. Das Magazin war leer. David fluchte. Seine rechte Hand schoss hoch zur Wunde auf seinem linken Oberarm.

Obwohl Jessica jetzt wieder frei war, hatte sie Angst, sich umzudrehen und die Treppe hinunter zu fliehen, so lange er so nah an ihr dran war. Konnte sie ihn mit der Pistole niederschlagen? In der Ferne hörte sie eine Polizeisirene, dann eine weitere.

Im nächsten Moment hatte sie Davids blutverschmierte Hand auf ihrem Gesicht.

„Trink mein Blut, Jessica."

Die Pistole fiel die Treppe hinunter, als Jessica nach dem Geländer griff. Mit der anderen Hand versuchte sie, sich an David festzuhalten.

Er drückte fester, schrie, als sich das gebrochene Gelenk in einem unnatürlichen Winkel nach hinten bog. Jessica stolperte rückwärts und fiel. Der unerträgliche Geruch von Blut war überall.

Plötzlich, unerwartet, noch bevor sie aufprallte, waren Hände unter ihr, die sie auffingen.

„Jessica, ich bin hier", hörte sie Roger sagen.

David stand wie betäubt. Schwere Polizeistiefel bewegten sich die Treppe hoch, Taschenlampen flackerten auf.

„Wir sind oben", rief Roger und hielt Jessica fest an sich gedrückt. „Ich bringe dich nach Hause."

Mittwoch, 16. Januar
Zähmung
18/19

Zähmung

Ein Hüne, der sich als Constable Brick vorstellte, fuhr sie und Roger heim, denn Roger war zu aufgeregt, um noch fahrtüchtig zu sein. Eigentlich hätte sie in ein Krankenhaus gehört, doch sie weigerte sich.

Daheim angekommen, sah er erst, was für einen entsetzlichen Anblick sie bot. Mager und schmutzig, mit dunklen Ringen unter den Augen und halbgetrocknetem Blut im Gesicht.

Roger ließ ihr ein Bad ein, brachte ihr ein Glas warme Milch, saß am Wannenrand und konnte den Blick nicht von ihr abwenden, weil er so froh war, dass sie noch lebte. Zu seinem Erstaunen schickte sie ihn nicht raus, sie ließ sich sogar von ihm abtrocknen. Dann zog sie einen Pyjama an und kuschelte sich in den vorgewärmten Morgenmantel, den Roger ihr reichte.

Nun, da Davids Blut weggewaschen war, kam eine winzige Narbe auf ihrer Backe zum Vorschein, eine dünne Linie rosiger, neuer Haut. Nach einem kurzen Anfall von Wut auf David wurde Roger klar, dass die Narbe eine Erinnerung war an etwas, das vor einer Ewigkeit passiert zu sein schien: eine Ohrfeige mit dem Handrücken, ein scharfer Schnitt mit dem Siegelring.

Roger betastete sanft Jessicas Wange. „Es tut mir entsetzlich Leid."

„Nein, Roger, du brauchst dich nicht zu entschuldigen."

Kurz darauf kam Rick London. Er stellte all die Fragen, die Roger nicht auszusprechen gewagt hatte. Während Jessica antwortete, schlang sie zwei Sandwiches runter – Riesendinger, die Constable Brick gemacht hatte.

Roger hielt sich im Hintergrund und verkniff sich jeglichen Kommentar, auch als er erfuhr, dass Jessica von David schwanger gewesen war.

„Soll ich Ihnen noch eins machen, Mrs Warner?", fragte Constable Brick, der ihr den leeren Teller abnahm.

„Nein danke, Officer." Sie leckte sich die Butter von den Fingern. „Die waren köstlich. Aber jetzt bin ich wirklich satt. Obwohl ich mich immer noch irgendwie leer fühle."

Nun war Roger dran, zu erklären, warum er in dem alten Haus gewesen war und wie er die Adresse gefunden hatte. Er setzte sich neben Jessica, die aussah, als hätte sie auch einige Fragen auf dem Herzen. Er erzählte ihr von dem Zeugen, Mr Aldridge.

London ging hinter dem Sofa auf und ab. „Ich verstehe nicht, warum ich versäumt habe, diese Möglichkeit zu untersuchen. Mrs Warner, Ihre Gefangenschaft hätte in dem Augenblick vorbei sein sollen, als wir mit Mr Aldridge sprachen. Und alles nur, weil er aussagte, er hätte Sie in einen Wagen steigen sehen."

Jessica seufzte. „Es muss also jemand an diesem Morgen unterwegs gewesen sein, der ähnlich gekleidet war wie ich. Wem kann man daran die Schuld geben?"

„Das ist keine Entschuldigung für mich. Ich war so nahe dran. Wie oft habe ich mit Eileen gesprochen, und nie habe ich ihr gegenüber den Zeugen erwähnt. Sie hätte die Bedeutung sofort verstanden. Und dann war da noch Davids Überreaktion, als ich während seiner Befragung erwähnte, wo Sie das letzte Mal gesehen wurden. Ich dachte, es sei wegen des Wagens gewesen, aber tatsächlich hat ihn die Tatsache erschreckt, dass wir die Adresse des Hauses hatten, in dem er Sie gefangen hielt. Ich war so blind." London beugte sich über die Lehne des Sofas, auf dem Jessica saß.

Zu Rogers Verblüffung drehte sich Jessica um und nahm die Hände des Detectives zwischen ihre. „Ich mache Ihnen keine Vorwürfe. Es liegt in der Natur Ihres Berufs, dass schon die kleinsten Fehler die schlimmsten Folgen haben können."

London warf Roger über Jessicas Schulter einen verwirrten Blick zu. „Danke. Das ist sehr großmütig von Ihnen." Er ließ seine Hände langsam aus Jessicas Griff gleiten und trat zurück. „Ich lasse Sie jetzt besser allein, damit Sie sich ausruhen können." Er holte einen Zettel aus der Innentasche seiner Jacke. „Ich habe eine Nachricht für Sie."

Roger sah, wie Jessica sich auf die Lippen biss, während sie den Zettel las. „Ist das wahr? Ist es wirklich wahr?" Sie lachte, während Tränen in ihre Augen traten.

Roger nahm den Zettel. „Liebste Jessica", las er. „Am Morgen vor dem Feuer habe ich den Heizlüfter abgeschaltet, du Dummerchen. In Liebe, Eileen." Er verstand nicht, was das sollte. „Was meint sie damit? Welcher Heizlüfter?"

„Sie meint damit ...", sie klopfte mit dem Zeigefinger an ihre Zähne, nach Worten suchend. „Nun, eigentlich bedeutet es, dass Eileen niemals Simon begegnet wäre und wahrscheinlich immer noch im Rollstuhl säße, wenn ich nicht fest davon überzeugt gewesen wäre, für ihren Unfall verantwortlich zu sein."

Auch das machte Roger nicht schlauer.

„Eileen wird diese Auslegung gefallen", sagte London. „Sie war entsetzt bei dem Gedanken, dass Sie und Alan ihr nichts davon gesagt hatten und ihr damit keine Chance gaben, das tragische Missverständnis aufzuklären. Sollten Sie Eileen heute sehen wollen, finden Sie sie im *Middlesex Hospital*. Wussten Sie, dass Eileen und Simon ...?"

„Dass Eileen und Simon was?"

„Nicht so wichtig. Ich bin sicher, sie möchte es Ihnen lieber selbst erzählen."

Nachdem Roger den Detective und den Constable zur Tür gebracht hatte, kehrte er ins Wohnzimmer zurück, wo Jessica gerade das Geschirr einsammelte.

„Roger, könnten wir dieses Frühjahr nach Neuseeland fliegen?"

„Jederzeit." Er nahm ihr eine Tasse ab und stellte sie auf den Tisch zurück. „Das kann Nurit später machen. Du solltest dich erholen."

„Ich muss etwas tun. Je eher ich wieder in mein altes Leben zurückkehre, desto besser werde ich alles verarbeiten. Der Arzt hat mir zwei Spritzen gegeben, und da muss etwas ziemlich Stimulierendes drin gewesen sein. Ich würde am liebsten –" Sie hielt inne. „Weißt du, ich würde so gerne –" Zerknirscht sah sie ihn an.

Er verstand sofort, was sie wollte und warum sie es brauchte. In seiner Hosentasche hatte er noch den kleinen Steppschuh mit Jessicas Schlüsseln. „Zieh deinen Mantel an, Schatz. Ich hatte versprochen, dich nach Hause zu bringen, und das werde ich jetzt tun."

In Alans Arm lag etwas Weiches, das wie ein kleines Tier atmete und dessen Haare ihn in den Nasenlöchern kitzelten. Er öffnete die Augen, konnte aber nichts sehen. Er fühlte Cindys vertraute Form neben sich, küsste sie auf die Stirn und zog vorsichtig seinen Arm unter ihr weg, um sie nicht aufzuwecken.

Im Flur machte er Licht. Desorientiert sah er nach rechts und links. Wo war das Bad? Aus dem Raum nebenan hörte er Martin oder einen der anderen WG-Bewohner schnarchen.

Er tappte den Flur entlang und drückte die Klinke der letzten Tür. Sein Kulturbeutel stand auf einem Bord über dem Waschbecken. Er fand seine Schachtel mit den Kontaktlinsen darin. Sergeant Blockley hatte an alles gedacht, als er ihn mitten in der Nacht hergebracht hatte. Alan hatte überhaupt nicht denken könne. In seinem Kopf war eine Wand, gekrönt von Stacheldraht, dahinter ein Minenfeld an Erinnerungen.

Er hatte das starke Bedürfnis zu duschen, tat es aber als zwanghaft ab. Er hatte vorhin lang geduscht und sich mehrmals von Kopf bis Fuß abgeseift. Nicht der kleinste Tropfen von Susans Blut klebte noch an ihm. Alan zog seine Sachen an, die über dem Badewannenrand lagen.

Er schlurfte wie ein Schlafwandler in die Küche trank ein Glas Maracujasaft. Leere Bierdosen waren über den Küchentisch verstreut. Der schale Geruch kalten Rauchs lag in der Luft. Es hätte ihn normalerweise zur Weißglut gebracht, weil es nicht die passende Umgebung für seine Tochter war, aber jetzt bemerkte er es kaum.

Pam, in einen abgetragenen Morgenmantel gewickelt, kam ihm Gesellschaft leisten. Sie setzte sich neben ihn, ihre Arme berührten sich.

„Du kannst ein paar Tage hier bleiben, wenn du magst", bot sie an.

Er legte seine Hand über ihre. „Ich denke, ich sollte heimgehen."

„Na gut. Ich kann dich auf dem Weg zur Arbeit am *Caesar* absetzen. Du bist immer willkommen, wenn du Cindy sehen willst. Aber ich möchte, dass sie für eine Weile nicht zu dir kommt. Ich weiß, es klingt lächerlich, aber –"

„Gott, Pam, glaubst du, ich wollte sie jetzt in meiner Wohnung haben? Ich bin so froh, dass sie letzte Nacht nicht bei mir war."

„Wäre David wahnsinnig genug gewesen, auf ein Kind zu schießen?" Pamela grub ihre Fingernägel in Alans Handrücken. „Ich habe über unsere Ehe nachgedacht. Wenn ein Paar sich trennt, denkt jeder, die Ehe wäre gescheitert. Aber ich finde nicht, dass wir gescheitert sind. Wir hatten eine schöne Zeit zusammen. So etwas muss nicht ein Leben lang halten, nur um von Bedeutung zu sein."

„Und denk nur an unsere Kleine."

Sie lächelte. „Selbst, wenn es Cindy nicht gäbe, würde ich keinen Tag mit dir bedauern."

Er verstand, dass sie ihn zu trösten versuchte. „An dem Tag, als Jessica verschwand, wollte Susan mit mir schlafen. Wenn ich sie nicht zurückgewiesen hätte, dann hätte das den Lauf der Dinge verändert. Sie könnte immer noch am Leben sein."

„Oder David hätte euch beide getötet", sagte Pam nüchtern.

Immer noch benommen, stand Alan eine Stunde später vor dem *Caesar*. Das Schild über dem Eingang mit seinen schrillen Farben kam ihm deplatziert vor. Vielleicht sollte er es in Blautönen streichen. Als ob das von Bedeutung wäre. Er wusste, dass er sich nur ablenken wollte, dass er den gefürchteten Moment vor sich herschob, wo er in das Zimmer zurückkehrte, in dem Susan gestorben war. Er war direkt froh, als sich ein paar Presseleute, die sich vor dem Eingang herumtrieben, auf ihn stürzten. Nachdem er ihre Neugierde befriedigt hatte, zwang er sich dazu, die Tür aufzuschließen. Sofort hörte er schwere, klackende Geräusche aus dem Theater. Er ging nachsehen, wer so früh am Morgen probte.

Der Zuschauerraum lag im Dunkeln. Auf der Bühne strahlten die Bodenspots eine Frau an.

Alan rannte den Mittelgang hinunter. „Jessica!"

Sie stoppte, sah ihn und sprang von der Bühne. Sie umarmten und küssten sich, dann fingen sie gleichzeitig an zu reden.

„Meine kleine Jessica. Ich dachte, ich hätte dich verloren."

„Alan, du hast keine Ahnung, wie ich dich vermisst habe. Als David mir erzählte, was er Simon angetan hat ..."

Sie klammerten sich aneinander wie Schiffbrüchige.

Blockley hatte ihm versichert, dass Jessica in Ordnung war, aber Alan konnte es erst jetzt wirklich glauben.

„Weiß Roger, dass du hier bist?", fragte Alan, als sie sich voneinander lösten.

„Er weiß es", sagte Roger und trat aus dem Schatten der ersten Reihe. „Alan, ich bin zutiefst bestürzt wegen Susan. Sie war eine wundervolle Frau."

Alan wollte nicht über Susan reden, ihren Schrei, den Schuss, ihren toter Körper auf seinem. Es schien so unwirklich, und so sollte es bleiben, bis er die innere Ruhe gefunden hatte, die Schrecken der vergangenen Nacht zu verarbeiten.

„Du siehst müde aus, Roger", sagte er ablenkend.

„Das bin ich auch. Wir sollten lieber heimfahren, Jess."

Alan sah den Blick, den sie austauschten, ein Abtasten der Gedanken des anderen.

„Würde es dir etwas ausmachen, wenn ich hier bliebe?", fragte Jessica zaghaft. „Ich komme später in meinem eigenen Wagen heim. Er steht immer noch da, wo ich ihn am Montag zurückgelassen habe."

„Meinst du, du kannst wirklich selber fahren?"

„Ich denke schon. Vielleicht schaue ich auf dem Heimweg im Krankenhaus bei Simon und Eileen vorbei. Darf ich?"

Mit einem nachsichtigen Lächeln fischte Roger einen Schlüsselbund aus seiner Hosentasche und reichte ihn Jessica. „Keine Sorge, das geht in Ordnung. Ich werde daheim auf dich warten." Er küsste sie. „So wie immer."

Als sie allein waren, fand Alan keine Worte.

„Du weißt, dass ich dich liebe, nicht wahr?", fragte Jessica.

Alan nickte.

„Es braucht dir nicht unangenehm sein. Ich habe nicht vor, das Gefühl weiterhin so zu verherrlichen. Da du nur vierzehn Jahre älter bist als ich, bist du mir sowieso zu jung."

„Wie kannst du Witze machen nach allem, was du erlebt hast? Ich weiß nicht einmal, was du durchgemacht hast. Was hat er dir angetan?"

„Er sagte, er wolle mir die Bedeutung von Liebe beibringen, und zum Teil ist ihm das auch gelungen." Sie tänzelte wie ein Pferd, ihre Worte mit dem Klicken ihrer Schuhe unterstreichend. „Schau, Alan, es gibt so viel, mit dem ich mich aussöhnen muss. Ich weiß nicht, wo ich anfangen soll, und ich bin noch nicht soweit." Sie sah ihn erwartungsvoll an. „Es gibt eine Zeit zum Reden und eine Zeit zum Tanzen."

Alan war froh zu sehen, dass sie ihr inneres Leuchten nicht verloren hatte und immer noch ungebändigte Kraft ausstrahlte. Er erinnerte sich an Eileens Vorschlag, wie er Jessica glücklich machen konnte, und stimmte zu: „Und jetzt ist die Zeit zum Tanzen. Entschuldige mich eine Minute. Ich hole nur meine Steppschuhe."

Sommer
Rose

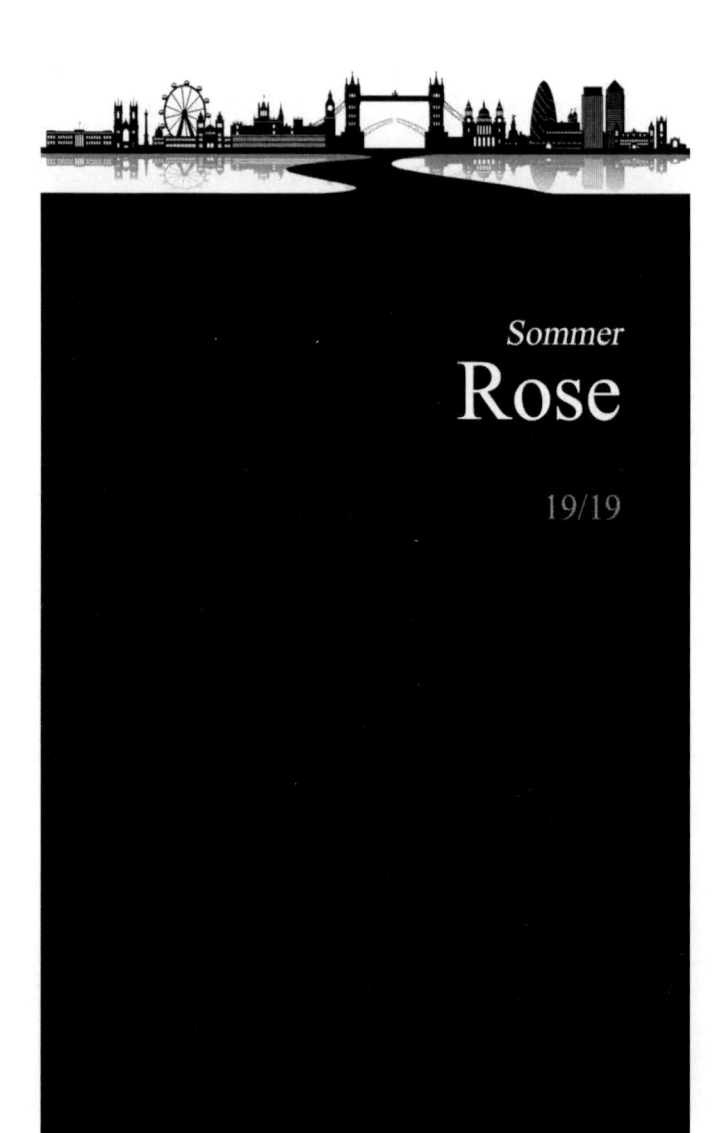

19/19

Rose

Die Sonne schien in sein Büro und spielte mit den Staubflocken, die Rick jedes Mal aufwirbelte, wenn er eine Akte vom Haufen nahm und auf den richtigen Stapel ablegte. Er saß auf dem abgewetzten Teppichboden und fluchte leise vor sich hin. Auf dem Schreibtisch und auf den Regalen warteten noch mehr Papierstapel.

Es widerstrebte Rick, an diesem schönen Sommermorgen in seinem Büro eingesperrt zu sein, obwohl er viel lieber spazieren gehen oder sich irgendwo auf eine Bank unter einen Baum setzen wollte.

Der Aktenordner mit dem Fall David Warner kam ihm in die Finger. Er öffnete den Deckel und sah sich die Fotos an, lange bei dem Bild verweilend, das den Boden des Zimmers zeigte, in dem David Jessica gefangen gehalten hatte. Das Holz war fleckig von Blut und mit Scherben und welken Rosenblüten übersät.

Trotz der traumatischen Umstände ihrer Gefangenschaft hatte Jessica später versucht, David zu helfen, damit er wieder zu sich fand. Aber er verfiel zusehends tiefer in Wahn, schreckte zurück vor der letzten Erinnerung, die in der Realität auf ihn lauerte: Er hatte seine Frau erschossen. Drei Tage nach seiner Festnahme war es ihm gelungen, sich zu erhängen.

Rick seufzte und legte den Aktendeckel auf den Archiv-Stapel. Dann setzte er sich in seinen Stuhl und sah zum Fenster hinaus. Offiziell war der Fall abgeschlossen. Für ihn persönlich würde er nie abgeschlossen sein, denn immer noch bedeuteten ihm die Menschen etwas, die in den Fall verwickelt gewesen waren, allen voran Eileen.

Es war fünf Monate her, seit er sie das letzte Mal gesehen hatte. Ihre Operationen in den Staaten waren erfolgreich verlaufen und sie würde bald heimkommen. Rick kippte den Stuhl nach hinten, schloss die Augen und versuchte, sich Eileen ohne Krücken vorzustellen, nur leicht auf einen Gehstock gestützt. Er konnte es kaum erwarten, sie wiederzusehen. Sie hatte eine schwere Zeit hinter sich. Drei schwere Eingriffe - und nie war jemand da gewesen, der ihre Hand hielt, wenn sie zu sich kam. Er hatte ihr viele Briefe und E-Mails geschrieben, um sie aufzumuntern.

Dann waren da noch Jessica und Alan. Ihre Show war ein Bombenerfolg und wurde nicht mehr im *Caesar*, sondern im Londoner West End aufgeführt. Rick, der sich nur zu gut an die Premiere erinnerte, hatte sich widerwillig von Blockley zu einer Aufführung im *Lyric* mitschleifen lassen. Zu seinem großen Erstaunen hatte es ihn diesmal vom Stuhl gerissen. Jessica tanzte so atemberaubend, dass er nicht genug davon bekam. *Taming of the Shoe* war für Monate im Voraus ausgebucht. Alan und seine Truppe planten schon die nächste Show. Welches Shakespeare-Stück würden sie diesmal so liebevoll verunglimpfen? Und wie würden sie es nennen? *Romeo and Shoelief*? *Mactap*?

Das Telefon klingelte. Der diensthabende Sergeant teilte ihm mit, dass eine Mrs Jenkinson angerufen hatte. Sie ließ ausrichten, dass sie um elf Uhr am Eingang des *Hampstead Cemetery* sein würde und hoffte, er würde auch hinkommen.

Rick runzelte die Stirn. „Hat sie sonst noch etwas gesagt?"

„Nein, das war die ganze Nachricht."

„Hm, seltsam. Nun ja, danke."

Jenkinson? Das konnte nur Barbara Jenkinson sein, Simons Schwägerin. Er war ihr einmal im *Middlesex Hospital* begegnet, als sie mit Simons Sohn Peter zu Besuch gekommen war. Rick erinnerte sich an eine mütterliche Frau mittleren Alters, die einen Rollstuhl mit einem freundlichen jungen Mann schob, der an zerebraler Lähmung litt. Warum konnte sie ihn treffen wollen? Der einzige Grund, warum er sich entschloss, hinzugehen, war, dass er damit der Aufräumerei in seinem Büro entkam.

Peer Gynt pfeifend, fuhr er nach Golders Green, bog am Bahnhof links ab und erreichte kurz darauf den Friedhof. Nach längerer Suche fand er einen Parkplatz etwas weiter die Fortune Green Road hinunter und spazierte zum Friedhofstor zurück. Der breite Hauptweg sah so einladend aus, wie es einem Friedhofsweg möglich ist. Das Vogelgezwitscher aus den altehrwürdigen Bäumen erfüllte Rick sofort mit innerem Frieden. Er war zehn Minuten zu früh dran und schlenderte einfach weiter, sich nicht so recht bewusst, dass er Ausschau hielt nach Susans Grab, in dem auch Davids Urne beigesetzt worden war.

„Die Powells sind etwas weiter nördlich beerdigt", sagte eine Frauenstimme, als hätte jemand seine Gedanken gelesen. „Ich wusste, dass du danach suchen würdest."

Die Stimme war vertraut, auch wenn er sie nicht sofort einordnen konnte. Er drehte sich um in der Erwartung, Barbara Jenkinson zu sehen, aber die Frau war jünger. Sonnenlicht schillerte auf ihrem braunen Haar, ein leichter Wind spielte mit ihrem weißen Rock, eine kurzärmlige Bluse spannte sich über ihren festen Brüsten. Für ein paar Sekunden sah er einfach nur eine hübsche Frau mit einem netten Lächeln und bemerkenswerten Augen. Dann, mit einem süßen Schock, erkannte er sie.

„Mein Gott. Eileen."

Ihre Haare waren jetzt schulterlang, ihr Gesicht gebräunt und voller. Sie trat näher und streckte die Arme nach ihm aus.

„Eileen." Er küsste sie auf die Stirn, die Wangen, wieder und wieder. „Seit wann bist du zurück?"

„Seit gestern. Ich leide noch etwas unter Jetlag, aber ich wollte dich so bald wie möglich sehen, Rick."

„Du siehst fantastisch aus. Was haben sie mit deinem Gesicht gemacht?" Von der Narbe war nur noch eine dünne Linie übrig geblieben.

„Laserchirurgie vom Feinsten. Professor Johnson meinte, wenn ich sowieso schon in Narkose bin, kann er auch gleich einen Schönheitschirurg hinzuziehen. Er ist ein Perfektionist."

Rick streichelte unablässig ihre Wange. „Und wo ist deine Brille?"

„Ich dachte, ich könnte das Bild ein bisschen abrunden, indem ich Kontaktlinsen trage. Wenn man es genau nimmt, bestehe ich nur aus Ersatzteilen."

Er hätte ertrinken können in der Wärme ihres Lächelns und dem Strahlen ihrer Augen. „Du siehst wie ein neuer Mensch aus. Du brauchst ja nicht mal einen Stock zum Laufen."

„Für längere Wanderungen schon."

Er konnte die Augen nicht von ihr nehmen. Sie war wie ein restauriertes Gemälde, dessen Farben leuchteten.

„Geht es dir auch wirklich so gut, wie du aussiehst?", fragte er.

„Sogar noch besser. Ich habe einen Schnelldurchlauf der letzten fünf Jahre erlebt. Gipskorsett, Streckbett, Hydrotherapie, Rollstuhl, Physiotherapie, Gehhilfen, und dann, Ende Mai ..." Sie sah auf ihre Beine hinab, als wolle sie sichergehen, dass sie immer noch standen. „Es ist jedenfalls schön, wieder hier zu sein. Es kommt mir vor, als wäre ich in einem Schattenreich zwischen zwei Leben gewesen. Ich bekam auch Massagen, aber sie waren reichlich grob, verglichen mit denen von Simon."

Plötzlich wusste er es. Eileen war die Mrs Jenkinson, die angerufen hatte. „Du hast ihn geheiratet. Ich kann es nicht glauben. Du hast Simon geheiratet!"

Eileen errötete. „Letzte Woche in Las Vegas. Simon sagte, wir wären für einander geschaffen. Ich habe künstliche Gelenke und er ein durchbohrtes Herz."

„Meinen Glückwunsch."

Sie kicherte wie ein junges Mädchen, als er sie hochhob. „Was tust du denn?"

„Ich küsse die Braut", sagte er und drückte seinen Mund auf ihre Lippen. „Du sollst wissen, dass du auch als verheiratete Frau immer in meinem Whirlpool willkommen bist."

Sie lachte und er stellte sie auf die Füße zurück.

„Wirst du bei Simon einziehen?" Er hatte Simons Apartment von der Wohnungsdurchsuchung als recht beengt in Erinnerung.

„Wir ziehen zusammen in ein Haus. Ein ganz besonderes Haus. Simon, Jessica und Roger haben mir eine Willkommensüberraschung vorbereitet. Sie haben das alte Haus renoviert und eingerichtet, sogar einen Aufzug eingebaut, für den Fall, dass meine Operationen schief gehen sollten."

„Das alte Haus? Du meinst doch nicht etwa das, in dem Jessica gefangen gehalten wurde? Aber sind das nicht zu schmerzliche Erinnerungen für dich?"

„Wieso für mich? Ich bin nie zuvor in dem Haus gewesen. Und was Jessica anbetrifft –"

„Sie kann ihre Erinnerungen ganz gut unterdrücken."

Eileen schüttelte langsam den Kopf. Ihr weiches Haar schwang um ihr Kinn. „Sie hat einen besseren Weg gefunden, damit fertig zu werden. Ich zeige es dir."

Mit ihrem Arm auf seinen gestützt, gingen sie den Kiesweg hinunter.

„Hier." Ein glatter, unscheinbarer Stein schmückte das mit Erika überwucherte Grab der Powells. Vor dem Stein, in einer hohen, schlanken Vase, stand eine rote Rose.

Eileens Hand drückte Ricks Arm. „Jessica bringt jede Woche eine neue Rose für David."

Als Rick Eileen ansah, stellte er fest, dass es etwas gab, was sich nicht geändert hatte. Sie weinte immer noch auf ihre lautlose Art.

Mehr London Crimes

Näher als du ahnst

April sieht den gewaltsamen Tod anderer Menschen voraus. Kann sie den nächsten verhindern?

"Wenn seine Gletscheraugen geschlossen und seine Rasiermesserkrallen sicher unter dem Bauch verstaut waren, sah Blue fast harmlos aus. Stella wartete, bis Miguel sich neben der schlafenden Katze niedergelassen hatte, dann setzte sie sich in sicherem Abstand auf einen Stuhl. 'Ich bin mit April zusammengestoßen, oder vielmehr sie mit mir. Was hast du mit ihr gemacht?'

Im Grunde interessierte sie seine Antwort gar nicht. Sie ließ seine Stimme an sich vorbeirauschen, während sie den Anblick seiner klaren Züge und seiner unwiderstehlichen Grübchen in sich aufsog. 'Du siehst verboten gut aus.'"

Dunkler als dein Schatten (in Vorbereitung)

Joy weiß, dass Angst das Leben zur Hölle machen kann. Aber wer ist der Unbekannte, der damit grausam spielt?

Nichts lieblicher als du (in Vorbereitung)

Kyra hat eine Stimme wie ein Engel. Ihr letztes Lied singt sie ... für ihren Mörder?

Jeder Band erzählt eine in sich abgeschlossene Geschichte.

Kris Benedikt

… ist die geballte Autorenkraft von Christine Spindler und Thomas (Benedikt) Endl. Nicht nur nach London kann man mit ihnen reisen, sondern auch auf den Mars. In zwei Bänden erzählen sie von den haarsträubenden Abenteuern, die Mike und Nova mit Early, dem Kater vom Mars, erleben.

Einzeln blicken „Kris" und „Benedikt" auf jede Menge Geschichten zurück: Thriller, Lovestories, Kinder- und Jugendbücher bei vielen renommierten Verlagen, TV-Dokus wie "Der Pate von Rothenburg" und eine Folge für die ZDF-Krimi-Reihe "SOKO 5113".

Mehr zu Christine Spindler, die unter dem Pseudonym Tina Zang auch erfolgreiche Kinderbuch-Reihen schreibt, gibt es auf ihrer Homepage www.christinespindler.de, mehr zu Thomas Endl auf www.endlwelt.de und mehr zu Kris Benedikt auf www.krisbenedikt.de.

Mehr von Kris Benedikt

Kris Benedikt: Mein Kater vom Mars
1 / Her mit dem Stoff!   2 / Zur Hölle mit den Zigs

Schräge Science-Fiction-Abenteuer mit allerlei grünen Katzen und den nervigsten Aliens aller Zeiten

Statt auf Teneriffa zu surfen, muss Mike in München bleiben und auch noch mit einer Familie aus England zurechtkommen, die mit Mikes Eltern für die Urlaubszeit das Haus getauscht hat. Doch mit der Familie stimmt etwas nicht. Mrs Youngblood ist leichenblass, und ihre Haut schimmert grünlich. Mr Youngblood ist angeblich Astrophysiker, sieht aber eher aus wie ein Bauarbeiter. Und Tochter Nova hat irritierend große Augen.

Als die Eltern plötzlich verschwinden, hat Mike neben der verzweifelten Nova auch einen frechen grünen Kater am Hals. Auf der gemeinsamen Suche nach den Youngbloods geraten die drei in ein Abenteuer, in dem sie ziemlich nasse Füße kriegen – und zwar auf dem Mars!

edition tingeltangel

Aktuelle Informationen über unsere Neuerscheinungen und mehr findest Du auf der *Facebook*-Seite der *edition tingeltangel* und auf *www.edition-tingeltangel.de*.

Hast Du Lob, Kritik, Anregungen, Lesungsanfragen oder Autogrammwünsche? Dann schreib doch einfach an tom@edition-tingeltangel.de.

In unserem Programm findest Du auch noch andere Bücher /E-Books mit gewitzten Helden und Heldinnen:

Ein Fantasy-Abenteuer, das die magische Welt der "Zauberflöte" von Wolfgang Amadeus Mozart zum Leben erweckt!
Im Sonnenreich Solterra sind Gehorsam und Ordnung die obersten Gebote. Die dreizehn-jährige Skaia fühlt sich fremd in dieser hellen Welt ohne Freiheit und kann nicht anders, als immer wieder gegen die Regeln zu verstoßen. Als sie einen geheimen, verwilderten Park entdeckt, gerät sie ins Visier der Mächtigen. Um sich und ihren Bruder zu retten, wagt sie sich mit der scheinweißen Katze Lunetta in eine gefährliche Welt: in das dunkle Land Moxó, wo ein Vogelmensch sein Unwesen treibt - und die Königin der Nacht auf sie wartet.
„Ein hinreißender Schmöker" (Findefuchs)

Thomas Endl:
Prinzessin der Nacht – Ein phantastischer Roman